山河巷帙

甘国栋 ◎ 著

四川人民出版社

图书在版编目（CIP）数据

山河卷帙／甘国栋著. —成都：四川人民出版社，
2023.10
    ISBN 978-7-220-13212-4

Ⅰ.①山… Ⅱ.①甘… Ⅲ.①散文集–中国–当代
Ⅳ.①I267
    中国国家版本馆 CIP 数据核字（2023）第 226583 号

山河卷帙
SHANHE JUANZHI

甘国栋　著

出 版 人	黄立新
责任编辑	蒋东雪
装帧设计	书香力扬
责任校对	舒晓利
出版发行	四川人民出版社（成都市三色路 238 号）
网　　址	http：//www.scpph.com
E-mail	scrmcbs@sina.com
新浪微博	@四川人民出版社
微信公众号	四川人民出版社
发行部业务电话	（028）86361653　86361656
防盗版举报电话	（028）86361653
印　　刷	四川科德彩色数码科技有限公司
成品尺寸	145mm×210mm
印　　张	8.5
字　　数	190 千
版　　次	2024 年 1 月第 1 版
印　　次	2024 年 1 月第 1 次印刷
书　　号	ISBN 978-7-220-13212-4
定　　价	58.00 元

一枚浅笑

谷运龙

能为一个朋友或师长的新书写几句话，实在是让人心生愉悦的事。因为你可以从那些芬芳欲滴的文字中享受着一种悲苦的力量或一种快乐的希望，那样的充沛，那样的丰盈，鼓荡起胸中的友爱之水，泛出阵阵涟漪。而这一切又都分布在忐忑之中，不得不在彷徨和徘徊中去寻觅往事，捕获那些似乎总也消亡不了的明眸皓齿。

现在的我亦即如此。

很多具象的东西都在时空的涂鸦中漫漶着抽象开去，让我难以抓住相识的地标。印象中总就浮现出国栋老师古典而又真诚的浅笑。那时我俩都在三山竞秀、二水争流，后因"5·12"特大地震而惊愕世界的汶川工作。他是四川省威州民族师范学校的副校长，县上的好些活动，如汶川熊猫故乡艺术节、重大招商引资活动，都得仰仗学校以歌舞相吸。他总是不露声色地暗里用劲，以其儒雅的举止和动听的言辞成全了一桩桩县上的好事。于是，他那身总是熨烫得平整的中山装便笔挺地挂在我的心里了。以后，我去了马尔康，工作上少有交往，心里那件笔挺的中山装便在岁月的磨洗中褪去了不少颜色。又过了不知多少年，十几年吧，一条节日祝福的短信敲开了几乎关上的友谊之门，之后，凡有节日，祝福必到问候必到，老师的诲人不倦和谆谆告诫为我心里的中山装着上了永不褪去的色彩，如那枚巧笑绘制出一个一个的春天。

以前很少读他的作品，甚至根本不知道他也是酷爱文学的发烧友。直到有一天，在阿坝文友圈中读到他的一篇游记，方知我俩亦是"臭味相投"的"一丘之貉"，用自己独特的秉性和品位宣示着自己的文学领地。

我用两天的时间读完了老师的《山河卷帙》，我感受到了老师文字的隽永和情爱的真挚。无论何时何地何人，亲情始终都娓娓地如小溪在山间款款地歌唱，歌唱悲苦的伟大，也歌唱甜美的豪迈。

他始终是一名教师，春风化雨，教书育人，退休后，更是尽教师之能，一门心思地用春蚕之爱去辅导孙儿。从对事物的观察到写作上的循循善诱，心之细情之切，他让我完全感受到了亲情殷殷流注的绵远与恒久。

老师行游天下，寄情山水，书怀欢悦，总能和老伴如影而随。在故乡的一朵梨花前，他俩可以深情凝眸；在九寨沟的一滴水中，他俩可以烂漫回望；即使在帕堤垭、在圣淘沙，他俩依然可以在万顷碧波前蹈一程人生华彩，歌一曲老伴锦瑟。人生苦短，老伴情长，慢慢地在万里风光中再忆青春，也慢慢地在万卷书香中沉沉老去，无怨无悔，历久弥新。

任何风景都难胜由亲人用劳动和汗水种植的风景，在大金川浪漫的梨花中，"我的父辈于 20 世纪 60 年代亲手栽种培植的那高大、成排的梨树，枝叶相交、相拥，形成了一个长达一百多米的廊道，仿佛是一座张开双臂、热情拥抱四方游客的迎宾长廊"。

流连于这样的芬芳之中，感受父亲几十年如花的人生，岂止是耀眼如星光的梨花能媲美的？

老师的游记总是把当地的文化特别是民间文化融入其间，让景为文增色，也让文为景铸魂。在《金川情人海》中，他用清人李心衡在《金川锁记》中的传说为情人海增其神秘："巴布里山巅海子（即长海），有一物大如屋，形似青蛙，常涌跃涟漪中，翘首出水面四顾，不为人害，土民遥望见者，合掌佛号，即潜伏不见。"在现今，所有的景区都在以故事、水怪山妖增其神奇时，想必历史的记载可信度更高吧。

对一个文化人而言，敦煌总是牵动神经的地方，老师当然会欣然前往并驻留遐思，他写道："一座石窟，就是一本厚重的史书；一幅壁画，实乃一页宝贵的史料。域内有着这座历经了漫长的世事沧桑、见证着民族的起落辉煌的莫高窟的敦煌，是令人神往和憧憬的地方，堪称中华民族的精神家园！"

敦煌，承载了中华历史文化的明丽；延安，却承载了现代中国政治的辉煌，成为我们这一代人向往的革命圣地。甘老师亦然。他把一颗崇敬的心交给了巍巍的宝塔山，把一腔真挚的情托付于明澈的延水河，于是他感慨道："每一处遗址都是一本厚重的教科书，每一寸土地都留下了一代伟人们的深深足迹；延安精神，是我们的'红色基因'和传家宝，每个中华儿女，都理当义不容辞地肩负起历史的使命，发扬光大延安精神，在实现中华民族伟大复兴的征程中出彩！"

在漫漫的旅行中，老师是登山便会情高于山，观海便会情溢于海，在人生的坐标中体悟自然的高下、旷达、深邃，把风光做成美食，把文化酿成美酒，让人觉得甘之如饴。

亲情体现一个人血脉的纯正，如山间清澈的一脉流水；友情则体现一个人秉性的高雅，如大地上汪洋的一个圣湖。

对于友谊，老师更是用真诚去滋润、去培植、去呵护。他视同学间的友谊如浩浩林海，从不缺席其间的清风叙语、百鸟和鸣。他视师生间的友谊如百草园，从不耽误其间的修枝护叶，共沐光华。即使是一种偶然的工作交往，他都会收藏在记忆中，如十几年以后的一条短信，如春天投向冰河的一块石头，敲碎了季节的薄冰，让一河清丽又流淌起来。甚至是在他所有走过的地方，友谊的花絮总是迎风而舞，明媚鲜妍。

这一切，不知是否都源自阿坝高原一个叫金川的地方？那里的雄山大川本就有这样浓烈而厚实的秉性，那里的梨花、梨叶、梨果也本就有这样从不负季节的心境，抑或是万顷草原上白河边临风的红柳，以坚贞与不屈站立成一种不死的灵魂。

于是我说：去细细地品读吧，读出一件中山装的周吴郑王，也读出一枚浅笑的深藏不露。

于是，我祝老师以文愉情，以文健身，文心雕龙。

2022 年伏天于成都

（谷运龙，羌族。曾任中共阿坝藏族羌族自治州州委副书记、阿坝州人大常委会主任。中国作家协会会员。自 20 世纪 80 年代开始文学创作，已出版散文集《谷运龙散文集》《平凡》《花开汶川》《岷江从我心里流过》《九寨天堂》，长篇小说《灿若桃花》《几世花红》等。先后获第三届全国少数民族优秀作品奖、《民族文学》山丹奖、四川文学奖、四川省少数民族文学创作优秀作品奖等奖项。）

夕照流金著文章

庆　九

1

应老师所托再次为其作品写序，不安多于荣幸。

基于老师多次谈及我十一年前为其自传体文集所作之序《璀璨的人生　永远的师魂》，读者赞誉有加这一前置事实，我陡感压力山大。毕竟，人生海海，世事苍茫，自己何德何能可以承受老师的如此重托？况且，自律者大多"爱面子"，对自己斤两的折损性掂量，绝不会为了某种人际虚荣而盲目自信，由此轻慢了关乎千古的文章之事。何况这一两年，自己也真是忙于政务，疏远了文坛和写作之事，思虑不周、笔力不济当是必然。于是，不自信的忐忑纠结，不将就的责任焦虑，着实"折磨"了我好些天。

于是乎，"絮言"在先，以便为自己"抹得开面儿"。

2

散文好写，但要写好却很难。

作为一种历史悠久、形式丰繁的直诉式文体，我以为，好的散文贵在"真、深、味"三字。真——真实的事件经历,也就是真实的个人思想、心灵历程和生命体验,以及真诚的写作态度,必须是作者生活状态与做人情怀的自然体现,切不可玩花哨、逐功利。深——深厚的内在蕴含,深切的情感体验,是涌动在散文中的血液和温度;深刻的思想感悟,则是散文让读者有所思、有所感、有所得的灵魂。味——具有明显辨识度的作者"味道",包括有意味的文本形式、有趣味的文字语言、有情味的语感表述等等。

可堪佩服的是,在这个信息如影随形的"快餐"时代,年逾古稀的老师依然锦心绣口、文丰笔健,近些年不仅在多方游走中笔耕不辍,潜心创作了颇具规模且不乏质量的游记散文,还在闲隙间梳理归集起几十年人生旅程中的各种文章篇什,分别结集成《山河卷帙》与《岁月回响》,用墨香氤氲的字纸,为我们呈现出两方激荡着文心、缱绻着诗情的散文书卷。

老师以教书育人成就了他精彩璀璨而极具尊严的前半生,又在简单的退休生活中醉心于游历,静心于感悟,掸尽俗尘浮华,终以文字作砖、文学为桥,继续架构形而上的生命意义。

3

作为一种颇受中国文人青睐的文体,游记散文可谓源远流长,纵贯华夏文学之浩瀚历史。自古至今,历代文人四方游历,访名山大川,谒人文古迹,留下了大量气韵生动、富蕴哲思的山水游记。华夏古国地大物博,名山胜水美甲天下,中华文明源远流长,文物古迹灿若星辰,特别是新中国成立以来,山河锦绣、日新月异,新时代新征程更为旅游文学提供了前所未有的新机遇、新创造和新开拓,游记散文的发展,已然成为当代散文一个极具时代特色的宏大景观。

阅读之余的游历，地地有欣喜，处处皆留恋，最后，撒下了回忆的种子，开出文字的芳卉。《山河卷帙》便是老师多年来，特别是退休之后行游祖国名胜、饱览八方美景的文字记录，也是其恪守"读万卷书行万里路"之古训，将内在心迹融汇于身外天地的文学成果。

可堪为第二故乡的阿坝，对于常年生活、工作于此的老师来说早已不是一个简单的概念，而是一个铭心刻骨、同气连枝般的存在。当然，魂系阿坝的老师在竭力张扬家园魅力的同时，也同样怀着一颗像"家园"一样恬静、平实的心，远涉祖国大江南北，饱览神州大好河山，在山水间寄情，于名胜里骋怀。根植中国文学深厚的传统息壤，不甘庸常的老师放眼于当下缤纷勃郁的散文生态，每一次远足与游赏，每一种记叙与抒情，都在文章中留下鲜明的印迹——娓娓道来的字里行间，他始终坚持叙写着真实的感动，以稳健的笔力和平实的文风，营构出属于他自己的文学气息——在地理空间上的广阔覆盖，拓展宽度；在历史与现实的时间向度里纵横捭阖，耕耘深度；又在博古通今的学识中思考颖悟，增益厚度。

如此，《山河卷帙》在游记散文的苑囿里别出机杼，亦属不易。

4

生命的长度是相同的，但人生的厚度却是迥异的。

老师深谙此理，在儿孙成器成才、自己不再为稻粱谋的无碍岁月里，他将更多的精力从读书转向了行路，将更宽的视野交付于脚步，开始对天地山河的丈量与跨越。因此，《山河卷帙》便是老师在对天地山河丈量与跨越之后的心灵映照，是其人生意义在三维空间上的精神拓展。

与各类艺术家一样，但凡写作者，总是想表达自己对自然、社会和自我的认知、体验与感受。而这种表达，不外乎两个向度：向内的自我开掘，向外的世界探寻。《山河卷帙》便是作者向外拓展、探寻世界并增益生命厚度的明显成果。

《山河卷帙》通过"魂系阿坝""情寄山水""灵蕴中国"三辑和附录"笔录域外"归类，统揽起四十篇文章，组构出一幅幅形色各异、可感可视的立体诗画，极大地拓展了在时间维度上有限生命的空间体验，人生陡然间变得丰富、广阔与厚重起来。犹如老师精神原乡的阿坝高原，以其特有的海拔高度和文化生态，濡染了老师数十年的人生底色，明显地影响了其修身齐家、成人达己的处世原则，以及努力奋斗、追求至境的精神向度。阿坝的僻远与雄阔、粗朴与大美、多元与灵秀、幽古与嬗变，身之所立，魂之所系，笔之所记，自是当然。至于南北东西的游历，既有寄情神州山水的欣悦，还有触摸古国文脉的虔诚，亦不乏域外的好奇，足之所至，情之所生，思之所悟，皆因所见所闻、所感所思而自然生发、率性为文，读之雅俗共赏，品之理趣横生。

《山河卷帙》犹如一部空间存储器、一个山水收纳盒，借由整本书关于高原故土、神州山河、人文中国和域外纪行的板块组合，构架起老师在近年来开掘性内审之余追寻诗和远方，自觉迈开步履、拓宽视野、放飞心灵的生命空间。

5

老师的文字平实。

这种平实，既源自其数十年语文教学和学校管理的严谨态度和务实理念，更源自其言必有物、文必有情的文学初心——写人、绘景、状物，清新明快、生动优美，使人有身临其境之感；叙事、抒情、议论言简意赅、舒卷自如，给人以感同身受之悟。在《山河卷帙》中，不论是书写名山大川与田野风光，探寻历史遗存与文物古迹，还是记录风土民俗与异域情调，他都像享受美味一样慢慢咀嚼、品咂和回味，不仅认真欣赏揣摩其物质表象或地理生态的形式美感，还有意识地主动发现形式美感之下深蕴的思想元素，悉心体味物质形态之中隐含的精神价值。

面对当下眼花缭乱的散文风潮，老师没有随波逐流，更没有迎合媚俗，他始终围绕着自己和自己身边的故事，延续着传统散文的正经八脉。九寨黄龙的美丽神奇、壶口瀑布的雄壮奔放、红色延安的庄严神圣、域外风情的缤纷曼妙，一枝一叶、一点一滴，无不饱含着老师对山河大地的激情咏唱与深切眷念，无不彰显出大千世界的无限魅力与卓然风采……

读老师的文章犹如身处实境，仿佛跟随一位熟悉的朋友游山玩水、移步换景，没有时尚新潮的词句，没有设计做作的技巧，只有如实的描绘与真切的讲述，即便是睹物思人的感慨、抚今思昔的神游，都那么自然而然、水到渠成。不论是对金川"世外梨园"、黄龙"人间瑶池"等众多奇山异水的描写，还是对登临西岳华山、朝觐圣地延安等不少出游过程的记叙，皆施以简洁洗练的文字语言，内敛着文章的篇幅气度，在散文的真实叙写与自我表达中把握住一种恰切的平衡。由此便应了"散文的功夫在散文外"的说法——好的散文不在于玩弄修辞手段，不在于玩弄文字技巧，而在于生活的丰富体验和思想的深厚积累。

林贤治曾说："散文面对大地和事实，诗歌面对神祇和天空。"老师文字的平实还基于一个极为明显的特征，那就是作者的"在场性"。不论是阿坝故土那些亲切熟悉的山水风物、草木村寨，还是北国南疆那些魂牵梦萦的名胜古迹、人文胜景，老师总是记写自己身临其境的所见所闻、所思所感，反映的总是当下的"在场"，而绝无浮华和浓艳的遮蔽，绝无做作与伪情的装缀，于是，心理的真实和情感的真实，自然导引着文字的真实叙写，成就了作品大美若拙的文风气质。

老师始终带着那份纯粹的敬畏之心写作，一如他退休之前所从事的春蚕蜡炬之事。他的作品看似平实简单而轻描淡写，实则具有某种大道若拙、大美如朴的力量，让观者悄然动容。他的作品之所以能够激发起读者的共情，则是因为其在文字里熔铸了自己对生活与这片大地最纯粹、最浓烈、最炽热的爱。

6

老师的文章深情。

在窘迫的生存压力下，于骨感的现实生活中，多少人匆忙地操劳应酬，缺少静心体悟；多少人急切地赶路行走，没有驻足回望，使本已十分平白的人生更加寡淡。但老师则不然，不为稻粱谋，不为名利累，不为人事苦，放慢生活的节奏，与云水相拥，与山河相依，与天地相伴，足之所至，心之所抒，以游历的形式实现灵魂的自我放逐，抵达心灵之于自然的守望或回归。

每一回外出他都全心投入、细心观察，即便是世人早已习以为常、谙熟于心的山水风光、人文胜迹，都总能激发他怳若初见的生命体验。每一次游历他都悉心感受、真心体会，不论是田野林木与泉河湖海，还是寨楼城镇与风俗民情，他都揽于怀、纳于心。这种对生活的珍视与责任，理当收获无数学识之外欣悦的人生感悟。每一篇文章他都诚心创作、倾心表达，通篇洋溢着关乎热爱的创作激情，纵是四面八方、东西南北，绝无虚构，更无妄谈。这种对文学的敬畏与虔诚，必然助益于老师在游历的写作中完成有效的精神萃取。

由是，老师秉心为笔，在内敛与沉稳中蕴藉绵密深情。老师的笔触从素有"阿坝江南"美誉的金川，探向山川纵横的风景名胜、山地农区，以及牧歌嘹亮的高原湿地、草原牧区，对净土阿坝的依恋与自豪溢于言表；老师的笔锋从川西幽密险峻的名山，指向西北苍茫雄阔的平湖大漠，及至祖国的北国、东海、南疆，从黄山华山鸣沙山到花湖盐湖青海湖，从绍兴厦门莫高窟到湘西云南井冈山，岁月静好、山河壮美的感受激情洋溢，文脉绵长、精神豪迈的逸致浩荡奔流。

老师以情着墨，借由"魂系阿坝""情寄山水""灵蕴中国"和"笔录域外"的意匠巧构，绘就他生命维度上全景式的《山河卷帙》，徐徐展开山水田畴、胜迹风物，不时在篇什章节间弥散出一种看得见的诗意乡愁，让读者品咂更多的生命滋味，收获更好的精神享受。

寄情山水，参悟人生。从"阿坝江南"金川的情人海到若诗若画的若尔盖的花湖，从"幽"冠天下的青城山到红色摇篮井冈山，从以"溜溜调"情歌驰名中外的康定城到因佛教艺术宝库享誉世界的莫高窟……老师不仅在写眼前所见之景时能够自然抒发自己内心的感受，而且在观眼前所见之景时由眼入心地借联想抒发情感，甚而由眼前所见之景悟出理性的思考，进而获得人类共有的、普遍的、哲理的感悟。如此多重、递进式的情感抒发，使情与景无缝对接、相得益彰，最终卒章显志，完成创作主体赋予写作对象的情感寄托和理性思考。

于是乎，人事山水，花草风物，但凡入文，必是经由老师内化之后的外现，是被触发、被打动之后的真情表达，自然带有鲜明的自我印记，也就有了深厚的共情基础。无论怎样运笔如风、情潮如涌，万念皆能归于"我"，统一在作者之所思所想所悟所感。当然，这得益于情感沉淀与心智成熟，历经岁月，绵里藏针，得益于初心如昨和学识广博，刚柔相济，运筹帷幄。于是乎，画意满满的文章总是充盈着可感可触的情感温度。

7

"我们都是文学的追梦人！看世间风情万种，唯文字情有独钟。"作为共同的文学追梦人，我相信，老师散文集的出版，不仅是对其上半生精彩与从容的继续，更是对其下半生散发余热、老有所为的精神淬炼。

祝愿老师创作丰收，文学梦圆！

祝愿老师健康喜乐，如意安然！

（王庆九，四川省作家协会会员、四川省美术家协会会员、四川省民族文化影像艺术协会会员、四川省文艺志愿者协会理事、四川九寨画院秘书长、阿坝州美术家协会副主席，现任阿坝州文联副主席。）

一部梳理祖国大好河山的文旅力作

万晓玲

甘国栋老师的旅游散文集《山河卷帙》与读者见面了。我想说的一句话是：一个人往往在退休后看得更清楚，属于职务的光环被岁月褪去，属于个人的精神光芒焕发出来。这个过程对有的人是苦闷，对甘老师则是新生。

原本甘老师并没有要出书的计划，《山河卷帙》的出版，完全是因为一篇文章引发而来。

那是 2019 年 8 月 7 日，甘老师的一篇文章《行驶在汶马高速路上》在公众号"西部故人来"发表了。紧接着，他又写了第二篇《夏游"世外梨园"》，第三篇《夏游黄河壶口瀑布》，第四篇《漫漫人生路 悠悠民师情》……遂一发而不可收。

见此，我对甘老师说："如果按照这个速度，您的旅游文章三年就有 36 篇发表，完全可以编辑成一本旅游专辑出版。因为网络上的文章太分散。但如果是一本书就方便了，可以文会友。百年之后，还可留给后人。如果您要出书，到时候我给您写序。"

时光匆匆，如今，这本书即将出版发行，也是我兑现几年前对甘老师承诺的时候了。

勤奋耕耘，必有收获。几年来，甘老师的文章在"西部故人来"平台已经发表了近40篇。其中的旅游文章，不管过去了多少年，他都凭着很好的记忆力，叙写翔实，生动形象。尤为可贵的是，他以精心设置的主标题和小标题来叙述他们旅游时的所见所闻所感，加之配有保存了多年的照片（之中还有黑白照片），故而显得特别真实，犹如将这些历史人物和画面鲜活地呈现在读者面前，与我们对话，成为一种难以忘怀的回忆。

其实，读一本书，就是读作者的文化底蕴、文学修养，以及作者的个性品格。甘老师待人真诚，在文学创作路上辛勤耕耘，其入编旅游专辑《山河卷帙》中的文章思路清晰，文笔精练，读起来倍感亲切。

《山河卷帙》编入40篇旅游文章，分设"魂系阿坝""情寄山水""灵蕴中国"三辑和附录"笔录域外"。

第一辑"魂系阿坝"，以行程为线索，以观景为顺序，从生活的细节入手，讲述自己身边风景、游览美景，记录时代变迁，抒发个人情怀，极富感染力，生动地再现了川西北高原的阿坝州那一幅幅栩栩如生的人文和自然景观。

比如，在《金川红叶美》《毕棚沟》《金川情人海》《若尔盖花湖》《九曲黄河第一湾》《九寨沟》等篇章中，那绝美的自然风光、独特的阿坝风俗人情，给予了生活、工作于此地的甘老师以充足的写作素材，加之甘老师具有深厚的文学功底，语言朴实亲切，感情真挚，构思精巧，总能将自己观景时的美妙感受，描绘成一幅幅亮丽壮观的画卷呈现在读者面前，让其身临其境、产生美的内心体验！

金川县庆宁乡新扎沟口是甘老师的第二故乡，他对那方热土情有独钟，十分热爱。他在《金川梨花美》中写道："金川河谷两岸，从河坝到半山，漫山遍野的梨花竞相开放，那遮天蔽日的梨花身披轻柔缥缈的薄雾，似白云飘浮；在蔚蓝的天空、连绵的群山、一座座高耸的石碉、一畦畦绿油油的麦田、一丛丛新绿的杨柳、一笼笼翠绿的竹林、一幢幢农家的房舍、一缕缕袅袅的炊烟、一株株粉花点点的桃树，以及一只'喳喳'叫着从树梢掠过的喜鹊的衬托下，宛若一幅巨大的轻描淡抹的'梨花盛开春意闹'的美丽山水画，倒映在缓缓流淌的一江春水之中……"在甘老师的精彩笔尖，那洁白无瑕的万顷花海，片片壮美可观，朵朵晶莹剔透，娇嫩可人，犹如花仙子下凡，令人兴奋惊喜，让人回味无穷，依依不舍……那留在读者记忆里的金川梨花，美在房前屋后，美在田边地角，美在路径两旁，美在山脊谷底，美在乡亲们的脸上，美在人们的心里！有文友在阅读此文之后留言："甘老师的《金川梨花美》，是疫情之后三月里最好的一件礼物。经历了特别寒冷的冬天，那充满了病毒阴霾的心灵荡然云开雾散，让生命找回了那温暖和明亮。"

紧接着，甘老师又写了《金川红叶美》。他在其中的一个片段中写道："阳春三月，梨花犹如纷飞的雪花飘满山坡河谷；秋天到来，不仅清香酥甜的雪梨让人们大饱口福，时至深秋初冬，那里总是艳阳高照，火一般的梨树红叶会绽放出生命最绚丽的色彩，将金川的山山水水染成醉人的红色……"

其实，在作者的眼中，金川之美不止于红叶胜景，也美在其独特的地理优势、丰富的历史文化、绚烂的民族文化。这片土地曾经滋养了作者，山水有情，更何况是有灵魂的生命。金川真正的美却潜藏于甘老师的文墨之中、心灵深处！他用脚去丈量金川的山山水水、村村寨寨。他从高山到峡谷，从河边到山坳，从近观到仰望，从远眺到俯瞰，把深秋金川层林尽染的大美展现得淋漓尽致，通过他详尽的介绍和描述，读者对金川有了进一步的认识和感受。

本辑之中，《金川情人海》《毕棚沟》《大藏》等一篇篇游记，语言干净细腻、简洁明快。甘老师总是以他满腔的热情去观察、描写阿坝州的美丽风光，以此表明自己是满怀着对大自然的崇敬、对故乡的眷恋之深情，以一颗炽热之心去观赏、记录并赞美阿坝州那无处不在的美丽风光和众多精彩瞬间的！

在编入第二辑"情寄山水"的《雨中登华山》《鸣沙山与月牙泉》《茶卡盐湖》等篇章中，甘老师基本上是把一个地方的历史、地理、人文、自然、风光都挖掘出来，丰富而全面，再用朴实的文字和匠心独运的思维，将发生在各地的诸多史实、故事以时间顺序为主线，纵横交错地编织在一起，展现了祖国的大好河山与风土人情，深情讴歌了各族人民勤劳善良的美德。

在编入第三辑"灵蕴中国"的《圣地延安》中，作者无限深情地写道："延安，是红军长征胜利的落脚点，也是建立抗日民族统一战线、赢得抗日战争胜利，进而夺取全国胜利的解放战争的出发点。毛泽东等老一辈无产阶级革命家在这里生活和战斗了13个春秋，奠定了中华人民共和国的坚固基石，培育了永放光芒的以'实事求是、理论联系实际的精神，全心全意为人民服务的精神，自力更生、艰苦奋斗的精神'为内涵的'延安精神'，谱写了可歌可泣的伟大历史篇章，既是中国共产党人精神的发祥地，也是催生新中国的革命圣地。"

在《从南昌到井冈山》中，作者则于"在穿过茂密的森林，沿着小溪返回的途中，我们还于游客接待站饭馆吃红米饭、喝南瓜汤，真切体验了当年工农红军的艰苦生活"的记叙之后，道出了自己真切的感悟："忘记过去就意味着背叛，继承革命传统则催人奋勇前行。回首融革命传统教育与风景旅游览胜为一体、被誉为'中国革命的红色摇篮'和'共产党人的精神家园'的井冈山之行，深感意义重大，受益匪浅！"

这些篇目，堪称紧扣时代脉搏，读后耐人寻味，引人深思，积极进取的情怀不禁涌动胸间！

甘国栋老师情系故里，极重义气，学识丰厚，文笔敏锐，勤奋著书，创作了丰富的具有人文情怀的著作。在长达30多年的教书育人的岁月里，为了提高教学质量，促进教学研究，甘老师还勤奋思考，刻苦钻研，成绩斐然，主编有省级出版社出版发行的大专教材《儿童文学教程》1部、教学专著6部，编写文史资料书籍3部（近年还编写了《四川省威州民族师范学校校志》），曾在各级报刊和大学学报发表论文70篇，共达120多万字。在全国、省、州级论文评奖中，有15篇（次）获一等奖，15篇（次）获二、三等奖。同时，还发表小说、散文、通讯、评论文章若干篇。

在甘老师热情豪放的外表里，饱藏着一颗充满亲情的心。他与崔乾香结为夫妻，育有两子两女，6个孙辈，生活过得美满幸福，许多人都称赞他们是"模范夫妻，和谐家庭"。他妻子文化水平不高，但她在财务和图书管理等工作岗位上长期坚持自学，加之家庭的耳濡目染，阅读等方面的能力不断提高。同时，妻子也很理解教师的辛劳、知识的价值和成果的重要。他的家中充满浓浓的文化氛围和亲情，给甘老师创造了在岗时搞好教学和管理工作的良好氛围；妻子的支持与帮助，更是给予了退休后主要管理两个孙子读书的甘老师以笔耕不辍的勇气、信心和力量。可以说，他们的爱情已升华为一种心有灵犀的默契。

甘老师常常与我们文友聚会。他的口头禅是"好女人就是男人一生的财富，只要你珍惜，就会有取之不尽的动力"。正因为有美满幸福的家庭作为后盾，甘老师方在教学生涯中一步一个脚印地取得了令人瞩目的成果。

文学创作特别是散文创作，能拨动读者心弦的，唯有真情。

《山河卷帙》内容丰富，题材多样，时代性强，记录了甘老师近40年来的创作成果。带有传记色彩的一篇篇文章，真实地记录了甘老师对家乡的热爱和对家乡父老乡亲的思念。

《山河卷帙》从纯粹的文人旅游作品中突围出来，直接对接我们当代文人的精神世界，表达了甘老师强烈的人生态度，也让这些历史文化故事回归到大地，回归到喜怒哀乐的真实生活之中。

在公众号"西部故人来"编排甘老师文章的过程中，我成为他文章的第一个读者，总被他文中的质朴与真诚打动；他的文章总能将抒情与哲理有机结合，引发读者的美感和启迪；他在"西部故人来"发表的每篇文章点击率高，都有几千人阅读分享，且"留言"特别多。可以说，写作已让甘老师的心越来越向往飞翔。也正是他不懈地辛勤耕耘着自己写作的土地，把工作、学习、旅游中心灵的感悟填满稿纸，才收获了一篇又一篇飘散着墨香的佳作。

新书的墨香，凝聚了甘老师的心血，记录了他创作的艰辛，可圈可点。为了构建自己独特的精神世界，他很努力，这让我看见了一种积极向上的光芒。踏遍绿水青山，现在他把这些光环通过旅游散文集《山河卷帙》展现出来，以飨读者，值得我们学习、赏鉴。

（万晓玲，笔名"米青青"。四川省作家协会会员，四川省杂文学会副秘书长兼文友部部长，四川省嫘祖文化促进会副会长，微信公众号"西部故人来"主编。）

目　录

CONTENTS

第一辑　魂系阿坝

第二辑　情寄山水

第三辑　灵蕴中国

魂系阿坝 第一辑

金川梨花美

地处四川西部高原的阿坝州金川县，素有塞上江南、嘉绒故土、东女国之美誉，更是名闻遐迩的雪梨之乡。每到阳春三月，其上万亩梨花会在同一时间绽放，那绵延百余里的大金川两岸粉装玉砌，每一寸土地都淋漓尽致地展现着这个浪漫女儿国的秀美与壮阔，令人心驰神往，引来如织的游人纷纷一睹为快。

原本，我们早有于 2020 年 3 月返金川踏青观赏梨花、享受明媚春光的计划，不过，为了防控突如其来的新冠疫情，仍自觉地"宅"在成都高新西区的家中。其间无聊之时，我总会驰骋思绪，回味几年前长住马尔康时，于草长莺飞之季举家前往金川观赏梨花盛开的美丽景观之情景，聊以抚慰因失却再次亲近那魂牵梦萦的金川梨花的机会而留下些许遗憾的心境，并萌生了写一篇记叙那次旅程的文章的冲动。

我还清楚地记得，那天天气晴朗，碧空万里。乍暖还寒之季，虽车内挡风玻璃上的薄雾还需打开空调方能除去，但沿途树木吐绿、花儿绽放、春意盎然，令心中暖意荡漾。

大约 10 点，我们一行抵达我的第二故乡——庆宁乡新扎沟口，便迫不及待地走下车来，漫步于已经成为"金川梨花节"名片之一的梨花廊道，观赏、体验其梨花怒放之际的绝妙景观：放眼前面，只见那笔直的公路两侧，我的父辈于20世纪60年代亲手栽种培植的那高大、成排的梨树，枝叶相交、相拥，形成了一个长达一百多米的廊道，仿佛是一座张开双臂、热情拥抱四方游客的迎宾长廊；抬头仰视，但见碧空如洗，那挂满枝头的一朵朵、一簇簇梨花，仿佛是镶嵌在蔚蓝天际的耀眼的星星；收回视线，可见阳光透过树荫，将斑驳的光点投射到快速行驶的一台台车辆上，一时间银光闪烁、跳跃，与阳光映照下那一株株梨树上层层叠叠的梨花相映成趣，煞是好看！

随后，我们驱车行经仰天湾儿，驶过飞架于大渡河上游金川江上的铁索桥，进入德胜村著名的梨花沟，再向黄土碉方向前行，到达半山处的观景台。

我们下车，凭栏远眺，将春日阳光映照下的那壮阔与秀美的梨乡美景尽收眼底——在绵延十多公里的金川河谷两岸，从河坝到半山，漫山遍野的梨花竞相开放，那遮天蔽日的梨花身披轻柔缥缈的薄雾，似白云飘浮；在蔚蓝的天空、连绵的群山、一座座高耸的石碉、一畦畦绿油油的麦田、一丛丛新绿的杨柳、一笼笼翠绿的竹林、一幢幢农家的房舍、一缕缕袅袅的炊烟、一株株粉花点点的桃树，以及一只只"喳喳"叫着从树梢掠过的喜鹊的衬托下，宛若一幅巨大的轻描淡抹的"梨花盛开春意闹"的美丽山水画，倒映在缓缓流淌的一江春水之中，蔚为壮观！

接着，我们乘兴迈进路边一家农户的梨园。目光所及，无论是奇崛苍劲的老树，还是粗大茂盛的壮树，梨花或含苞待放、或花蕊绽开，或一朵朵、或一簇簇，密密匝匝地挂满枝头。走到树下仰望，那梨花在刚抽出的一枚枚嫩黄色的叶片映衬下显得那样的白——白得晶莹，白得水灵，白得纯洁，白得耀眼。和风习习拂过，花瓣微微颤动，令人顿生怜爱，不禁怦然心动。一阵微风吹来，就有花片似雪花般飘洒而下，或落在头发间、衣服上，或躺在大家匆忙伸出的手掌里，端详把玩之际，令人情趣盎然！眼见一只只蜜蜂"嗡嗡嗡"地掠过人前、钻进花丛，落在那淡黄的花蕊中忙忙碌碌，我们也情不自禁地凑近花儿一闻，一股淡淡的、幽幽的清香扑面而来，沁人心脾，让人有了醉酒后那种轻飘飘、晕乎乎的体验……而想到"春华秋实"，当眼前的一朵朵梨花变成一个个淡黄色的雪梨之时，那幻觉中酥脆无渣、香甜可口的味道竟然令人禁不住垂涎欲滴！

继而，小车于小沟内、花丛中向位于原金川农场高坡上的移动电话基站盘旋而上。

一家人下车后，凭借"一览众山小"的地势举目远望，将金川河谷环抱中的沙耳、咯尔和庆宁乡尽收眼底：远处，山巅白雪皑皑，山下树木葱郁，河两岸梨树丛丛，绵延10多公里的山坡、河坝皆白茫茫一色！彼时彼刻，我们心境豁然开朗，情绪为之升华，无不为视野里"千树万树梨花开"妆成的美丽壮观的景致所叹服！

时光在或近观远眺、或树下流连、或梨园小憩之中流逝。不觉正午已过，我们方于花的海洋中盘旋下山，到金川县城午餐。

返程中，我们再经庆宁乡政府，沿陡峭的齐头岩沟内的机耕道，前往闻名全川的海拔接近3000米的老松坪观景台。一家人居高临下，将由碧水流淌的大金川、逶迤于两岸的山梁、满山遍野的梨树及绽放的梨花等构成的绝美的"全景式"梨乡景观尽收眼底，再次体验那荡气回肠、震撼心灵的强烈感受后，才意犹未尽地驱车返回马尔康。

一路上，我们热烈地谈论着当日之所见所感，并坚信：随着交通等旅游基础设施建设的不断完善，金川犹如一颗正升起的璀璨的明珠，必将光芒四射，并逐步成为度假旅游的胜地和独具特色的旅游风景区。

（以《金川梨花美》为题刊载于2021年4月16日《阿坝日报》）

夏游"世外梨园"

2019年7月6日,我同乾香、康平到金川办事。

当晚,我们应邀与几位分别毕业于威州民族师范学校、马尔康民族师范学校的学生在"金州华府"聚会。席间,时任金川县团委书记的秦玲玲言及:"金川县几年来全力打造了囊括沙耳、庆宁、咯尔三乡的开放式景区世外梨园,县团委也参加其中的导游培训等工作。迄今石达安观景台、神仙包景观、古梨树园、梨花大道、梨树沟等景观的设备设施均已完善,吸引了众多游客前来观赏。欢迎老师一行明天前往参观!"难却盛情的我们,欣然接受了邀请。

7日上午,雨后的金川气候凉爽、空气清新。我们在秦玲玲座车的导引下,自县城前往沙耳乡,沿着著名的干河坝而上,再左折绕行,经过著名的神仙包观景台新建于山脊处的停车场,来到位居南古坪村之下的石达安观景台。

下车伊始,洁净的地面映入眼帘,新建的台阶、栏杆极具人性化。路边紧靠山坡处,"公共厕所"四个字十分醒目;进入其间,洗手池、手纸一应俱全;蹲位符合规格,外有小门,解便后冲水方便,全无异味——过往"一坑难求"之难堪而今不再!

接着，我走近"世外梨园"宣传牌，仔细品味上面的文字："这里是实属罕见的高原田园风光；是'中国雪梨之乡'的核心地带；是'阿坝江南'的景观呈现，万亩梨花红叶景观名扬世界。这里的蓝天大地、阳光气候、田园民居、梨花红叶、鸟语花香、民风民俗……正是您给心灵放假的绝美天堂"——优美而温馨的语句，让游人的内心满怀期待！

我踏上平台，站在"一览众（山）包小"之处，凭栏远眺，将由远至近的庆宁乡、咯尔乡、沙耳乡和勒乌镇一带风光尽收眼底——大河两岸，一处处、一笼笼、一园园、一片片的梨树枝繁叶茂，苍翠欲滴；田间地头，一块块、一台台、一行行、一坡坡的土地上，小麦、玉米、蔬菜等农作物长势茂盛，丰收在望；山上山下，一条条的乡村小道沿着小溪、顺着民居、傍着山坡，或绕道或蜿蜒延伸，将辽阔的乡村田野画成纵横相间的若干格子，拼成了一个天然的大棋盘！

自远方汹涌奔腾而来的大金川江，冲出即将修建金川电站大坝的五甲村下的犀牛沱大滩口后，在金川县最富庶、梨园最大、雪梨味道最好之地难得地放慢了速度——"欣赏"已成为金川梨花节名片的新扎沟口百米长的梨花廊道，流经以开展"孝善和"文化活动成效显著而名动天府之国的德胜村（那里有观赏梨花最佳处之一的"梨花沟"）前的仰天湾儿，"品尝"曾是贡品的庆宁乡金花梨儿，再缓缓穿过咯尔大桥，淌过沙耳乡境，一直往前奔流不息！

近处，高坡下沙耳乡修建一新的民居，被房前屋后一丛丛翠绿的竹林、一株株高大的梨树簇拥着，星罗棋布于世外梨园之间。雨后的此时，但见炊烟袅袅飘升，村民从容信步，牛羊悠闲吃草，车辆来去匆匆，不时有喜鹊、乌鸦拍打着翅膀从筑于梨树、核桃树上的巢里飞起，鸣叫着从空中掠过……好一派祥和景象！

这一幅立体的世外梨园画，实在是美不胜收！

接着，我们驱车前往庆宁乡，先去我在庆宁工作时就闻名梨乡的原夏家梨园参观——那里有多株树干粗大、树冠面积极大的梨树，其雪梨产量大、味道佳。在如今金川县世外梨园的打造中，这里已建成古梨树景观。

进入园中，来往巡看，可见树干中部直至地面均以红布包裹，平添庄重、大气；据说园中的多株大树，曾请来活佛命名，且置有文字介绍牌；林间建有供游人参观的以花岗石板铺成的道路、平坝，在上侧临近庄稼地的一空旷处，建有以水泥空心砖垒成的正方形火塘，供焚香、燃火之用。仰视，则可见树丫交错、枝叶繁茂，层层叠叠的墨绿色的树叶上还挂着夜雨留下的晶莹水珠，淡黄色的雪梨挂满枝头……

我又看了一次"古梨树"宣传牌，默念介绍文字："金川县雪梨种植时间悠久。相传清朝乾隆皇帝派阿桂将军远征金川凯旋时，把金川雪梨当作贡品带回京城，金川雪梨名噪一时，此后金川雪梨一直作为贡品载入史册。金川作为全世界最大的原生态、高海拔雪梨种植区，目前全县共有梨树 100 余万株，其中 200 年以上的古梨树就有 6000 多株。古梨树长期以来在当地作为丰收祥瑞的象征，每逢佳节，村民常在古梨树下焚香祈福，祈祷来年风调雨顺、吉祥太平"——由此观之：金川雪梨能驰名神州大地，既有其自身特有的超凡特质，更有着厚重的历史渊源。

继而，我逐一看了立于一些最粗大的古树侧的宣传牌上的介绍文字——一株由活佛取名为"盘登"的梨树属二级保护古树，树龄有 315 年；另一株属二级保护的核桃树，树龄更达 399 年。

这些树龄如何测得，想必有科学方法；但如此长的树龄则说明：古梨树名不虚传！

随后，我们穿过梨花大道，经庆宁乡政府、我曾任语文教师三年的原庆宁中学所在的关帝庙、陡峭的齐头岩、弯曲的盘山道，前往7公里之处号称"四川省100佳景观拍摄点"的松坪观景台——这就是我任该大队（即现在的松坪村）会计时不知经过多少次的大水塘。

放眼望去，夜雨之后的天空里，灰蒙蒙的阴云密布，与金川河谷四周的高峰相接；一条带状的浓雾，似洁白的哈达缠绕山腰，蜿蜒起伏，绵延不断，舒展而飘逸，恰与河谷底穿景区而过的波涛翻卷的大金川江、两岸一片片连接不断的苍翠的梨树园、或星星点点或连成一体的民居群落相映成趣，为三乡连成一片的金川世外梨园平添秀色！

倏忽之间，天际泛起依稀的红黄色，稀疏的雨点自空中飘落；紧接着，大金川江两岸田间不计其数的雾气团蒸腾、汇聚，及至融合纠结在一起，似青纱帐般起伏、飘浮、弥漫……随着时间的推移，薄雾贴着山坡缓缓上升扩散，黄土碉、齐头岩……相继从倚靠在松坪观景台防护栏俯视的我们的视线中消失，眼前只留下灰蒙蒙的一色！

不久，清风拂面，雾气不断被稀释、变薄，自中心部分不住跌落，不规则的边缘则轻抚着山坡上的岩石、青草、灌木丛缓缓下滑……咯尔大桥一线的大渡河依稀可辨身影，庆宁一侧河坝里的梨树、房舍渐次露出轮廓……

精彩的一幕终于登台：越来越稀薄的原本一体灰白色的雾气跌落至黄土碉一线时，庆宁乡政府所在一片和咯尔乡坪上各自消散出一个"大洞"，从中心向外圈渐次荡开，其边际则因被逐渐分割为一条条、撕扯为一缕缕而迅速扩大，并因更为稀薄以致能见度也逐渐增大……彼时，宽大的带状白雾虽仍蜿蜒驻足于自新扎河口、仰天湾儿、黄土碉、团结村一带，但咯尔坪上的地面景观虽较模糊却已露出大致模样，庆宁村一大片景观则历历在目、清晰可见！因咯尔坪上地势较高、庆宁村地势更低，两相对比，恍若"隔断两地咫尺间，云（雾）上云（雾）下两重天"。此景此境，真乃朦胧而梦幻！

金川县号称阿坝州的"江南"。每年初春时节"千树万树梨花开"的盛况、金秋时节艳丽无比的红叶遍山的壮观，早已誉满天府之国，走向神州大地，令自驾游的众多游客神往、心醉。而倾力打造的世外梨园能在盛夏时节展现如此秀美的风光之外，还意外呈现出由雾形成的美妙奇观，这是我们当日登临松坪观景台的最大收获，也是人生难得之体验！

（以《夏游"世外梨园"》为题刊载于 2020 年《山水间》总第 4 期，以《夏日"世外梨园"行》为题刊载于 2022 年 6 月 22 日《阿坝日报》）

金川红叶美

四川省金川县是川西北高原一块神奇的土地——它不仅素有塞上江南、嘉绒故土、东女国之美誉，也是"乾隆帝视为一生'十大武功之一'的用重兵（打金川）之地"，还是闻名遐迩的"中国雪梨之乡"。而今，其一"花"——春日里"千树万树"绽放的梨花、一"叶"——唱"主角"的依然是秋日里红遍两岸山野的梨树叶，更是其有着很高含金量的旅游名片：阳春三月，梨花犹如纷飞的雪花飘满山坡河谷；秋天到来，不仅清香酥甜的雪梨让人们大饱口福，时至深秋初冬，那里总是艳阳高照，火一般的梨树红叶会绽放出生命最绚丽的色彩，将金川的山山水水染成醉人的红色，点缀得韵味十足！这，自然吸引着心驰神往于如此绝美景观的众多游客不辞辛劳，翻山越岭，来一睹芳容。

正因如此，2014年11月15日，我们一家人亦加入"秋游观红叶"的行列，分乘两辆小汽车，兴致勃勃地前往金川县观赏名动巴蜀的金川红叶，过程中之所见、所闻、所感，至今难以忘怀——

我清楚地记得，当日一路天气晴好，碧空如洗，白云似絮。车过马尔康市的白湾、金川县的根扎，就不时有梨树自车窗外一晃而过。那深秋独有的红黄颜色，分明向我们传递着"观赏金川红叶的黄金时段到了"的准确信息——这让我们一众人的脑际，不住地幻化出此时金川红叶的艳丽景致，急不可耐的心，则早已飞到了堪称观赏金川红叶最佳地点的金川县庆乡宁、咯尔乡和沙耳乡一带！

在因"每每春早秋晚"而有着"金川小气候"之美称的集沐乡雅京村，其公路边上、果树园里，那一株株梨树的叶子尚红绿相间、交相辉映，却格外惹人怜爱；往远眺望，那点缀于洒满阳光的漫山遍野的苍翠之中的丛丛红叶显得分外醒目，其"万绿丛中点点红"的优美意境，令人激动不已、情趣盎然！

行车到我第二故乡的庆宁乡新扎沟口，眼见那座耸立着古老石碉楼的山坡上，平坝里那掩映着座座民居的梨园中，以及那条清澈见底、哗哗流淌的小河——20 世纪 60 年代初落户于此的我就喝着它那清冽的水长大成人、成家立业——的两岸边，已是"映日霜叶别样红"，一派层林尽染的亮丽风光，一种分外亲切、无比眷恋之深情油然而生；两侧成排梨树枝叶相交、相拥形成的长达百米的声名远播的廊道，已呈"满目红叶遮蔽天"的一色，令人禁不住心旌摇荡！

从德胜村路旁的似夹道相迎的梨树大道驶过之际，那扑面而来的亮闪闪的红叶、金灿灿的黄叶，令人目不暇接、兴奋异常——车上的孩子们喜笑晏晏、手舞足蹈，大人们则边探头尽情欣赏，边忙不迭地用手机定格下那一幅幅梨树丛丛、红叶簇簇的绝美画面！

之后，我们行经咯尔乡的复兴村、乡政府，饱览车窗外一闪即过的艳丽红叶；再将车停在位于金川江畔的金江村的公路边，以便给大家一个亲近红叶的宝贵机会。我们信步走到一株株梨树前，观赏那黄里泛红、红里有黄的叶片在阳光下呈现出的深红、暗红、绯红、粉红……那分外惹人的红色，映红了自己的面庞，让人爱不释手；抚摸那光滑柔和的叶面和叶脉毕显的叶背，将它们贴近面颊，顿觉其散发出的缕缕芬芳沁人心脾，让人久久把玩不愿离开，一种要将自己融入这美丽的画卷之中的意愿不禁涌动于心间！

接着，我们弯腰走到路边那枝枝相交、叶片相拥的梨树丛中。从树下往上看，红、黄相间的密密的梨树叶包裹着它们母亲的身躯向四周飘散开来，叶片交错层叠成一串串、一簇簇。举目向最高的树枝望去，那叶片在秋风的吹拂中于蔚蓝的天空下颤动、摇曳，在朵朵白云的衬托下，那样鲜活，那样灵动，那样火红，那样热烈；几只喜鹊"喳喳喳"地或鸣叫着从红色掩映的树梢掠过，或停歇在探出的枝头上小憩，平添别样的情趣。视线随着几片自树丛中晃晃荡荡地向下坠落的树叶的轨迹移动，可见地面上早已铺下的那一片片、一层层的红叶，千姿百态，却都呈现一袭醉人的红色——鲜红的娇艳欲滴，紫红的流光溢彩，深红的灿若晚霞……争奇斗艳、色彩斑斓，而整个地面分明就是一块巨大的毛毯，松松的、软软的、绵绵的，令人怜爱，以至于不忍踩下脚步！我和几个孙辈都赶紧俯下身子，忙着在掉落地下的层层红叶中，各自挑选了几片那绚丽的树叶，小心地叠合在一起——决意带回家用作书签，亦留作纪念。

随后，我们驾车跨过大金川江，循沙耳乡干河坝的公路上行，在山垭子处左转，再顺着盘山公路驶抵南古坪村下方半山腰的观景台。下车后的一众人急不可待地疾步趋前，凭栏极目眺望，将视野内的三乡红叶景观尽收眼底——

深秋的大金川江已没有了夏季的浩浩荡荡，文静得宛若碧色绸带在山谷中间蜿蜒、延伸。大江两岸，主要由梨树叶汇成的红色世界热烈壮观，让人心醉。那漫山遍野的一棵棵、一排排、一丛丛梨树，已被一片片、一簇簇红树叶覆盖着；尽染的层林在明媚的秋阳照耀下，犹如一团团熊熊燃烧的火焰映红天空，美若绚烂的朝霞，艳如黄昏的云霓。放眼山下，堪称金川红叶地标景观、被梨树林掩映的神仙包，整个山坡被红叶包裹着，已是火红的一色，蔚为壮观！而更令我们浮想联翩、感叹万分的是：此刻映入眼帘的这足以撼人心魄的场景，还只不过是川西北最壮观的深秋红叶盛宴的一个缩影而已——此时此刻，绵延百里的金川河谷 100 余万株梨树红叶已然红遍整个两岸，株株展丫舒枝、彩叶缤纷，实乃一幅如火似锦的美丽画卷！

继而，我们依恋不舍地离开观景台下山，在沙耳中学用餐之后，又沿着险峻、陡峭、弯急的盘山乡村公路，登临享誉四川的海拔近 3000 米的老松坪观景台，居高远眺——此时，西下的夕阳将霞光洒满了大地，让眼前三乡境内的苍山、河流、碉楼、房舍、茂林、修竹、蜿蜒的公路、袅袅的炊烟……无一不染成红色，那醉人的艳丽、那惊人的壮观、那动人的氛围、那磅礴的气势……让人心灵震撼，叹为观止！

沉醉于观赏品评、流连忘返之中，不觉暮色已悄然降临。一家人方才满怀着对金川红叶的美好体验，满怀着自己审美情趣得到满足后的由衷欣慰，满怀着对梨乡儿女的生活似漫山遍野的红叶般红红火火的真切祝福，也满怀着对红叶所独具的那令人怦然心动和热切向往的红色所象征的热烈、豪迈、奔放、兴奋、激动和希望的深切感悟，于苍茫的夜色中驱车 90 多公里，平安返回高原新城马尔康。

（以《金川红叶美》为题刊载于 2020 年 11 月 27 日《阿坝日报》）

金川情人海

位于川西北高原的阿坝州金川县毛日乡的情人海，因"相传是'情人相思落泪而成'，且湖边的树木皆成双成对而生"得名，素有"静""灵""潮"三绝之说：人畜经过海子不能喧闹，否则震动空气，或大雨滂沱或冰雹砸头，故人过无声，马过摘铃，牛羊忌哨；大旱祈雨，以声震空，屡试皆灵；湖水自西向东潜流，夏季有潮，上午9时许与下午5时许，在1米多的水下泥沙起伏，涌动如潮，40分钟后湖面便平静如初，至今不知缘由。而冬季的情人海湖面结冰，唯中心10余米不冻，至今不得其解，且雪后冰面多见马熊、狗熊、林麝、麂、豺、狼、狐狸及飞禽足迹。海子中建有白塔，海子边建有小庙，周围挂满经幡，铺满石刻经文，保佑有情人情比金坚，海枯石烂永不变，真情相伴，吉祥安康；湖水常年碧绿，岸边杉柏挺拔，碧空蔚蓝如洗，与湖光雪山交相辉映，成为一幅绝美的山水画……这难得一见的集圣洁、神秘、美丽于一体的景观，吸引着众多游客慕名前来。

情人海距马尔康仅120多公里。因此，我和乾香同康平一家以及外孙元俊一起，也于几年前前往一游。

行车于初冬时节的梭磨河以及大金川上游的脚木足河、杜柯河峡谷，但见两岸的山坡上，绿色已经渐次隐去，唯有苍翠的柏树、杉树林中，还有着或孤零零或一丛丛的红叶，于微风中摇摇曳曳，在太阳的照射下泛着耀眼的光彩，吸引着人们的眼球。

车过可尔因，就顺着去观音桥的方向一路前行。在距马尔康市木尔宗乡上山处几百米跨过杜柯河后，便爬坡于水流湍急的太阳河畔。待过乡政府向左过桥，小车便轰鸣着马达，循着长达 3 公里的盘山坡道奋力攀爬，直到驶过一个似隘口的狭窄坡道，方停车于撒尔脚村负责旅游接待的建筑前的坝子内。

一下车，迫不及待的我们，赶紧穿过民居间弯曲的巷道，途经经幡猎猎的寺庙，登上情人海岸边的观景台。

放眼眺望，但见初冬时节的情人海犹如一面碧绿的镜子，静静地安躺在圣洁的雪山脚下，偶有寒风掠过，泛起粼粼波光。其左右两边被茂密苍翠的云杉、高山柏树等树木环抱，林间点缀着一株株、一笼笼已经变黄、变红的山白杨、桦树等落叶林，相映生辉。树林以上的高坡已有稀疏的白雪，遍野已然干枯的荒草在冬阳照耀下泛着淡黄色的光芒，分外耀眼。右岸是阴山，厚厚的积雪已经堆积至海子边，各种树木的枝条上亦积淀起厚厚的白雪。远方，几座高耸的雪峰直刺苍穹，与白云相拥。悬挂于如洗碧空中的一轮冬阳，令眼前的积雪和远处的雪峰银光闪烁、熠熠生辉。一只雄鹰展开强健的双翅，在空中盘旋。左边的半山坡上，一辆越野车正艰难地爬行在那条沿着海子半山腰延伸、消逝于远处雪峰之间视野尽头的去金川县阿科里牧场的以碎石铺成的"天路"之上！

收回视线，海子的水位已下降不少，眼前白塔的基座、枯朽的树蔸，稍远处表面仍留有海子水长期浸泡形成积淀物的岩边、巨石，全都裸露在岸边。不过，凭借海子水漫上时留下的清晰的印迹，完全可以想到降水集中的夏季，其水位之高、面积之大、气势之壮阔！而此时，高耸的雪峰、飘飞的云朵、苍翠的森林、已渐枯黄的草坡……都齐刷刷地倒映于虽然变小却更显宁静而悠远的情人海里，其展示出的别有韵味的景致宛若一幅绚丽壮美的画卷，令人叹为观止！

待我们在其上书写着"情人海"三个红色大字的黑色长条巨石前，倚着木质栏杆，以身后的美丽风光为背景，留下了一张张珍贵照片后，几个孩子便兴冲冲地奔向右岸边，在自水中裸露出来的乱石堆中"踏"出的小路上前行。我将因高山反应明显的乾香送回停车处休息后，又疾步追上康平带领的队伍。

我们循着木质栈道，脚踩厚厚的、在重压下发出"吱吱"响声的积雪，或费力攀爬，或侧身缓慢下行。一有缓坡，孩子们便兴趣盎然地捧起积雪相互抛撒、嬉戏，间或有孩子伴随着惊叫声滑倒在雪道上，于莽莽的原始森林之中留下了一路的欢声笑语。

沿途，但见原始森林里杉树笔直参天，枝繁叶茂，树干和枝丫上，挂满了被称为"山挂面"的长长的须状蕨类植物；柏树苍劲挺拔，枝条伸展，树叶墨绿；微风拂过，枝叶上积淀的白雪飘飘洒洒，呈雾状扑在人的脸上、钻进人的颈项，冰冷异常；林间，白雪覆盖的地面上，偶尔可见裸露的类似金川人称为"木鲁苏"的深绿色的成片植被，一丛丛的杜鹃刚好填补了大树之间留下的空间——初夏之际，当遍地杜鹃花盛开之时，那深红、暗红、粉红中间有白色的杜鹃花点缀于苍杉翠柏之间，其无与伦比的艳丽不难想象！

来到一处被茂密森林掩映的高台，于气喘吁吁的我们停下脚步小憩之际，大人孩子不约而同地噤声不语、眼神诧异，都敏感地觉察到了周遭的异常：耳畔，没有了流水的哗哗、鸟儿的鸣叫、人声的嘈杂、马达的轰响……万籁俱寂。短暂的停留，竟然令众人尽情享有了一次非常难得的如梦似幻的内心体验——远离喧嚣时心境的清净，让一行人心旌摇荡、难以忘怀！

下坡到海子岸边。大家一边行进，一边近观海子：透过岸边清澈的海子水，其下大小、形状不一的石头清晰可见；而远处，则一色碧绿、深不可测，投下几块石头，伴随着"扑通扑通"的响声，先后溅起高高的水花，再似密密麻麻的雨珠洒落水面，海子泛起的微波则一圈圈地荡漾开去，别有情趣……但至水面平静如初，水下却无任何动静，连被当地民众视为"神物"的冷水鱼（裸鲤），亦未现身——这让人颇感失望，也平添神秘！

游兴不减的我们，向着海子的尾部前行。步出森林，海子尽头荒坡上一大片落叶林便映入眼帘，那已被霜雪染成黄色的层层叠叠的叶片金光灿灿，其油画般的艳丽画面令人心醉！

借此短暂驻足，我们回首极目远眺：远处的高原山峦此起彼伏，绵延不断，峰顶和山坡上的积雪白得分外耀眼，仿佛着意展示其圣洁与美丽；透过树丛，特色鲜明的藏寨若隐若现；黄色的草地上，依稀可见凌寒犹未凋谢的或蓝或黄或白的花儿，稀疏的灌木丛和枝干苍虬的树木生长于其中，不知名的红彤彤的果子点缀其间，格外显眼；一群牦牛正悠闲地啃食已渐枯黄的草——这，令我们不禁神往盛夏时节此地的美丽景观：海子水面宽阔，海水更加碧蓝，水面平静如镜。两岸森林苍翠，草地绿草如茵，花儿竞相绽放，牧民辛勤劳作，牛羊成群，艳阳高悬，天空湛蓝，白云飘动，水鸟觅食，海子畔游人如织……当这些景、物、人都倒映于海子里时，那尽收于游客眼底的，必定是与眼见色调、韵致有别的另一幅绝妙景观！

康平带着一众人爬上半山腰的公路缓缓下行，穿过民居山坡后那片原始森林，回到停车之处。

我则沿栈道返回。刚到停车处，恰遇 2001 年毕业于威州师范学校音乐专业、时任观音桥镇长的吴永洪率队前来检查工作。热情握手、亲切寒暄之余，他向我详细介绍了情人海以及景点的情况——情人海又名长海子，藏名撒尔脚措，海拔 3800 多米，是由于地震造成两边山岩垮塌堵截流水形成的堰塞海子。海子长约 1800 米，其水域面积约为 5 万平方米，容积约 8754 万立方米，最深处达 70 米……关于海子的传说甚多，加之清人李心衡在《金川琐记》里对长海也有"巴布里山巅海子（即长海），有一物大如屋，形似青蛙，常涌跃涟漪中，翘首出水面四顾，不为人害，土民遥望见者，合掌佛号，即潜伏不见"的描述，还听说曾有人见过此水怪，这更为情人海染上了一抹传奇而神秘的色彩。目前，金川县正加快对景区的建设，以满足更多的游客前来休闲、观赏和探秘的需要……他生动、形象的介绍，令我对情人海的神秘之感倍增。

时值夕阳西下，晚霞已映红远方的雪峰。我们赶紧驾车下山，带着对情人海美丽风景的无尽回味、对情人海诸多神秘的久久思索、对情人海景观呈现出的"圣洁、神秘、幽静、美丽"的鲜明特色的真切感受，沿来路平安返回马尔康。

（以《初遇金川情人海》为题刊载于 2021 年 5 月 21 日《阿坝日报》，以《金川情人海·情人相思落成泪》为题刊载于 2021 年《蜀韵文旅》第 12 期）

九曲黄河第一湾

九曲黄河第一湾，位于离若尔盖县城 61 公里的唐克乡，因河面宽而蜿蜒，曲折河水分割出无数的河洲、小岛，红柳成林，婆娑多姿，水鸟翔集，渔舟横渡，是锦鸡、黄鸭、野兔、丹顶鹤、黑颈鹤的乐园，故被中外科学家誉为"宇宙中的庄严幻景"。其地处草原腹地，白河于此汇入黄河，气势浩大；有着由草甸、草原和沼泽组成的面积近 3 万平方公里的四川省最大的草原，地势平坦，一望无际，吸引着众多的中外游客前来游览。因此，借着 2014 年国庆节休假，我们也安排了经红原县前往唐克乡一游的行程。

10 月 2 日 6：30，我和乾香率康平一家，以及应邀到马尔康过国庆的丽萍一家和元俊父子，乘我和儿子分别驾驶的两辆小车，行经秋意渐浓的梭磨河大峡谷，进入红原境内。

初秋时节的高原清晨，已是寒气扑面，刷经寺一带河两岸宽阔的草原和丛丛红柳上，厚厚的白霜和片片的红叶交相辉映，别有一番韵致。

翻越海拔 4200 米的查真梁子山口，我们就进入了茫茫草地的腹地。但见辽阔的草原上，牛羊成群，帐篷点点，炊烟袅袅。时值国庆佳节，草坪上、公路边，停放着众多挂着成都、重庆牌照的自驾游小汽车；草原上，骑马者、喝酸奶者、啃食手抓牛肉者、摆出各种姿势留下倩影者和纵情放歌舞蹈者，人人神采飞扬，脸上无不漾起甜美的笑容……

途中，我们曾在长江和黄河分水岭的查真梁子驻足眺望，观赏东方白雪皑皑的高峰直刺苍穹，与湛蓝的天际相接的壮观；感知脚下"二水争流"——东边是源自壤口乡将汇入大渡河上游支流脚木足河的梭磨河，西侧是源自红原南部将注入黄河的龙日曲（白河）——的一大奇观；感受站在分别书写有"长江黄河分水岭"和"才饮长江水，又食黄河鱼"的巨石前，当"一览众山小"的豪情油然而生之际，心境豁然开朗的美妙体验！

红原县城外，辽阔的草原就像块柔软的绿色地毯铺在梦幻的大地上，清澈的白河水在其间划出的一道道舒缓优美的弧线，恰似一轮弯弯的月亮，因而得名月亮湾。当日，月亮湾景区游客如云，我们一行也前往游览观赏，并留下珍贵的合影。

之后，我们沿着弯弯曲曲地穿行于草原之中的白河一路下行，经红军长征时曾艰难跋涉而过的"日干乔沼泽"所在的瓦切乡，再从建设一新的唐克镇宽阔的街道中穿过，在游客中心买了麻辣、香喷喷的烧烤后边吃边走，很快就抵达了此行的目的地——九曲黄河第一湾。

当日，景区天高云淡，秋阳高挂，气候宜人，游人如织。在宽阔的草坪上、拥挤的停车场、弯曲连绵的栈道上，在眼前随处可见的帐篷、炊烟映衬下，黄河更显自然悠远博大。白河与母亲河在此汇合后，由南向北，继而以一泻千里之势从青藏高原奔流向中原大地，这孕育了伟大中华民族的恢宏气势深深地吸引着、感动着争先恐后欲大饱眼福的游客！

一下车，我们便急不可待地加入众多旅游者汇成的人流，沿着索克藏寺右侧山丘的栈道，疾步登临半山腰，极目远眺——

向南，矮山夹峙之间的白河在绿茵茵的草原中逶迤，直至视线的尽头；向西，眼前源于青藏高原巴颜喀拉山的黄河，全无诗仙李白笔下"君不见黄河之水天上来，奔流到海不复回"之浊浪滔天的磅礴气势，眼前的黄河第一湾地势平坦、河面宽阔，由远方一路奔流而来的黄河水与白河水交汇后，恰似一对含情脉脉的情侣，相依相偎地走向西北的天边，令人胸襟为之开阔；河面由此也宽了许多，河道也变得蜿蜒，那清澈平缓曲折流淌的河水一路上分割出的无数河洲、小岛之间，水鸟翔集，渔舟横渡……我赶紧举起相机，以那弯弯的河道、茫茫的草原、低矮的山峰、粼粼的波光为背景，将其定格！

远处，辽阔无边的草原与群山相接，一望无际——正是这片水草肥美的天然牧场，养育了我国三大名马之一的河曲马。

左边的山下，修建于黄河第一弯山坳临河处的索克藏寺院在太阳映照下金碧辉煌，恢宏的庙宇里的诵经声、钟声不绝于耳。围墙外帐篷星罗棋布，炊烟袅袅，与黄河共同构建成一幅悠远博大神奇的美丽画卷。据介绍，这里还是日落时分观赏九曲黄河第一湾的最佳位置——届时，放眼周遭，那顶顶帐篷、缕缕炊烟与驰骋的骏马会尽收眼底；那茫茫原野则与辽阔幽深的蓝天自然融为一个和谐的整体；加之夕阳西下之际呈现出的"落霞与孤鹜齐飞，秋水共长天一色"之神韵，会给人以美不胜收、叹为观止的强烈感受！

接着，我们分别以白河、黄河为背景合影留念。

之后，我们临时"兵"分两路，各自游览。康平便率领"有志攀登顶峰"者沿着长达数千米蜿蜒而上的栈道，以顽强的意志继续向着山顶攀爬，最终在海拔高达约 3600 米的观景台居高俯瞰，让阳光普照下由大河奔流和草原浩瀚交汇形成的绮丽壮观的绝美景观跃入眼底——其心灵之感受必然分外的兴奋和震撼！

我则下山回到停车场，与在车内休息的乾香一道沿着下行栈道步行到河边，同不愿上山的丽萍母女会合，并漫步到两条河汇合后的黄河岸边，抵近观赏母亲河风光——只见天地之间，草原辽阔，鸟儿掠水，雄鹰盘旋，牛羊骏马，一望无涯。远处，草地中星罗棋布地点缀着无数的小湖泊，小河则如藤蔓般把大大小小的湖泊串联起来，河水清澈平缓，渔船来往穿梭，游人悠闲垂钓；眼前，一艘快艇载着几位游客，自波澜不惊的白河上犁开水面，拖着长长的白色水沟，驶入黄河主流，稍后即至的波浪渐次拍打河岸，发出"哗啦哗啦"的响声；几只黄鸭鸣叫着自远方的天际飞来，扑打着翅膀，轻盈地落在水波荡漾的黄河上……那景观如诗如画！

此时此刻，2006 年 7 月初我率威州民族师范学校全体党员教师"重走长征路"时到此一游的情景清晰地浮现脑际：也是正午，我和乾香曾头顶艳阳，游走于黄河之滨。穿过齐腰的丛丛红柳，蹚过漫过膝盖的花草，径直走到黄河边，脚踩柔软的沙滩，站立凝望良久，情不自禁地伸出双手掬起一捧黄河水，抿上一口，品尝河水的甘甜与清凉，低头将颜面紧贴手掌，感受繁衍养育了中华儿女的"母亲河"的温柔与崇高；再回到碧草青青、野花遍地的岸上，紧走几步后，索性盘腿坐在草丛中、花簇里，以心灵倾听母亲河对厚重历史的娓娓述说，尽情享受人与自然融合的宁静与快乐，感悟身心得到前所未有解脱的悠闲与惬意……数年后忆及，仍心潮起伏、浮想联翩！

太阳西下之际，我们与自山顶步行下山的康平等一众人会合，来不及小憩，便匆匆回返红原县城。当时大人、孩子都已饥肠辘辘，我们原本可以就在附近的"藏家乐"就餐——若在唐克镇小学对面搭建于白河岸边草坪上的白色帐篷里的"藏家乐"就餐，则既可品尝酸奶，吃牛肉包子、手抓牛肉、酥油糌粑、酥油白糖拌人寿果，喝奶茶，还可饱览帐篷外那一路奔流而来的白河水穿行于红柳丛中，在斜阳映照下泛着银光奔向黄河的美丽景观，且其丰盛的特色食品和美不胜收的白河风光，至今仍令当年曾有幸光顾、享用的我和乾香回味无穷——但我们直至16：50抵达红原县城之后，一行才得以在"滨江大道"边的一家饭店就餐。

一路疾驰的我们行车至红原机场时，适逢太阳落山。一时间，满天的晚霞将耸峙的山峰、辽阔的牧场、成群的牛羊、白色的帐篷、藏民族特色鲜明的机场建筑、哗哗流淌的白河水、笔直延伸的机场跑道……染成红艳艳的一色——那川西北高原草地独有的晚霞景致，令有幸目睹的我们因其壮观而心灵震撼、为其绝美而如痴如醉！

此后，夜幕降临、光线暗淡，只有公路两侧牧村的灯光星星点点，格外醒目。我们加足马力一路前行。虽曾遇进州车辆流量大增而不时拥堵，不少车远灯大开严重影响视觉，又适逢交通部门为"改造鹧鸪山隧道西洞口以下路段"而实施交通管制，前后堵车达半个多小时，但我们仍于22：22平安返抵马尔康，圆满结束了"九曲黄河第一湾"之旅。

需要言及的是：这还是身为阿坝人的女儿丽萍等人，第一次亲近"天苍苍，野茫茫"的大草原和"自天上"奔流而来的黄河。有鉴于此，虽一路兼程近600公里，时间紧迫、人较疲乏，但在普天同庆新中国65周年华诞之际，亲人们能以"畅游雪域草原，感受秀美河山"的方式欢度国庆佳节，亦是值得为文以记之的一次难忘的人生经历！

（以《九曲黄河第一湾》为题刊载于 2020 年 12 月 25 日《阿坝日报》，以同题刊载于 2021 年 1 月 5 日《国防时报》）

毕棚沟

为了却久存心中的"寻访父亲当年在川西森工局时曾工作过很长一段时间的 303 伐木场旧址"之夙愿，我和儿子康平驾车，与当日要去汶川的乾香、秀萍母女同时于 2017 年 11 月 11 日清晨 7：40 自马尔康出发，前往理县朴头乡梭罗沟。

一路前行，但见夏日汹涌奔腾于大峡谷中的梭磨河随着季节的变换，已然驯顺了许多——清澈的河水泛起白色的浪花，缓缓地向下游流淌。高原提前降临的几场寒霜，令两岸山坡茂密的森林改变了模样——已经变黄、变红的桦树等阔叶林，点缀在茂密的杉树等绿树之间，别有一番韵致。

车出鹧鸪山隧道的西洞口，就进入了享誉神州大地的理县米亚罗红叶景区。眼见那相依、相接的大片红叶林，在晨风的吹拂下，小的叶片星星点点般散聚、摆动，大的叶片重重叠叠地摇曳、起伏，红得那么热烈、那么美丽、那么娇艳，宛若崇山峻岭中一条蜿蜒连绵的红色走廊，与漫山遍野葱翠欲滴的杉树等常青林木相互映衬，汇聚成一个五彩斑斓的海洋，让人心灵震撼，美不胜收！

这令人陶醉不已的高原深秋的绝美秀色，也拨动了曾经欣赏过"童话世界"九寨沟的多姿多彩、感受过"人间瑶池"黄龙的妩媚秀丽、领略过四姑娘山的雄峻挺拔，却未曾去过理县境内的早已名动巴山蜀水的毕棚沟的我们的心弦，当即萌生了顺道前往一游的强烈冲动。

于是，我们折进梭罗沟，前行数公里，驶入了毕棚沟景区游客中心。停放好小车，并在友人帮助下顺利取到入山门票后，随即汇入大多为成都、重庆游客的人流，于11：40沿木质阶梯拾级而上，径直到达停车场登观光车，待座位满员，司机随即开车。

毕棚沟距成都198公里，距理县城20公里，景区面积达613平方公里。景区以树为主要景观，极具原始森林气息，在每年秋季枫叶红时，更是娇艳似火、热情动人，是一个非常适合亲近大自然的景点。景区更囊括"原始天地八绝"——原始森林、湿地草甸、高原湖泊、溪流瀑布、终年冰川、千年雪山、彩林红叶、峡谷温泉，是一处集丰富的原始生态景观博览、登山穿越、极地探险、冰雪娱乐、休闲度假于一体的大型原始生态风景区。

毕棚沟内两侧均奇峰耸峙，自沟口到沟尾距离虽仅数十公里，而海拔却自2015米急剧攀升至顶峰的5922米（沟尾的燕子窝海拔亦达3800多米），这令刚驶出大门、跨过小河的旅游观光车，立即轰鸣着强劲的马达，在盘山道上不停地左旋、右转，以致车内游客前俯尚未到位，后仰却已开始，左侧撞上玻璃，右倾影响邻座，尚未到半山腰，就已晕晕乎乎，内心难受……

好在沿途名不虚传的美丽景观，深深地吸引住了我们的眼球。深秋的毕棚沟层林尽染，如上帝打翻的调色板一般，灿烂得如同一幅多彩的油画！放眼仰视：湛蓝的天空飘过朵朵白云，远处巍然屹立的皑皑雪峰在眼前多彩的秋色映衬下，显得格外圣洁美丽；透过车窗：茂密的森林连成一片，泛着白色浪花的流水哗哗流淌，清澈见底的湖水波光粼粼；路边水沟边、河滩里，造型奇特、颜色艳丽的"红石"，或群体或个别地静静地卧在那里，让游客平添怜爱；透过右侧茂密的森林，还有幸见到一条瀑布似白练般在陡峭险峻的山岩间奔流直下——大有"飞流直下三千尺"之势，继而倏然隐入密林之间，令人叹为观止！

20多分钟后，旅游观光车驶过唯一的几百米坡度稍降的长坡，停在地处茂密森林之中的上海子游客接待中心。我们匆匆用过20元一碗的面条，随即购买往返30元的车票，坐上电瓶车，在刺脸割耳的飕飕寒风中，于林间爬坡、穿行，到达磐羊湖景区。

下车后，我们便沿湖边的小道上行，边走边看：磐羊湖属典型的高原海子，因有磐羊经常在此出没而得名。湖中有冷水鱼、岩鱼等水生动物。湖泊周边的水草、灌木生长茂盛，四周山峰环绕，蓝天白云、雪山冰川倒映其中，恍若童话般的人间仙境。其左侧，磐羊湖口约30米宽的瀑布飞泻而下，哗哗作响，飞珠溅玉，水雾飘浮，颇为壮观。右边，以钢筋编成的围栏内，一群磐羊正悠闲地啃食枯黄的小草，还不时享用着游客抛去的食物——只见其体格高大、壮硕，四条腿十分矫健，据说因其蹄子的面积很小，能避免在石头上打滑，所以可灵活地在陡峭的岩石上行走，甚至还能飞跃峭壁；两只扁平的角向上扬起、尖锐的角尖向后下方略微倾斜，威风凛凛；一双敏锐的眼睛炯炯有神，两只竖起的耳朵不停地转动，尽显机灵、警觉，给人以"高原精灵"的深刻印象。不过，也许是被人观赏已成常态，生长于高寒山区的它们竟然对或经过、或驻足的游客毫无畏惧之感，失却了游人非常想见到的那份弥足珍贵的野性。

再前行，不时有奇崛枯寂的柏树独立于路旁的高台（坡）上，那干枯的树干上、丫枝上垂挂着的长长如细纱般的"山挂面"（学名"雪风藤"）在风中飘忽、舞动，仿佛在述说着这里曾发生过的古老的神话；两岸的山坡上，深秋的霜雪已令"层林尽染"——苍翠的杉树、柏树丛中，落叶松淡黄，阔叶鲜红，彩林丛丛，红叶摇曳，美丽非常。来到湖畔，但见正午的艳阳，令白色沙粒铺成的沙滩泛着银色的光芒；由冰雪融化之水汇聚而成的湖泊里，水波临风荡漾，湖面上升腾飘散着一缕缕、一层层似有若无的薄雾，让人顿生如梦似幻之感；一些游客禁不住踩着松软的沙粒，蹲下身子，用双手掬起一捧冰凉的水，凑近鼻孔体验它的纯净与清香，又将面颊埋进手里，感受它的爽快与亲近！对岸，有一群青少年男女挽起裤腿，赤着脚在湖边踩踏、跳跃，还相互洒水、嬉戏，不时有呼唤声、尖叫声传入耳畔，其欢快与惬意溢于言表！我们父子则贪婪地感受着四周山的雄伟、雪的晶莹、水的美丽、环境的宁静、游人的欢乐，并抓紧拍下张张照片留念。

接着，我们再以 30 元购得往返车票，前往沟尾当日游人如织的燕子岩窝景点。

这里地势较为平坦，三方均为高峰环绕——

左面，几座雪峰栉比鳞次，山山相连、峰峰相依、挺拔险峻，皑皑白雪覆盖着山巅，两山相接处，一条条动感十足的冰川分外耀眼、清晰可见；左前方靠最高峰处，一座山石突起若高耸的发髻，侧面高大宏伟像是长裙飘逸的女王端坐于山峰上——那就是神秘、传神的女皇峰；正前方是前往小金四姑娘山景区的唯一通道，山窝白雪堆积，其厚度可观。据介绍，燕子岩窝山崖上还有一条飞溅的飞龙瀑布，它高约 500 米，宽约 12 米，在水量充沛的夏季，水从绝壁之上腾空而下，吞云吐雾，犹如白纱涤荡，漾起层层水花涟漪……时值深秋之季，水枯涸，我们自然无法观赏到这一奇观。

右边是阳山，半坡以上均为裸露的花岗岩体，巨石嶙峋，奇峰耸峙，给人留下了丰富的想象空间——有的像一座猴头，有的似玉兔问天，有的如天狗望月，有的若仙龟下凡……沟两边的坡下、路边，落叶松、杉树、柏树，或独立，或成林，从浅绿到深绿、从浅黄到深黄、从橘红到深红，五颜六色的树叶和远处圣洁高耸的雪山交相辉映，鲜艳夺目——其夏季的茂盛与葱绿，令人期待；草甸里的杂草虽已枯黄，但其由枯返荣时节所迸发出来的顽强的生命之力，可以想见！我们边行走、边观赏、边想象（那些巨石像什么）、边品评——为眼前所见景观之美妙绝伦而深深陶醉，为大自然能为人类留下这雪山、静水、树木、红石等宝贵的自然资源而感慨万分！

忽然，几朵白云遮住了西下的太阳，我们抓住这绝佳的时机，按下快门，留下了左侧雪山"白雪更白，冰川更亮，山色更黛"的美丽壮观的照片，结束了毕棚沟景区之游。

随后，我们循原路先后乘坐观光车、旅游车下山。沿途，一直下陡坡的驾驶员刹车频频且左右急转依旧，深感饥渴的腹中十分不适，胃里不时翻江倒海，虽想尽方法以图分散注意力，但终因车内邻座接连呕吐，我在离终点约3公里的地方也不禁呕吐，且一发而不可收直至"吐无所吐"，难受至极，全凭意志力抵达游客中心停车场。

虽以未曾有过的坐客车呕吐，结束了此次随机决定却有幸成行的游览毕棚沟之旅，但心中仍欣慰至极——尽情欣赏了集"奇峰峻峭、冰川林立、原始古朴"为一体，涵盖了冰川、雪峰、海子、森林、彩林、溪流、瀑布、草甸、红叶、红石等自然风光，尽显"山雄、水异、林秀"特色的毕棚沟的奇丽景观，真切感受到了秋色的绚丽多彩和雪山的壮美多姿，更体验到了亲近自然的无比轻松、惬意和舒畅！

（以《多姿多彩毕棚沟》为题刊载于 2021 年 3 月 19 日《阿坝日报》）

大 藏

早就听友人介绍：川西北高原的马尔康市大藏乡有一座大藏寺，距县城 55 公里，海拔在 3500 米以上。该寺庙占地 200 多亩，规模宏大，建筑装饰工艺精美，里面有明代壁画，号称西藏甘丹寺之后第二座禅院寺，是藏族聚居区挺有名气的寺院之一，沿途风光清新秀美……

国庆节前的 9 月 25 日，我们有幸成行。当日清晨的马尔康，天高云淡，秋风送爽。我和乾香、元俊，以及同行的康平父女、祥英祥翠姊妹，在与乾志弟会合后，即驱车前往。

我们先溯大郎足沟而行。因夏末秋初一段时间里，雨水充沛，沿途道路泥泞，坑洼连连，颠簸不断，但沟内空气清新、幽雅宁静，淙淙流水清澈见底，蓝天白云与苍茫的群峰相接，原始森林里杉树等林木郁郁葱葱；公路边，特色鲜明的藏族民居栉比鳞次，房前屋后觅食的成群鸡鹅，公路边悠闲吃草的牛群，挂满于晒晾木架上的已收割的青稞、胡豆等庄稼……妆成一幅祥和、明丽的画卷！

继而，小车穿行于沟内的树林之中。偶尔见松鼠跳跃树上，鸟儿欢快鸣叫，野鸡横穿公路，薄雾朦胧弥漫，顿觉情趣盎然、心旷神怡!

行车至牧场下方,过桥向左沿陡坡上行,再从两山之间一大片辽阔的草坡的盘山道上驶过。但见山峰下彩林丛丛、色彩斑斓,薄霜依稀可见的草场上成群的牛羊马儿啃食着已然挂有晶莹露珠的青草、树叶,黑色毡子缝成的座座帐篷上炊烟袅袅,挤牛奶的牧民忙忙碌碌……好一派淡雅、宁静的美好风光!

车到山口,便依着山势左转,拖着滚滚烟尘,颠簸行进在狭窄的土石公路上。举目可见:左侧自沟底以上,杉树苍翠,桦木茂盛,直达路边;右坡上,青冈林郁郁葱葱,掩映了公路,绵延至山腰之上。小车绕着山峰向西北方向而行,沿公路两侧荒野草丛里不知名的星星点点野花,分外养眼提神……

这一段路程本来不远,但翻山越岭的艰难跋涉,用时却近两个小时。而令我们印象深刻的是:从山脚的云雾缭绕,到山腰的阳光普照,再到山口的寒风凛冽、令人瑟缩发抖——身处同一空间的我们,随着海拔的陡然提升,竟然有幸于短时间内体验到了"初秋隆冬易节"般的温度差!

继续前行不久,那自高而低延伸、被人们喻为"东方的阿尔卑斯山"美丽景观便映入眼帘:右侧,自公路至山脊,全被苍翠葱绿的林木所覆盖;所经山势高低起伏之处,便有下方险峻异常的悬崖峭壁不时自车窗前一闪而过,其沟壑的深不可测令人震撼;公路下方的地势则成缓坡状向前延伸至很远,被丛丛绿树分割、环抱的大小各异的成片草甸,起伏连绵,阳光映照下已略泛黄色的绿草犹如巨幅的毯子覆盖大地,其间黄的、白的、紫的野花成五彩斑斓的一片,分外耀眼;成群的牛羊在草地上或专注觅食或卧下细嚼慢咽,无比的悠闲自在;座座藏族民居点缀于草甸的边缘,身着鲜艳藏装的男女正在与草甸相接的土地上辛勤劳作……别有韵致，风光无限！

极目眺望，阳光照耀下的大藏寺所在的山坳尽收眼底：艳阳高照下的黄绿色相映生辉的山坡上，寺院就像童话里的宫殿，美得让人心醉；其地形地貌特色鲜明，其所在的主峰，被周围的群峰环绕，分外壮观！

小车驶近寺院，依山布局、逐级而建的建筑群映入眼帘：寺院的左前边建有一座醒目的佛塔，其基座巨大，塔身白色，金灿灿的塔尖分外耀眼；进入寺院，仰望阳光映照下的高大恢宏的大殿，其金色的屋顶熠熠生辉，经堂里诵经声和钟声不绝于耳，显得格外的庄严肃穆！

随后，高僧丹真曲扎带着我们步入高大雄伟、装饰金碧辉煌的大殿，详细介绍了大藏寺的历史，并逐一讲解寺内陈设、法器和壁画等。

大藏寺始建于1413年。传说藏传佛教格鲁派创始人宗喀巴大师在师徒告别时，把自己的一串念珠赠予弟子阿旺扎巴，深受感动的他，当即许下"这串念珠有多少颗珠子，我当建相同数目的寺院以报师恩"的大愿！当第107座完成后的一天，阿旺扎巴行至大藏时，天色已晚。他用法眼一看，发现面前有三峰耸立，左边一座山峰有一神人在敲法钹，右边一座山峰有一神人在吹法螺，中间一座山峰一株高大柏树上有一盏酥油灯如星星般明亮，当时难以选择庙址的他，便拿出一条哈达向天空抛去。第二天天亮后，见哈达挂在中间一座山峰的柏树上，阿旺扎巴当即用法力将此森林中的树木尽数搬走，只余下挂哈达的那株柏树——现在的寺址就在此处，而那株神树也就作为寺庙的一根柱子留了下来。修好此寺后，功德圆满（"大藏"藏文意为"圆满"，佛教教义中108这个数字亦代表"圆满"）的阿旺扎巴大师就圆寂在卓克基乡纳足沟察柯寺。

由于历史悠久和规模很大，大藏寺被尊称为"札仓第二"。据说，在明、清两代，寺院备受历代皇帝及朝廷尊崇，包括法物、印章、黄金、宝物、布料及僧人日用所需均由朝廷供给。大藏寺现今仍保存着乾隆皇帝所赠象牙印章一枚，所供织锦布料少许，御赐天衣及五佛冠散件，历代圣旨及诏书多件，以及明代大将军所供铜锣一个——此铜锣系大藏寺之宝物，其锣声异常洪亮美妙，名闻遐迩。

高僧介绍：二十世纪五十年代之前，大藏寺有弥勒殿三座、宗喀巴大师殿、大雄宝殿及护法殿等六座佛殿。各殿均有圣物及珍贵经书无数，弥勒殿还供有几十米高的未来佛圣像。即使是普通的僧舍，每间楼中都有整套《大藏经》（在藏传佛教中分为《甘珠尔》和《丹珠尔》两部），每间房的墙壁及天花板均绘满了壁画，记载佛陀及历代祖师之生平史传。大殿之楼顶为鎏金铜瓦，系皇帝所赐。寺院后山上有闭关院一座，供寺僧禅修闭关之用。据说在寺院前方那座三十米高的佛塔内，就有无数珍贵圣物。

寺院的外围是转经轮。藏族人普遍信奉藏传佛教，信徒须经常念经。鉴于当年很多人不识字，便发明了转经轮——转一圈经轮，就相当于念了一遍经。

高僧在介绍了殿里供奉的释迦牟尼佛、阿弥陀佛、药师佛、观音、绿渡母、四臂观音、文殊菩萨等外，还逐一讲解了大殿里的壁画：壁画是对藏传佛教千年来无数美好传说的再现和最直接的解读，而传说里蕴含的则是历代大师关于佛法的顿悟与思考。我们仔细观赏，那些映入眼帘的壁画均线条明快、构图生动、色彩鲜艳，给人以深刻印象！

高僧还指着大殿正中那根用黄布包起来的大树干介绍道："这根原寺里的'不倒桩'见证了大藏寺的历史。"

大殿旁边还有一护法殿。高僧介绍：清朝乾隆皇帝派兵征剿金川两遭败绩。据传，其第三次派出统军的定西将军阿桂，就曾专程来到大藏寺护法殿祈祷。之后进兵金川，征战势如破竹，终于在乾隆四十一年二月初四收复了大金川，从而结束了战争，并改土归流，设官驻兵，开垦屯地，护法殿亦由此声誉鹊起。

走出大殿后，我们又拾阶上行，依次参观了依山而建的其他建筑。途中，还经高僧指点，加深了对"寺庙所在地的山形宛若一头巨象，寺院就建在象的颈部，附近山势自然形成一座十三尊大威德金刚坛城之排列，在寺院中心可远眺东、南、西、北各有一座山峰，即为坛城（据说是诸佛和菩萨的住地，有着金碧辉煌的庙宇和宫殿，人们过着富足的生活，是信仰者向往的理想圣地）的四方护法"这一说法的了解。

最后，我们伫立高坡之上，置身于幽静、圣洁、宽阔的大藏寺之中，放眼莽莽苍苍的群山，俯瞰寺院及其周遭，想到一行虽车马劳顿，但有幸观赏了沿途美丽的高原风光、亲身感受了大藏寺建筑的宏伟、亲耳聆听了大藏寺久远的历史和神奇的传说，还开阔了眼界，增长了知识，感悟了哲理，并对梁启超先生"佛教是自信而非迷信，是积极而非消极，是入世而非厌世，是兼善而非独善"之说，有了更为辩证的理解，深感不虚此行！

于是，我们步出大门，与带着孩子们在寺庙外玩耍的乾香会合，踏上了返回的行程。

（以《秋日大藏行》为题刊载于 2021 年 10 月 8 日《阿坝日报》）

四姑娘山双桥沟

　　四姑娘山位于阿坝州小金县与汶川县交界处，由四座连绵不断、长年冰雪覆盖的山体陡峭、直指蓝天的山峰组成，宛若头披白纱、姿容俊俏的四位少女，因其雄峻奇异的山峰，鬼斧神工的地貌，丰富独特的景观，被誉为东方圣山。四姑娘山景区由四姑娘山、双桥沟、长坪沟、海子沟组成，景区内雪峰耸峙，冰川横陈，生物种类繁多，有金丝猴、扭角羚、雪豹、黑熊等珍稀动物，被称为观光者的胜地、登山者的天堂、徒步人的迷宫、摄影家的乐园。

　　2000年的4月29日，我们前往游览了这个著名的风景区。

　　当日，汶川县境内大雨如注。小车一过映秀，即行驶于道路泥泞、半山以上大雪飘飞的卧龙沟。待到翻越海拔4400多米的白雪皑皑的巴郎山口进入小金县境内之时，乌云渐次消散，天气转为晴好，让我们得以停车于观看四姑娘山的最佳位置猫鼻梁，向北方远眺观赏了白雪覆盖的四姑娘山峰：四姑娘山属邛崃山脉，大姑娘山（5025米）、二姑娘山（5267米）、三姑娘山（5355米）和主峰幺姑娘山（6250米）四位俏丽姑娘一字排开，虽然当天只见到了阳光映照下晶莹、圣洁的幺姑娘峰那峰尖陡峭、银光耀眼、直插云天的一角，但之后听说只有在天气十分晴朗且云雾很少之时，才有可能一睹四姑娘四座山峰同时展现的姿容时，还是颇感幸运。

4月30日，我们又在马尔康民族师范学校1995届毕业学生周远璐陪同下，经著名的猛固桥前往离日隆镇几公里处的沟内游览。

双桥沟是当时四姑娘山中唯一不需要骑马就可游览的一条沟。景区以雪峰、牧场、草地、森林为主，将四姑娘山景区的灵秀与宏伟很好地融合在一起，是四姑娘山最美丽、最有代表性的景区。

我们呼吸着清新的空气、赞叹着茂盛的植被、欣赏着半山以上覆盖着的皑皑白雪驱车慢行，边听周远璐讲解有关阴阳谷、日月宝镜山的传奇故事，边依次观赏了杨柳桥、阴阳谷、白杨林带、日月宝镜山、五色山等奇景。

阴阳谷的两岸绝壁对峙，山林耸翠，正面那座山据说就是由阿姆婆婆的神鹰变成。宽仅10米的阿姆河从中穿过，水流湍急。太阳出来后，一边有太阳光照着，而另一边却照不到，一阴一阳，别有情趣，真是大自然的鬼斧神工。进沟8公里处，据说就是四姑娘的百鸟羽衣化成的五色山。其海拔4000多米的山顶上终年冰雪覆盖，悬崖上怪松搭棚，峭壁下有大片茂密的原始森林，是阿坝州最典型的因地壳运动形成的褶皱山，长约1公里，由赤、黄、青、蓝、白五色镶成一条大半圆弧岩层，色彩排列非常规则。据说夏天白雪融化，岩石裸露，阳光照在上面，会反射出五道淡淡光晕，像一道美丽的彩虹架设在湛蓝的天空，非常美丽神奇。

接着，我们踏着木板铺成的栈道，游览沙棘林、盆景滩等景点。

走近果实被称为"维 C 之王"的沙棘树林，但见那些高大的沙棘树不仅成片成林，且其中还有一株一人合抱不住、高达七八米的"沙棘王"。进入沙棘林中，感觉那虬曲傲岸的黝黑枝干汇聚成片，分明就是一道亮丽的风景！由此不难想象：待到秋天，这片沙棘树上累累的金色果实，必定有如寒冬之蜡梅怒放，令人惊叹不已！

这片沙棘林的上方就是传说由四姑娘的日月宝镜变化成的山峰——海拔达 4800 米的日月宝镜岩。放眼望去，可见有似古铜色、白色和黄色的石头镶嵌在山间，好似一面镜子的镜架；峰顶上那巨大的四方形岩石则平整如镜，中部有一条巨大的裂缝将"镜面"一分为二；"镜面"多数时间积雪不化，在阳光、月光照射下，就会呈现出金光万道清辉四射的壮丽景色！

我们随即走进长约 3 里、风景奇丽的盆景滩（隆珠措）景区，其景致更是令人叫绝：盆景滩中星罗棋布般长着不计其数的沙棘古树，其又高又大的枝头或盘曲或延展，尽显虬髯老松的苍劲；由于水中钙化物多，那些常年浸泡的树根便钙化而形成了树枯死却不倒下、依然保持着挺拔优美姿态的独特景象。放眼观赏，只见水中大大小小的枯树参差错落，树下清碧的溪水弯曲回转，那静立的枯木老树、头顶的蓝天白云、四周的雪峰奇岩、满地的青草，全倒映在清澈的湖水中，构成一幅天然的盆景图，美不胜收！我们也禁不住兴致勃勃地攀上横斜枯瘠的树丫，以美丽的盆景般的景致为背景，拍照留念。

我们走过由冰雪融化的水流穿过树林、淌过草坡、在乱石坡上水花四溅、似珍珠般从石头上跳跃而形成的珍珠滩，再乘车直达沟尾海拔 3800 多米的红杉林景点游览。

一下车，我们便踩踏着路上的积雪，同游客们一道近观、远眺，将由近旁山岩裸露、怪石嶙峋、气势慑人，前方株株杉树在白雪衬托下尽显苍翠茂盛、生机勃勃，远处覆盖着条条冰川和厚厚积雪的山峰陡峭雄奇、直插蓝天所妆成的壮美景致尽收眼底，并有幸目睹了雪峰上突发雪崩的壮观景象——先是在山腰部，冉冉泛起朦胧的白雾；不久，发现雪峰高处凸起部有积雪坍塌，伴随着斗大的冰雪团跳跃着滚落山下；屏息凝望其处，可见那坍塌堆积在低洼处的一大片雪于徐徐移动之中，渐次裹挟起数百立方米的雪，呈整体状顺着山间被冰川覆盖的槽沟向下缓缓滑动，并有隐隐约约的声响传来；随后，其速度逐渐加快，地面有微微的颤动、响声也越来越大；及至抵达一段较狭窄的悬崖边且历经被堵住被挤碎再融汇之后，便似波涛般倾泻而下，直冲山脚，其声势让人惊颤不已；随之，其腾起的浓密雪雾升腾飘散，逐渐弥漫了陡坡，进而遮蔽了我们的目光，使我们感觉有凛冽的寒气扑面而来……更令人目瞪口呆的是雪，雾散净之际，其山脚处倏忽间已然堆积起一座矮小的"雪山"！待到一切恢复平静，那积雪更白、冰川更亮的雪峰，方才重新露出了真容。而回过神来的我们，则既为雪崩过程中那地面颤动、响声震耳、所向披靡的宏大气势震撼不已，也为能目睹、体验这叹为观止、终生难忘的场景而激动万分！

我们返回到地势豁然开朗的牛棚子，周围有猎人峰、鹰嘴岩，四周宁静得仿佛世外仙境，据说这里是双桥沟看山的最理想的地方。

当天，草甸上白雪覆盖，虽然艳阳高照，但3600多米的高海拔仍寒气袭人。我们随着周远璐的指引和详尽的解说，将群山在这里聚会形成的壮观景象一览无遗：向右看，是海拔5300多米的猎人峰，与身旁的尖子山峰比肩而立，中间有一巨大石柱，高达数十米，形状酷似一位持枪的猎人屹立，其身着披风，手持猎枪，仿佛正远望沉思，是为双桥沟"绝境"之一；向左看是海拔近5000米的金刚山（因状如"牛心"，又称牛心山），以及野人峰和金枪岩；往西看，层叠的雪山极似一群雄鹰展翅欲飞，让人浮想联翩！

我们在海拔3300米的人参果坪下车游览。草甸面积上千平方米的人参果坪，因生长着味道鲜美甘甜，可以食用也可入药益气补血的人参果而得名。我们漫步其中，但见草坪上刚冒出土的绿草如茵，曲折盘绕的河流泛起清亮的波浪向下游流淌；河对面山坡上千姿百态的树木，掩映着淙淙流淌的小溪，一群牛羊正悠闲地在溪边吃草……其山高水清、清溪澄碧、地阔天蓝的瑰丽风景，让人赏心悦目、愉悦舒畅！

在此，我们与县教育局秦福林局长、威州师范的吴茂华老师，以及原马尔康师范学校的同事梁晋书、张素琼、阿基老师会合。大家边漫步观赏眼前的秀美景观，边畅叙在沟内的所见所闻和心得体会，谈兴浓郁，其乐融融！

结束在双桥沟的游览后，我们先去原小金森工局的伐木场处午餐。

饭后饮茶、小憩后，方带着饱览了由山水林木、蓝天高峰、冰雪云雾、草甸溪流、优美传说等构成的神话般的奇特景观，实在不枉双桥沟之行的深刻印象，以及心满意足的内心体验，驱车返回小金县城。

（以《异彩纷呈双桥沟》为题刊载于2021年9月17日《阿坝日报》，以《行游四姑娘山双桥沟》为题刊载于《小金人大》）

若尔盖花湖

2006 年暑假，我们于 7 月 6 日至 10 日，途经松潘、九寨沟、若尔盖和红原县，开展了一次"重走红军长征路"的主题活动。

沿途，我们先后在松潘县川主寺红军长征纪念碑园、若尔盖县红军长征时党中央召开著名的"巴西会议"的旧址，分别开展了"重温《入党誓词》，保持共产党员先进性"的党日活动，令同志们受到了一次深刻的党性教育；也曾到黄龙寺、九寨沟、九曲黄河第一湾和红原月亮湾等著名风景区游览观光，亲身感受到了阿坝高原的美丽与神奇。

7 月 9 日早上，我们还在马尔康师范学校 1992 届毕业生左继军陪同下，有缘前往名闻遐迩的花湖游览。

据介绍：位于四川省若尔盖县和甘肃省郎木寺之间的 213 线国道旁的热尔大坝草原，地处全世界最大的高原泥炭湿地——若尔盖湿地，海拔 3400 多米，纵横数十公里，浩原沃野，广袤无垠，是中国最平坦的湿地草原，也是我国仅次于呼伦贝尔大草原的第二大草原。其间有三个相邻的天然海子，最小的叫错尔干，最大的叫错热哈，花湖则是居中的一个，因夏天湖水里会开满一种不知名的烂漫无比的小花而得名。其四周数百亩水草地则是以保护黑颈鹤为主的高原湿地生物多样性自然保护区。

我们行驶于刚改造一新的川（主寺）郎（木寺）国道上放眼远望，但见笔直宽敞的公路不见尽头，远山苍茫耸立，山顶岩石裸露，白雪片片，云遮雾绕；右侧山坡青绿，沟壑纵横，山脚处是辽阔的牧场，其间牧民的帐篷点点，成群的牛羊撒欢草甸，呈现出一派安详、和谐的景象，令人向往。车窗外，绿色的草原一闪而过，旱獭、灰兔穿梭出没，不时有雄鹰、黄鸭等飞鸟自天际掠过……这美丽壮观的大草原风光，令老师们激动不已，渴盼早点见到花湖景观的急迫心情禁不住涌动心中！

客车行进到离县城约20公里处，左转前行约2公里，就进入了花湖景区。

我们走下客车，花湖景区尽收眼底：7月的川西北大草原风光秀美、景致亮丽，湖水湛蓝、碧波万顷的花湖，犹如一颗蓝宝石般镶嵌于绿草如茵、五彩斑斓的茫茫大草原中间，宛若晶莹剔透的明珠般耀眼；放眼远望，蔚蓝的天空、舒卷的白云与远方若隐若现的群山相接，浑然一体；仰望天际，天高云淡，雄鹰翱翔，鸥翔鹤舞，十分壮观；前方，一群群肥壮的牦牛、绵羊和马匹，似白云般飘浮在绿色的大草原上，分明就是"天苍苍，野茫茫，风吹草低见牛羊"的真实写照……顿时，一种分外难得的辽阔和深远的心绪，于胸怀深处油然而生！

迈步于似毯的草地，置身于绿意葱茏的大草原，凝眸高远的蓝天，一种荡涤尘埃、物我两忘的美妙感觉在心头潺潺流淌，让人如痴如醉；而耳闻远处传来的"啾啾"的鸟鸣声，鼻嗅扑面而来的近处清幽的花香和远处牧民帐篷处飘来的缕缕牛奶香味，呼吸着那"高原氧吧"特有的新鲜空气，享受着高原独具的安宁祥和，一种舒畅至极的感受疏散于全身神经，让人心旷神怡、妙不可言！

　　大家漫步于绿草如茵的松软的草坪上，行走在纵横交错的水沟边，有的忙不迭地举起相机，忘情地按下快门，留下了珍贵的纪念；有的情不自禁地仰卧在簇簇野花点缀其间的草地上，无限深情地舒展双手，仿佛要抚摸头顶那如洗的蔚蓝天空；有几个同伴忙不择路，不小心陷入了泥沼，为使劲拔出被泥泞粘住的鞋子而颜面通红，虽略显尴尬，却一个个笑开了花。兴之所至的纪委书记陈利明这位当年驻防于红原县的骑兵团的"老骑兵"，则纵身跃到一匹骏马的背上，动作潇洒地一抖缰绳、挥起马鞭，在空旷的草原上催马驰骋，任由身后弥漫起马蹄疾驰扬卷起的滚滚尘烟；返回之际，他还身子前倾、勒紧缰绳、蹬紧马镫，表演了让骏马急停，继而马头高昂、鼻响连连、嘶鸣声声、前腿高抬、仅凭后双腿支撑直立起硕大而健壮的躯体的绝技，再现了自己当年威武骁勇的英姿，令惊叹之余的我们一众人禁不住热烈鼓掌、热情喝彩！

　　我们享受着湖畔五彩缤纷的美丽，脚踏着似沉似浮的沼泽地，小心翼翼地避开栈道外那看似平坦实则其下积水深可没脚的草坪，迈上那绕湖修建、蜿蜒静卧在水草地上的长长的木质栈道，饱览映入眼帘的那美得令人心醉的湖泊景致：此刻的花湖安详宁静、波澜不惊，水中那星星点点的水草小花斑驳陆离，五彩缤纷，相映成趣。举目远眺，清澈湛蓝的湖水倒映着蓝天白云，那"共一色"的湖水、天空，竟然让人一时难以分清水天相接之际！收回目光，艳阳映照之下的碧蓝的湖水浮光耀金，湖里鱼儿游泳，点点野花、萋萋芳草、环湖栈桥、如织的游人全都倒映于其中，犹如画卷展现；湖畔成片芦苇葳蕤，各色花儿绽放，别有一番风韵；黄鸭、白鹤、麻鸭以及一些叫不出名的水鸟，或栖息在湖畔，或划水于湖面，它们时而嬉水自乐，泛起圈圈涟漪，时而拍翅而起，鸣叫着翱翔蓝天，令人目不暇接……置身于这情趣盎然、美不胜收的景观中的我们，恍若进入了梦幻般的鸟儿的王国！

我们信步于栈道之上，绕行湖面一圈，再多角度、多侧面、多层次地欣赏高原沼泽地绝美的湖光山色……直到启程的喇叭声一再召唤，我们才恋恋不舍地离开花湖。

一行人坐在途经若尔盖县辖曼乡、沿黄河岸边直奔当日行程中的第二个景点——唐克乡的九曲黄河第一湾的大客车上，花湖的所见、所闻仍似一张张精美的图片在脑际里逐一呈现。

大家的共同感受是：花湖，的确是川西北高原一处值得倾情欣赏的绝美景观！

（以《行游花湖》为题刊载于 2021 年 12 月 3 日《阿坝日报》，以同题刊载于 2021 年 12 月 28 日《国防时报》；以《惊艳花湖最美湿地——天边的若尔盖大草原，绚丽妖艳的大美风光》为题刊载于 2021 年《蜀韵文旅》第 8 期）

黄　龙

　　黄龙风景区位于川西北高原的阿坝州松潘县境内，以彩池、雪山、瀑布、滩流、古寺"五绝"而惊艳世人，以奇、绝、秀、幽的自然风光蜚声中外，被誉为"圣地仙境，人间瑶池，世界奇观"，吸引着国内外众多的游人前去一睹为快。

　　慕名已久的我和乾香及秀萍夫妇，亦于2016年6月18日清晨出发，一路穿过梭磨河大峡谷，行经海拔3000多米的红原大草原，自川主寺翻越海拔4300多米的雪山梁子山口，抵达岷山主峰雪宝顶北坡下的黄龙管理局所在地，于次日畅游了该风景区。

　　黄龙景区管理局所在处海拔较高，植被丰富，空气清新，环境幽静。清晨，被几声鸟儿鸣叫声唤醒的我，推开瑟尔嵯国际大酒店的窗户，见天气晴好，朝霞满天，便赶紧拿上相机，兴致盎然地奔向酒店前宽阔的场地，屏息聆听那自峡谷两侧茂密森林里传来的或悠长或清脆、或高亢或婉转的鸟鸣声，尽情享受了一顿由众多鸟儿合奏汇成的似交响乐般的听觉大餐，并将被霞光涂上一抹红色的高山白雪、层叠的叶片上红光闪烁的森林、初升太阳染红的朵朵白云尽收眼底！

　　用罢早餐，我们即在导游引领下前往高山索道入口。缆车随即沿着树林里的索道通道，掠过树尖，跃过悬崖，翻过陡坎，穿过弥漫的薄雾，近乎垂直般地快速上行，很快便由海拔 2800 米抵达超过 3000 米的终点站。

以罕见的岩溶地貌蜚声中外的黄龙沟是一条长 7.5 公里、宽 1.5 公里的乳黄色岩石密布的缓坡沟谷。景区内的主要景点有五彩池、黄龙寺、迎宾池、飞瀑流辉、洗身洞、盆景池等。其中，黄龙景区的盆景池，是目前世界上发现的最壮丽、最富色彩的钙华池，池底五颜六色，池中到处都是奇特的花草石块，活水源源不断流淌而过，让人惊叹大自然的鬼斧神工。

我们疾步登上莽莽森林掩映的望龙坪观景台，极目远眺，远处那皑皑的雪峰、蜿蜒盘旋的雪山梁子公路、拍摄《西游记》的外景地——怪石嶙峋、颜色暗红的火焰山等一览无余；俯瞰山下，发源于雪山的黄龙沟恰如一条巨龙，身披由层层彩池缀成的金色鳞甲，顺沟盘旋而下，气势磅礴。那视觉里五彩斑斓的靓丽、脑际中如梦似幻的浮想，让人心灵震撼！

我们沿着穿越连片原始森林的木质栈道，前往五彩池。沿途，大树参天，杜鹃丛丛，植被葱绿，花儿竞放，彩蝶飞舞，清新的空气扑面而来，轻柔的薄雾拂过脸庞，不时有松鼠跳跃着窜过路面并极快地消失在茂密的杉树枝叶中，小鸟欢歌着掠过林间，阳光透过树林，将斑驳的光点洒满栈道……游人行走其间，仿佛在穿过一条七彩的绝美画廊。透过密密麻麻的树干不时闪过的沟内多彩钙华滩，则诱发着游客的探究情趣，激发起大家一睹为快的心理冲动！

我们一路爬坡上坎，边观赏边前行，最终顺利抵达海拔 3200 米的五彩池观景台，凭栏将整个景区尽收眼底：在两边山上茂密森林夹持而形成的黄龙沟内，雪宝顶积雪熔岩结合成的长达 1.2

公里的乳黄色碳酸钙华物质的钙华滩流，几乎覆盖了整个山谷，从高处远眺，宛若一条从岷山雪峰飞腾而下的黄龙，蜿蜒于茂林翠谷之中，直至视线的尽头；钙华所到之处，遇坎叠坝随弯铸型，金黄色的坝体或高或低，鬼斧神工般地在一个本不起眼的山坡上，筑起了高低错落层层叠叠环环相扣的梯状湖泊——彩池，那池堤的高矮、颜色、面积大小以及形状均各不相同的水池里盛满了澄清无尘的水，其水色随阳光照射的角度、光线的强度不同以及水底沉积物和树木、山色而千变万化，泛起黄、绿、浅蓝、蔚蓝等各色光彩；眼前这面积达数千平方米的五彩池水，以蓝、绿、黄、白为基调，蓝中泛白，绿中浸蓝，黄中有绿，五光十色、争奇斗艳，各具风情，让人眼花缭乱；群山、白云、茂林、古寺倒映池水中，浑然天成，美不胜收，令人不禁赞叹造物者的神奇；那自数不胜数的水池中溢出的清澈见底的水，在钙华上顺势而下纵情流淌，或轻漫，或冲荡，或飞溅，或自高坎上"哗哗哗"成幕布般悬挂，堪称千姿百态、异彩纷呈，宛若人间仙境，让人心旌荡漾！

我们从沟内右侧的栈道下行，游览黄龙后寺。该寺为明朝兵马使马朝觐所建。庙宇依山就势，宏伟壮观，飞檐斗拱，雕梁画栋，独具风格。寺前绿草如茵，花团锦簇。寺后彩池生辉，雪峰巍峨，溶洞幽深。寺门上绘有彩色的巨龙，门上有古匾，正中书"黄龙古寺"，左书"飞阁流丹"，右书"山空水碧"，颇具哲理。寺的大门有一副著名的楹联："玉璋参天，一径苍松迎白雪；金沙铺地，千层碧水走黄龙"。据说这副楹联出自几百年前一位佚名学士之手，寥寥几笔，就简洁明快地勾画出了黄龙沟苍茫空灵、磅礴大气的景色。

等到秀萍夫妇深入地下长达 50 米的黄龙洞内看黄龙真身、

灌"圣水"返回，我们前往黄龙中寺午餐。餐桌上那特色鲜明的青稞饼、手抓羊肉、洋芋汤圆、油炸土豆丝、油炸果子、牛肉包子、酥油茶等本地特色美食，其色香味俱佳，给人留下极深刻的印象。

我们继续下行，观赏了由600多个彩池组成的位居黄龙沟第二大的争艳彩池群。彩池群池堤形态最丰富、最优美。它们面积大小不一，有的大至数亩，气势磅礴，有的小如盆碟，精巧玲珑。因突如其来的如注大雨，我们无缘观赏到在阳光照射下，堤岸植被与各不相同的池群争艳媲美的奇特风姿，以及池水深浅各异、水色艳丽、无不在尽情地绽放着自己的魅力的绝美景观，但随着雨越来越大，豆大的雨点溅落在视线内大大小小、层层叠叠的水池中，击起密密的水泡，泛起蒙蒙的薄雾，雨中的争艳彩池别有一番的动人风韵，亦让人浮想联翩、叹为观止！

及至抵达黄龙沟最令人叫绝的长约1500米、宽约100米的坡状的钙华景观金沙铺地时，适逢雨过天晴，阳光透过薄云照耀大地。可见滩面以金黄色为主，散落着乳白色、灰色、暗绿色等色块的滩面上，流淌着薄薄的一层水，犹如金河泻玉、银水溢流；坡面两侧低，中间隆起，像金光闪闪的鳞片一样层叠，整个钙华滩流仿佛一条黄色的巨龙俯卧于高山峡谷之间，背依着远方终年积雪的岷山主峰雪宝顶，显得格外雄浑壮丽！而此前在黄龙古寺所见对联下联的"金沙铺地"四个字，的确为对此景观的精妙概括！

再缓步下行，一条100多米长的钙华滩映入眼帘。在这个上下落差约30米的滩面上，下泻的钙华流在此跌落成一堵高约10米、宽约40米的塌陷壁，其上有一个高1米、宽约1.5米的被称为洗身洞的溶洞。乳黄色的崖壁雄伟壮丽，奔涌的流水从堤埂上流淌而下，撞击在钙华物堆积体上，溅起串串晶莹的水珠，雄浑无比！我们在此拍照，留下了十分珍贵的纪念。

我们于迎宾池登高仰望：只见在海拔 3000 米以上的乳黄色的长坡上，花木竞秀，几百个彩池像一条蓝白色的飘带，蜿蜒曲折，在山谷间环绕，苍翠的原始森林分布在彩池的两侧，与远方白雪皑皑的雪峰、飘浮蓝天的朵朵白云构成一幅斑斓多姿、艳丽奇绝的风景画，无比壮观！

我们改走便道，于林间草丛中寻觅黄龙景区特有的堪称兰花中的"大熊猫"的稀有物种杓兰。当日运气极佳，无论是似毯的绿茵中还是零落的灌木下，都发现并观赏到了或单株或群生、花朵或红色或黄色的杓兰：其绿色的叶片不多，均向上伸展，所开之花朵似囊状，上有三四枚萼片伸展遮护，远望像一个开口向上的小口袋，微风轻吹，随风摇曳，幽香四溢，色彩明丽，十分乖巧，令人怜爱。其所象征的淡泊、高洁、美好的高贵品质，更是令人肃然起敬。可以说，集静美、雅丽、幽香于一身的杓兰花，无愧于黄龙风景区的一宝！

最后，经财神庙遗址抵达山门，并在其后坝内镌刻有警示爱护自然的文字的汉白玉石碑前驻足良久，我们才与导游等人握手道别，满怀着因黄龙风景区那融大自然鬼斧神工和雄浑壮观于一体的景观之美、飘逸静谧的黄龙水的灵秀之美，让自己的视觉受到极大冲击、心灵受到强烈震撼之后的愉悦舒畅，踏上了长达400 多公里的返马尔康之途。

（以《行游黄龙》为题刊载于 2022 年 2 月 16 日《阿坝日报》，以《夏日黄龙行》为题刊载于 2023 年《松州韵》第 1 期）

九寨沟

　　美名远播的九寨沟景区位于川西北阿坝州九寨沟县漳扎镇境内，系世界自然遗产、国家重点风景名胜区、国家 4A 级旅游景区、国家级自然保护区、国家地质公园、中国第一个以保护自然风景为主要目的的自然保护区，东方人称之为"人间仙境"，西方人誉之为"童话世界"。其独具的湖水、雪峰、叠瀑、森林"四绝"名不虚传，吸人眼球；堪称九寨沟精灵的水，则集湖、泉、瀑、滩连缀一体，飞动与静谧结合，刚烈与温柔相济，被谓之为"中华水景之王"，故而民间有"九寨归来不看水"之说！

　　2001 年 1 月 25 日是农历正月初二，我和乾香率康平一家以及健平夫妇，驱车近 300 公里前往九寨沟县城，看望住在幺兄弟家的岳母。

　　年过七旬的老人家见大女儿一家专程前来拜年，同享天伦之乐，自是神情愉悦。乾华也是精心安排，盛情接待，并组织大家于正月初四日前往九寨沟景区游览。

　　当日天气晴好，冬阳明媚。在兄弟引导下，我们一行径直前往坐落在则查洼沟尽头的长海。

　　长海海拔 3100 米，长约 5 公里，宽 600 多米，湖水最深处达百余米，是九寨沟湖面最宽阔、湖水最深的海子。长海四周没有出水口，水源来自高山融雪。奇怪的是，长海从不会干涸，也不会溢堤，因此藏民称之为"装不满，漏不干"的宝葫芦。

长海边伫立着一棵极具传奇色彩的独臂老人松——传说长海中时有怪物出没，而独臂老人为防止其伤害百姓，就日夜守护在长海岸边，久而久之，就化成了一棵松树。虽然是传说，但令人深感奇特的是，由于长年风化，这棵松树横向发展，左边秃如刀削没有枝丫，右边却枝叶横生，宛若一位守护长海的独臂老人。

我们站在树下，脚踩吱吱作响的积雪，放眼观赏：近处，长海依然冰冻，冰面上白雪堆积，与岸边和森林中的积雪连成一片，好一个银装素裹的童话世界！远眺，海子边靠山处虽冰雪相接，但中间已有部分融化，湖水墨蓝，像一面清晰的大镜子，蓝天倒映在水中，显得更加纯净；四周叠翠的山峦倒映水中，显得更加翠绿；游人倒映在水中，显得更加楚楚动人；白雪皑皑的山顶、葱绿的杉树、枝丫光秃的桦木等，都倒映在波澜不惊的墨蓝色的湖水里，峰云连接，山水相映，分外秀丽壮观，犹如一幅天然的风景画，令我们一行人心醉不已！

我们下行，到相距仅1公里处的以湖水纯洁莹碧、秀美多姿而闻名的五彩池游览。

孩子们挽扶着岳母，踏着雪沿阶梯来到了五彩池。五彩池海拔2995米，面积5645平方米，深6.6米，是九寨沟最小、最艳丽的池子，犹如一块巨大的蓝宝石藏在密林之中。由于这池水是由位于高处的长海经地下补给，而地下四季常温不冻，所以补给的水量全年大体稳定。冬季的池边仍结着冰，但池水充盈明澈。透过蔚蓝的池水，池底砾石棱角、岩面的石纹和沉淀物都清楚可见，色彩斑斓，仿佛镶嵌在湖底的一颗颗明珠。同一湖泊里，湖水五彩缤纷，有的水域蔚蓝，有的湾汊浅绿，有的水色绛黄，有的流泉粉蓝……颜色搭配得十分和谐，令人赞叹不已！

回到诺日朗接待站午餐后，我们先游览了诸景点中最为精彩、有"九寨沟一绝"和"九寨精华"之美誉、海拔2400多米的五花海——先漫步于公路边、湖泊畔、枯树上和栈桥头观赏：湖泊紧傍森林，水清澈碧蓝，湖底则有许多倒下的树木，树上长满了像青苔一样的植物，天光、云影、雪峰、彩林倒映湖中，与湖底色彩融合成异彩纷呈的彩色世界，充满诗情画意，相映成趣、妙不可言。再停车于老虎嘴，居高俯瞰：那湖底的树木、植物钙华成的一丛丛灿烂的珊瑚，在阳光的照射下，五彩缤纷，十分耀眼，犹如一只正开屏的碧绿色的孔雀嵌在碧蓝的水中，美丽而神奇！

再返回，冬季水势变小的珍珠滩映入眼帘：珍珠滩布满了钙化的坑洞，沿坡而下的清澈激流在坑洞中跳跃、撞击，飞溅起无数朵水花，在阳光的映照下，似珍珠洒落，晶莹耀眼，圆润剔透，真是美丽至极，顿时产生伸出双手想要将跳跃的水珠捧在手中的强烈冲动！

在横跨珍珠滩的栈桥上驻足，回望上方，那飘洒的小水滴如薄雾般扑面而来，流水如雪花般翻卷，让人顿生清心爽朗的美妙感觉；探头俯视，见哗哗奔流的瀑布，卷起层层浪花，瞬间越过岩壁，冲向深深的谷底，气势分外壮观！

栈桥的左侧水滩上布满了枝叶上挂着晶莹冰凌的灌木丛，激流从桥下通过后，在浅滩上激起了一串串、一片片滚动跳跃的珍珠……我特意停下脚步，向一众人讲述了几年前的夏天同乾香一起在此游览时，脚蹬租借的红色长筒靴子，在那湍急的水流中和溅起的水珠间战战兢兢移步、开开心心地戏水的难忘情景！

我们经铺满白雪的栈桥下沟，来到珍珠滩崖壁底下仰望：眼见激流被形如新月的岩体分割为数股，冲出悬崖跌落在深谷中，形成宽200米，落差最大可达40米的瀑布，虽水流明显不如夏秋季充沛，但仍或银帘飘飞，或白浪滚滚，或如珍珠般奔流而下，其气势非凡，雄伟壮观。而滴水成冰的寒冬留存下来的滩边峭壁上一条条动感十足的冰瀑，岩石上矗立着的一截截冰柱、飞瀑高悬处稀疏地悬挂着的一串串冰挂、高大的树干上包裹着的一片片银色的铠甲，与翻卷的流水和谐共处，形成一幅美丽的画卷。其一色的晶莹剔透在阳光下熠熠生辉，又与山林间、峭壁处、坡坎上、平地里随处都堆积着的形态各异的厚厚的白雪交相辉映，呈现出难以言状的独特风韵，堪称奇观！再联想到《西游记》中唐僧师徒"你挑着担，我牵着马，迎来朝阳送走晚霞……"从滩口走过的"招牌"画面，一种美妙无比的内心体验油然而生！

来到诺日朗瀑布对面的观景台。举目望去，诺日朗瀑布高20多米，宽300多米，自其上群海而来的水流穿林过滩，慢悠悠地流来，又飞泻而下，从陡岩上猛然跌落在瀑下的岩石上，气势如虹，那腾起的蒙蒙水雾在阳光下萦绕盘旋，缥缥缈缈，其风姿显得格外迷人。

我们几位男士还穿过公路，下到沟边，小心翼翼地走过一根横卧水沟、裹满冰雪的枯树干，快速穿过水帘，进入冰挂高悬冰凌铺地的洞中。虽然浑身淋湿寒意飕飕，但水流有如断续的珠子，似帘幕一般垂落，帘外树影婆娑、白雪皑皑，明媚的阳光将水帘映照得银光闪烁，洞内则光线阴暗、寒气逼人。"水帘洞"内外景观既强烈反差又互为映照所融汇成的优美意境，炫目得令人如痴如醉——堪称"别有洞天"！

我们还于返回途中，先后游览了犀牛海、树正瀑布和芦苇海。

犀牛海是一座长约2.2公里、水深17米（最深的地方达40多米）的天然湖泊，是海拔高度2400多米的树正沟最大的海子，其南端有一座栈桥通往对岸。据说犀牛海是九寨沟中景色变化最多的海子之一，也是九寨沟仅次于长海的第二大海子，其美丽的倒影则堪称众海之冠：虽是冬末春初，但海子北岸尽头的芦苇丛、南岸出口处茂密的树林、银色的瀑布、两岸峻峭的山峰，一齐倒映水中，那绚丽多姿的湖光山色，湖泊中间那一大片蓝得醉人的湖面，实乃美不胜收！

我们到树正瀑布游览。尚在行进之际，就远远地听闻到它雄浑的水声，真是"未见其形，先闻其声"。近前观赏，只见上游湖水匆匆地淌过密林和浅滩，被水中的树丛分成无数股水流，形成了树在水中生、水在树中流的奇观，最后汇集到树正瀑布顶端的山崖边，瞬间即自崖壁跌落，形成一幅美丽的水帘：无数道流水分级飞坠，左回右折，竞相倾泻，或如珠似线，千丝万缕，或倾盆而注，直泻到底，其非凡的气势，令心灵震撼！

瀑布下方，有一道栈桥横跨浅滩，通向对岸。栈桥旁边有一座以杉木板盖顶、以石块压板、以木板做墙、充满藏族风情的磨坊。它利用汇入水槽的强劲水流冲动木质水轮，转动石磨磨面。旁边的转经筒在激流的冲击下旋转不停，虔诚的藏族同胞常来此念经……这由海子、浅滩、栈桥、瀑布、磨坊、转经房自然融为一体，构成天人合一的绝美画面，让人流连忘返。

我们还步行至树正寨子前高高的木质观景台上观赏，将由苍翠的青山、梯级的飞瀑、碧蓝的河水交融而成的无与伦比的秀丽风光尽收眼底。

我们还于芦苇海停留。芦苇海其实是进入九寨沟后的第一个海子，海拔 2140 米，全长 2.2 公里，是一个半沼泽湖泊。海中芦苇丛生，水鸟飞翔，清溪碧流，一派泽国风光。我们徜徉于海子边，不时用手掬起一捧清澈的湖水，抿上一口，清新冰凉得心醉；再投下石子，吆喝几声，便见有水鸟扑腾着翅膀冲向天空，盘旋几圈之后，又降落在实在不忍离弃的家园，钻进虽然枯萎但仍足以遮蔽水面的芦苇丛中，还"嘎嘎"地鸣叫几声，极具情趣，让人心旷神怡。

直到晚霞映红了山巅，我们才结束九寨沟之游返回县城。

一路上，我感觉：四世同堂，是中国传统文化中"有福气"的重要标志。当天祖孙四代人同游九寨沟，堪称是人世间的大好事、喜事和奇事，其纪念意义非同寻常。路途中，岳母情绪饱满，兴致勃勃，上坡下坎都只需稍加搀扶，还一再叮嘱我们注意安全，让我们倍感高兴！

我感悟：无论是雪峰插云、古木参天、平湖飞瀑的九寨沟景，还是或平静似镜、或色彩斑斓、或气势雄浑的九寨沟水，都是大自然的杰作！我们，理当分外珍惜、倾情守护好大自然馈赠人类的这份珍贵遗产。

（以《初春九寨行》为题刊载于 2022 年 4 月 11 日《阿坝日报》，以《九寨行》为题刊载于 2022 年《蜀韵文旅》第 7 期）

松潘与红原

2017 年 6 月中旬，我和乾香、孙儿元杰曾前往甘健平任职的松潘县住了一段时间。其间，自己对松州古城的悠久厚重的历史文化和特色鲜明的风土人情，以及来往沿途所见高原的美丽风光，有了更为深刻的印象，并由此萌生了将其行诸文字的冲动！

抵达松潘当晚，我们住在汶川特大地震后由安徽省援建的徽苑。次日，我们在徽苑外、岷江河边宽阔的草坪上长时间散步，附近，是新建成的松潘县中学。

回望徽苑内，矗立一色的六栋住宿楼，每栋均六层、两个单元；另有供驾驶员等工作人员住宿的一栋宿舍楼。其中，除县级干部居住的周转房外，也有一部分出售给了公安、税务、教育等系统的部分职工居住。

仔细观察，徽苑房屋的设计充分体现了安徽风格：房顶除中间部分为平面外，前后两侧均为高出一截（向前或后）倾斜状，且覆盖浅黑色机制玻纤瓦，使得除中间部分以外的雨水均得以分流两侧——这既颇有江南风味，也部分避免了阿坝州常见的屋顶渗水的"顽疾"；单元楼口均"前出"成"门厅"，得以为入住者大雨天进单元门口前提供遮雨的方便，也避免了将伞具之水带入楼梯；四层以下墙体喷刷灰色，五层为白色，四、五层交接处嵌入凸起的线条喷刷以红色；房子正面每个单元楼道自一层至屋顶喷刷为白色（房子背后则将一至四层所有阳台喷刷成白色，其余为灰色）——形成一个白色的"Π"字形，形象地勾勒出了该栋房屋的总体轮廓，堪称"神来之笔"！

回到徽苑内漫步，发现每栋楼一层前均有花台，属于一楼房主所有。除少有的种菜之外，都种植各种花卉；各户的阳台上，亦栽种了很多花草——我甚至想，爱花、种花、欣赏花，这也许是松潘人长期文化积淀的结果。5月以后，油菜花、胡豆花、豌豆花、月季花、玫瑰花、丹皮（牡丹）花、棋盘花……品种繁多的花儿次第开放，十分养眼；道路旁边有宽阔的绿化带，园内松树苍翠，杨柳青青，每隔约两米便种有叶面暗红、叶背鲜红的枫树。那红叶簇簇，红柳丛丛，绿草茵茵，花儿朵朵，彩蝶翻飞，蜜蜂出没，香气袭人的优美环境，既令人赏心悦目，也让人深感此地怡人宜居！

而令人印象深刻的是，之后几日所见附近的街道旁、社区内，以及半岛公园和其他绿化地带，无一不是林木茂盛，绿草覆盖，鲜花遍地，蛱蝶穿花……绿化、美化、香花，已然成为松潘县城独具的一大特色！

松潘县城海拔达2850米，一直有高原反应的乾香需要休息、调适。我自己则虽有轻微的反应，却觉得影响并不明显。在之后的日子里，每天，我都会与元杰外出散步，也曾在古城游览，还几次陪健平上班快步走到城北家园前的转弯处，也没有明显感觉到累。当然，若快步登上居住的五楼，也不乏短暂喘气的情况。

松潘县城属于典型的高原气候，具有海拔高、气温低、紫外线强、日照丰富、降水少的气候特点。此外，此地气温的年较差小，日较差大。虽然县城周边的山都不高，但其大气候受近在咫尺的红原、若尔盖大草原的影响却较大：只要乌云弥漫，马上就会大雨倾盆；即使白云朵朵，不时也会雨点横斜；骄阳直射之际，倘若浓云形成，不久就会电闪雷鸣，大雨夹杂着冰雹，一齐砸向大地。记得 6 月 26 日，一场冰雹过后，古城右侧的山上、退耕还草的坡地上，一片白色顷刻间便覆盖了植被，可见其冰雹厚度相当可观。我们宿舍外的窗台上，也堆积了一堆冰雹，直到阳光普照，才渐次融化。不过，昼夜温差却不是很大，倒是白天要留意气温随着"有无层云"而变化无常，需要及时加减衣服，以防感冒。

松潘的吃也有特点。此地餐馆里，多以牛肉为主要食材，且肉嫩、纤维多，无论是红烧、清炖、炒（肉丝或肉片）、火锅煮排骨等，都色香味俱全。也有一些小餐馆以素菜为主的食物招徕顾客，既绿色，又清淡，很对我们这些老年人的口味——比如我们在古城交通局旁吃晚餐时，给我们上的七菜一汤中，仅有两个加了肉丝、肉片，其余就是豌豆尖烧汤，或以刺苞苞、蒲公英等为食材的菜，让人吃得既放心又舒心。松潘餐馆里的火锅，供应的都是本地的小白菜——其奥妙在于，这些小白菜大多种植于地角、路边，不施化肥、不喷农药，绝对绿色。至于松潘的面食，那可是一绝，无论是馒头、包子、花卷，都发酵合适，松软（不板结）发泡，百吃不厌！

6 月 18 日，我们一家进城晚餐。返回时步行，曾有幸在松潘古城内信步行游。

资料显示：松潘古名松州，是历史上著名的边陲重镇，史载古松州"扼岷岭，控江源，左邻河陇，右达康藏""屏蔽天府，锁阴陲"，被称作"川西门户"，古为用兵之地，自汉唐以来，此处均设关尉，屯有重兵，1991 年成功创建省级历史文化名城。

松潘古城分内、外两城，内城平面跨崇山，依山顺势略呈三角形，东部崇山之下河谷部分为长方形，外城毗邻内城南面的河谷下坝，有城门与内城相通，平面为长方形。其城墙总长 6.2 公里，用本地烧制的青砖砌成墙身，高 12.5 米，厚 12 余米，以糯米、石灰和桐油熬制的灰浆粘勾缝，坚固如铜墙铁壁。松潘古城有门七道：东曰"觐阳"、南叫"延熏"、西号"威远"、北作"镇羌"，西南山麓则称"小西门"，外城两门，东西向称"临江"、南北向称"阜清"。各城门以大块平行六面之条石拱圈，使顶部呈半圆形，门基大石上雕镂有各种图案，别具匠心，耐人寻味。松潘城内，小桥流水，景观独特，湍急而清澈的岷江水流从松潘古城的东端穿过环城路向西流，在切过中央大街后，转往南流，从南城门左侧流出松潘古城，使得整个松潘古城顿时活泼生动了起来。

据介绍，汶川特大地震后，松潘县委、县政府抓住灾后重建的历史机遇，作出将原古城内机关事业单位等迁入新规划建设的新区的决定；由上海同济大学对老城进行整体规划、设计，建成了如今集"食、宿、游、购物"为一体、吸引着神州大地八方来客、面貌焕然一新的松州古城！

我们祖孙四人自瓮城进入，循宏伟的南门，廊桥飞檐翘角造型优美、廊柱及顶部画作色彩亮丽的古松桥，风情浓郁的老街，北街和中街交会处新建的鼓楼，一直到十字路口，再折向右，到达过往我们路经松潘时必去的进餐处，却见那熟悉的餐馆已了无踪影，连当年的县政府也没有了痕迹——它们已与过去的广场一并辟为面积显著增加的大广场。其西侧临街处，则新建了一座高大宽敞的松州戏楼。我们又向北顺着改造后的古城正街，踏着记述松潘古城悠久历史的大理石的文化石板，边辨识上面所记载的内容，边一路前行——这既增长知识，又平添情趣。过东来盛客栈时，我们特意进去品味其独特的风格，还在院内小憩，并拍摄盛开的各种花卉以作留念。再至隔壁的一家藏式象雄客栈前，可见里面装饰得金碧辉煌，很有气派，引得我们兴致勃勃地进门走、坐体验了一番。侧旁，德庄火锅等食店布局合理，随处可见，给游客以极大的方便！

继而过小桥流水，观瞻充分展示深厚底蕴的松潘县文化的一组雕塑：

在"唐乐府"前，可见身着唐代服饰的乐手和舞女，正于优美的旋律声中翩然起舞，姿态妙曼！

接着到"舞铃戏狮"雕塑前观赏，但见身着藏装的舞铃者动作潇洒敏捷，神情欢快豪放，与舞狮者心有灵犀，配合默契；狮子造型独特，狮首昂起、尾巴有力，被戏耍的形态逼真，让人忍俊不禁，浮想联翩！

又去两位羌族歌手引吭高歌的雕塑前欣赏，则见其以生动传神的神情、姿态，将近年被列为国家级非物质文化遗产、流传于松潘的羌族多声部民歌"历史悠久，发声自然，曲调辽远高亢，动人心魄……"的鲜明特色，展现得淋漓尽致！

再到"阿哥的白牡丹"前驻足，一位帅气乐手盘腿坐在自己心仪的少女身旁，弹奏起心爱的土琵琶的雕塑映入眼帘，真切感受到那乐手于声情并茂地边弹边唱之际，将回族情歌"郎骑白马上高山，勒马回头望牡丹。姐是牡丹头一朵，郎是太阳才出山"歌词所传递出的一对回族青年相互爱恋的热烈情怀，表现得惟妙惟肖！

——待到回首观赏过程之际，我深感这一座座栩栩如生的雕塑，无一不是松潘县藏、羌、回、汉各民族人民大团结、文化大融合的象征！

再左转，则见县委原大楼也已拆除，所在之处安放着骏马雕塑。正前方新建了一座造型优美典雅、呈梯状布局、周围有花岗石围栏的水池，其北端建有假山，被众小石头簇拥着的一块巨石上那刻有的十分醒目的"松州"二字吸人眼球，其清澈的流水自假山哗哗流淌，更是令人顿觉凉爽，惬意非常！

水池的下端，其左侧的一块大石头下，置有一块《薛涛松州抒怀》石碑，上面镌刻着如下文字："薛涛，唐代著名女诗人，桃李之年，在松州高屯子羁留年许，留下不少凄婉诗词。据《四库全书》载：'涛以孤弱少女，寄强藩篱下，为此哀鸣，亦是非得已也。'薛涛离开松潘时，将当地的山花带往成都，培育出小叶杜鹃、虞美人等备受蜀人喜爱的花卉。"收回视线，凝眸眼前薛涛抚琴的雕塑，其端庄的造型，优雅的姿态，凝重的神情，无不给人留下十分深刻的印象和思绪驰骋的空间！

紧靠巍峨壮观的城楼门洞的对面，则矗立着一座唐代"败回鹘、平藩镇、压宦官"、曾任西川节度使的唐朝最后的千古名相李德裕的塑像。据介绍，李德裕在川西节度使任期内经常往来成都松潘等地巡视，大力扶持"茶马互市"，斥资修缮了从松潘到丹巴一带茶马互市石板路。我们凝视那座雕塑，但见其头戴介帻冠，腰系碧玉巡方带，脚穿长靴，身披铠甲，手握剑鞘，显得器宇轩昂、威风凛凛，炯炯有神的双眼望着远方，其身后护卫甲械齐整，戈戟威武，旌旗猎猎，气势宏大！

回眸眺望，十字街口方向直至视线尽头的古松桥前方的城门洞，街道两边铺面相连，广告牌林立，其间游人如织，购物者摩肩接踵，一派繁华景象！

待到天色渐暗、华灯初放之际，我们才意犹未尽地穿过高大的古城北门洞，在背靠古城、面向川主寺方向的意在述说千余年前在此发生的促使文成公主入吐蕃和亲的"唐蕃之战"的松赞干布、文成公主塑像前伫立观瞻良久，并欣赏赵朴初所题的笔锋遒劲、气韵十足的"松州"二字。

之后，我们方带着"行游松州古城，可谓'随处见史实，举步长知识'，其'四川省历史文化名城'的称谓，乃实至名归"的美好印象，返回徽苑。

6月29日下午，我们也应毕业于马尔康民族师范学校的一位学生的盛情邀请，前往桦树林农家乐赴宴。

桦树林农家乐地处小山沟右侧一片茂密的桦树林之下，其后山是青草茵茵的山坡——据指点，翻过山去，就是松潘县大寨乡。我们顺着缓坡前行，来到农家乐古色古香的大门口，一副"水清鱼读月，林静鸟谈天"的对联，对仗十分工稳，字体别具一格，意象极其鲜明，内容耐人寻味："清"与"静"，揭示了此农家乐的位置、环境的鲜明特色，拟人手法令人神往，难怪食客慕名舍近求远而来。

迈进大门，就是一个上面建有正慢悠悠地旋转着的木质水车的小水池，其间，两条大草鱼正在自由自在地游弋。不大的院坝内，在绿树与花丛之中，安排有四个以钢化玻璃为桌面的小桌子，藤椅摆放四方，幽静而优雅。见客人前来，迎候着的服务员立即前来接待，赓即端来素茶和花茶，让我们坐下品茗。

稍坐片刻，我们便起立观赏庭院里色泽艳丽、品种繁多的鲜花。恰在此时，一架银灰色客机降低高度，自南向北飞来。我赶紧走到一株红叶茂密的树下，举起手机，待其轰鸣着自头顶掠过时，迅疾按下快门。随即配以"6月29日松潘即景——沐浴着夕阳的霞光，银鹰展开翅膀掠过古城上空"的文字，发朋友圈与亲朋好友学生分享。其"一架银光闪烁的客机翱翔于蓝天、红叶之间"的难得意境，赢得众多的"点赞"！

6月30日下午，我们还借应邀前往新天地食府就餐之便，在县委、县政府大楼外的广场内欣赏周围的美丽景观，在以石刻地板拼成的"松潘县地图"上寻找川主寺、县城、镇江关、燕云乡、镇坪乡、毛儿盖、黄龙寺、小河乡的具体位置……赞叹当年松潘县委、县政府抓住灾后重建的良机，将机关单位撤出古城，设计建设成而今古色古香尽显的新"古城"，以供游客游览、购物和住宿；又在原系耕地和河滩的此地规划建成规模大、规格高、功能全、配套齐的新区——其办公大楼的宏伟、博物馆的庄重、广场的宽敞、街道的宽阔……在阿坝州首屈一指！

7月1日早上，我们离开已经住了十七天的松潘县城，乘车踏上了返回马尔康的行程。

当日，松潘县城天空蔚蓝，白云舒卷，空气清新。由于采取了预防晕车的措施，我们也就有了观赏沿途美丽风光的好心情。

一出县城，便见到正修建的自青云乡即钻入隧道、至新区思源阁后山才穿洞而出的成（都）兰（州）铁路，其矗立着的一眼望不到头的桥墩向着川主寺方向延伸。桥墩之上，已经架设了部分梁片，如若财力、人力的投入力度加大，想必要全线铺轨建成已不是很远的事情。

过了川主寺，汽车沿着山沟前行。此段的成兰铁路，虽然不时可见桥墩串联成列、用石碴和土石填埋筑成的路基成型，但主要还在隧道里穿行。直至到了黄胜关（据说新通过的路线规划，成兰铁路将自此直插若尔盖县的求吉乡，再穿越修建于大山里的隧道，到达甘肃的迭部县境内，继而向合作镇方向延伸，并分成两线，一线直达西宁，一线通向兰州），则见横跨公路的大桥已经架设完毕，较多的桥墩上已经架设梁片，一个规模可观的车站路基已近成型……如此看来，钢铁长龙自成都出发，一路"爬行"，经过绵竹、安州、茂县直达松潘，使得历史悠久的古城松州，一举成为阿坝州境内唯一"铁（路）""公（路）""机（场）"俱全的县城，已是指日可待。自然，铁路通车后的松潘定会更发达、更繁荣、更进步！

汽车继续行进。一路上，国道213沿线植被丰富，路边的杉树、桦树生长茂盛，山坡绿草茵茵。放眼远处，尕里台公路大桥桥隧相接，道长而险峻，其巍峨雄姿让人心灵震撼！

车到尕里台，向左持续下山，很快进入红原大草原。

当日的草原上，蓝天白云，天气晴朗，能见度高，这与去松潘时的乌云压顶、云雾朦胧、不时暴雨倾盆的景象，不可同日而语。

向南遥望，那一片片森林或苍翠或墨绿，与天际相接；透过车前挡风玻璃，只见草原茫茫，一望无际；各色的花儿星星点点，点缀在绿中泛黄的草原上，既美丽，又壮观；不时有一片片或一点点的白色帐篷、一群群悠闲吃草的肥壮牛羊、一匹匹奋蹄驰骋的骏马，从车窗边一闪即过……令人心旷神怡！

车过色地乡、麦洼乡，再过瓦切乡，只见草原靠山之处，一排排白、红相间的藏族民居整齐排列，炊烟缭绕；牛圈、羊圈里，牛羊的叫声不绝于耳，挤奶的牧民忙忙碌碌；校园里，国旗猎猎，寺庙前，经幡飘飘……呈现出一派勃勃生机！

于红原县城短暂休憩、午餐之际，眼见现今的红原县城已是旧貌变新颜——过城公路笔直宽阔，街口红绿灯闪烁，来往车辆络绎不绝；城区建筑栉比鳞次，特色鲜明；街道两旁的路灯杆上，"高原红三人组合"的广告牌设计富有文化特色；各种广告和街边从事奶业、旅游业等的公司举目可见，无不昭示着"红军长征走过的大草原"商品经济的高度发展、牧民生活水平的蒸蒸日上！

我们继续驱车前行。沿途只见月亮湾景区游人如织，公路边、草原上自驾游汽车成排摆放；路边的牦牛、肥羊、骏马成群结队；红原机场矗立龙日坝上，那南北走向的长长的跑道和民族特色鲜明的航站楼，正张开双臂迎接神州大地的八方来客……所有这些，预示红原经济发展的前景会日新月异，更加美好！

小车越过查针梁子，行经花海大门，沿着主要为下坡道的高速公路行进。当壤口的标牌从眼前晃过，便见公路两旁丛丛红柳迎面扑来，两侧山坡上郁郁葱葱的森林，远处高峰皑皑的白雪进入视野……我们明白，随着草原风光的远去，梭磨河大峡谷已经到了。

沿途通畅——前次来时，途经时所见梭磨河洪水陡涨、惊涛拍岸、吼声雷鸣的情景已经远去，虽在被洪水掏空了部分路基的路段处设置了警示牌，但对行车已无大碍。15:30，祖孙三人即平安抵达了马尔康。

至今忆及，共十八天的时光尽管短暂，但那住得温馨、玩得高兴且大开眼界的舒心日子，以及返程一路所见美丽景观，则难以忘怀！

（以《松潘红原走笔》为题刊载于2022年6月10日浙江省《南湖晚报》、2022年《松州韵》第3期）

马尔康"天街"

在距离藏语"火苗旺盛的地方"的高原新城马尔康15公里的松岗的山上，有一条被誉为"第二布达拉"的美丽街市——柯盘天街。其始建于宋元之际，距今已有800多年的历史。现今，它以其传统的嘉绒民居、高耸入云的土司碉楼和独具特色的嘉绒风情名闻遐迩，令中外游客无不为之心驰神往。几年前的"五一"节，我们一家也有幸慕名前往一游。

当日碧空如洗，艳阳高照。我们自驾的小车一到松岗，便顺着其后山那条通向坝口村的蜿蜒险峻的乡间机耕小道缓慢行进。直至沟内找到一倒车之处，才折返至天街下方一个小停车场内泊车。

我牵着小孙儿，与大家一起沿着大青石板铺成的阶梯拾级而上，穿过一座上书"柯盘天街"四个大字的石砌城门洞，再行经侧旁绿树丛丛、杨柳依依、桃花点点的较宽的坝子，便右行进入山脊那条有小巷贯通的幽深的街道。街道两侧是均以块石砌墙建成的藏式民居，多为两层，排列得错落有致。

我们踏着以青石板铺就的路面缓步前行，一路观赏：眼前的街道较窄且呈阶梯状抬升，但仅就两旁外观古朴的房屋之内装修极具特色、房舍皆为餐馆茶座的布局，门前高挂着大红灯笼，路面整洁干净，其假日里游人如织的盛况完全可以想见！不意间抬头远眺，透过街道两旁民居屋顶间不宽的缝隙，可见前方山包处冒出的两座碉楼的上部分与蔚蓝的天际相接、一朵白云几乎是擦着碉楼顶端飘然而过，那别有一番风韵的绝美景致，让人禁不住心旌荡漾！

爬坡上坎，抵达松岗村卧龙山梁上一个较为宽敞的院坝内。信步游览，可见这院坝的两端，建筑于清代乾隆年间的两座四角官寨碉相向而立，相距约 43 米，均为 9 层——据说寄寓着"王者居其九"之意，土司官寨就建在两座石雕楼之间。石碉皆为石木结构，外观平整，每层皆有瞭望孔，整体由下至上渐次向内收缩呈台柱状；北碉通高 29.2 米，南碉通高 24.7 米，互为犄角，依山就势一高一低突兀矗立，直刺苍穹，巍峨壮观！

我们走到北端那座石雕楼前架设的以钢管搭起架子、上面稀疏地铺着木板的简易梯子前，经检验其钢架捆绑结实、安全可控后，跃跃欲试的一行人便在康平、健平兄弟的组织下，互相鼓劲，相互搀扶、推拉着，紧抓钢架梯子，小心翼翼地攀爬到二楼。稍事休息，受到鼓舞的大家再相互保护着，脚踩踏着在独木上砍成的梯步，双手紧紧抱着那根靠墙略微倾斜地架在上一层桌面大小的洞口处的梯子，缓慢地爬上三楼……直至连续攀爬到楼层低矮的第九层楼，终于登上了面积不大但周边砌有围墙、四个角抬升呈尖顶状的碉楼顶。当久已萌动的心愿变成现实，视觉中自己与蓝天、白云似乎离得如此之近，孩子们都无不为自己靠着勇气和毅力登上了这座高耸的石碉楼而欢呼雀跃！

我们沐浴着金灿灿的阳光，任由呼呼作响的河风吹拂，凭借着"会当凌绝顶，一览众山小"的高度优势，将不知多少次乘车往返金川县都无缘登临此处观赏过的亮丽景观，尽收眼底。

环视周遭，友人介绍的松岗的悠久历史和曾一度繁华的景象浮现于脑际：松岗在嘉绒藏语中的语意为"峡口上的官寨"，因原松岗土司官寨就设于峡口得名。当年，松岗寨子就是川西北高原嘉绒藏族聚居区一个物资贸易集散地。在彼时古村寨的狭长街道上，商贾云集，人来人往，内地的茶叶、布匹，嘉绒地区的毛皮、药材就在这里互市交易。松岗也曾因占天时地利人和，生意兴隆、财源兴盛闻名嘉绒藏族聚居区。松岗土司的历史则可以追溯到唐代，最初的官寨建在盘果梁子上，大约是宋元之际迁至现址，经过扩修形成新老两座官寨。苍旺扎尔甲（1720 年—1752年执政）仿照布达拉宫的样式，大兴土木，把两边连接起来，其建筑的富丽堂皇、所耗人力和财力在当时的四土地区堪称"之最"。

收回思绪，我们遥望东方：发源于红原县壤口乡的梭磨河，沿着高山大峡谷一路奔流，自卓克基才放慢速度，缓缓流经高原新城，以及两岸山峦高耸、银色的高压线铁塔矗立高坡、藏式特色民居栉比鳞次、经幡猎猎的乡村，汇聚起大沟小溪的水流，浩浩荡荡地于松岗夺口而出，再以势不可挡的宏大气势，循着葱翠柏树、桦树等林木掩映的狭窄且落差很大的河道，向大金川江的主要支流脚木足河奔腾而去！

俯瞰山下，新近建成的均为两层以上的"松岗新居"映入眼帘。那一栋栋结构相同、均由手艺高超的工匠以一色的花岗岩石块精心砌成的棱角分明的石墙、用白色勾勒出轮廓的窗户、以红瓦覆盖屋顶的藏式民居，比邻绵延长达数百米，蔚为壮观！房舍与公路间夹着的一大片平畴上，嫩绿的禾苗生长茂盛，勤劳的藏族人民在这块土地上辛勤耕耘，齐心协力共奔小康！

松岗大桥下方梭磨河边大片的土地上，播种时覆盖的地膜，仍在太阳光照射下泛着耀眼的白光，颇有云南哈尼族梯田之风韵！

放眼河对面的养獐场沟内，远处，皑皑群峰与蓝天相接，莽莽苍苍的森林覆盖着山坡，几只矫健的雄鹰在高空展翅翱翔；近处，源于莫斯都后山雪峰的木脚沟水哗哗地奔流不息，下游两岸的梨树、核桃树和白杨树郁郁葱葱，庄稼生长茂盛，春意盎然，景色宜人！

梭磨河对岸的直波村内耸立着的两座八角碉楼，与松岗村两座四角碉楼统称松岗碉群，是被国家确定为全国重点文物保护单位唯一的石碉群。

这两座八角碉依山势南北分布，南碉地处山脊之上，北碉位于村内，两碉相距50米。其外形均呈八角形，内呈圆形，整体由下往上渐内收呈锥体形，由石块和泥砌成，内用木质楼梯上下，南碉高29米、北碉高43米，共7层。这两座古碉集嘉绒藏族建筑高超艺术于一身，碉楼高大雄伟，八条棱角笔直向上，直插云霄，墙体平整如削，技术精湛，极为牢固，系八角碉中的杰作，虽经漫长岁月的侵蚀和风雨的冲刷，古碉却变得愈发古朴、浑厚，在巍巍青山的映衬下显得格外壮观！其中修建于清朝乾隆年间的北碉楼半个多世纪来已经倾斜2.3米，虽经历3次大地震却屹立不倒，被称为中国版的"比萨斜塔"。不过，为了游客的安全，梯子前立有"禁止通行"的警示牌。

北碉左上方是一个"掘藏"的现场，那里经幡摇曳、香雾袅袅，几间扎康（僧人住的小房子）格外醒目。靠山的灌木林托着的那一块大青石下，长明灯闪烁，用于跪拜的蒲团一字排开，隐隐传来清脆的法器敲击声和喃喃的诵经声……掘藏师在这里采用独特的方法发掘昔日莲花生大师的"伏藏",即莲花生大师为后世弟子之福运而埋藏起来的自己的秘密教义及其密典,以使后世信徒挖掘。

北碉的右上方是一座墙体通红,石木结构,集汉、藏、印(印度)风格为一体的三层寺庙——罗尔伍朗寺。据介绍,该寺创建于公元 8 世纪藏传佛教中的宁玛教,由西藏最早出家的"七觉士"之一的藏学大译师毗卢遮那传入马尔康境内。他传教到松岗时,收直波东尔单、于扎宁波等为徒弟,创建了宁玛派直波罗尔吾朗寺,并在开光时留赠有铁铸莲花生大师、护法神等三尊佛像供奉,保佑着这一方百姓的安康。自此,该寺庙在马尔康声名远播,成为松岗旅游的打卡地。

而今居高远眺,我们深感那映入眼帘的虔诚念膜拜者焚香的袅袅飘升的缕缕青烟,给人以安宁、祥和之感;那北碉楼周围掩映于绿树丛中的嘉绒民居建筑群,其结构、色彩和装饰,则尽显嘉绒藏族的民居传统,充满着浓郁的嘉绒藏族风情和土司文化的气息!

待到收回视线,眼前的松岗山宛若一条飞龙,而当年的松岗土司官寨就坐落在两座碉楼所在的"龙头"之处,地势高耸且分外险要,想必分外壮观!其最具代表性的嘉绒民居建筑群,均依两侧分外陡峭、险峻的鱼脊似的山梁逐次修建,一直延伸至半山坡上那座经幡猎猎的寺庙处,与遍布山坡及至山巅的郁郁葱葱的青冈林和灌木丛相接,自然而和谐!

在碉楼顶尽情观赏并拍照后,大家按照安排,依次循原路下楼。途中,可见每层楼的瞭望口处都有红嘴乌鸦筑的巢。仔细看这些鸟巢,则见其中有五个窝内竟产有鸟蛋,其中一只经孵化刚钻出蛋壳、全身红色尚无羽毛的小乌鸦,正尽力晃动那耷拉的小脑袋，在窝内漫无目的地缓慢爬动，很是逗人怜爱。这才明白：我们站在碉楼顶时，那几只扑打着双翅，在我们头顶不住盘旋、掠过、鸣叫的红嘴鸦，原来是在"护崽"！童趣使然的孩子们一拥而上，争相一睹为快。当好奇者忙不迭伸出小手想去抚摸一下小鸟之际，当即被二姐阻止，并以"小鸟也是生命，要爱护小鸟，保护动物"的说教劝阻，只好后退几步观赏，但满脸依然写下了惊喜与满足的神情！

之后，已显疲态的一行人，才意犹未尽地离开天街，前往养獐场内 5 公里处一白杨树林里小憩。大家在淙淙流淌的小溪边洗手、戏耍；在草坪上席地而坐，一边悠闲自在地饮用随带的茶水，品尝水果、糖果，一边回味着在天街的所见所闻，自是惬意！

待到太阳偏西，我们才返城用餐。

至今忆及，此次节日郊游虽行程近、时间短，但祖孙三代在饱览高原美丽山水风光的同时，得以深入了解嘉绒藏族的历史文化、风土人情，自是受益匪浅，一家老小攀爬石雕楼观景过程中的执着、惊叹，以及登临碉顶时的欣喜、自豪，必将烙在大家的脑海里，经久难忘——这，实乃中华民族传统文化倡导崇尚、世人分外向往的"天伦之乐事"也！

（以《马尔康"天街"行》为题刊载于 2023 年《蜀韵文旅》第 3 期、2022 年 9 月 23 日《阿坝日报》，以《马尔康"天街"印象》为题刊载于 2022 年《山水间》总第 9 期）

莲宝叶则与漫泽塘

  阿坝州的阿坝县，是甘青之咽喉、蜀郡之门户，是享誉川西北的草原商城、高原粮仓。母亲河黄河从这里入川东流，孕育了雪山如玉、江河涌流、森林浩瀚、草原辽阔，蕴藏了北纬30度线上无数神奇生灵和无限美好生态，积淀了"蜀山之源·昆仑天梯"莲宝叶则、"草原之心·千湾湿地"漫泽塘等旅游热点，雪豹、白尾海雕、黑颈鹤、中华秋沙鸭等种群繁多……吸引着众多游客慕名前来观光旅游。

  2022年8月，途经红原草地，翻越高峻的海子山、阿依拉山，到在此任职的健平处度假的我们，亦有缘真切感受到了阿坝县生态的壮美灵动、人文的厚重多彩！

  莲宝叶则石头山景区位于四川、青海、甘肃三省接合部，属巴颜喀拉山南段支脉，主峰海拔5369米，终年织雪，是藏族人民的第八大神山，是青海久治县和四川阿坝县的分界山，为安多藏区众神山之首，并以壮丽的奇峰异石、秀美的冰川遗迹、清澈的雪山湖泊形成该区域境内的旖旎风光，以及《莲宝叶则神山志》中"莲宝叶则地区是格萨尔王征战的古战场，至今还传扬着许多格萨尔王故事"的优美民间传说，使其享有"蜀山之源、昆仑天梯"之称谓，又被民间亲切地称呼为"石头城堡""石头山"。

为一睹莲宝叶则声名远播的壮美景观，我和健平、元俊一道，于 6 日高原第一缕阳光映红山巅之时，便踏上了前往游览的行程。

一路上，我们眼见阿曲河畔红柳依依，清澈见底的河水一路欢歌，向着大金川江上游的脚木足河奔流而去；河谷两岸漫山遍野的草地上，一丛丛盛开白色花朵的藏茶花、一群群肥壮的牛羊和一株株苍翠的柏树点缀其间，呈现出一派生机勃勃的景象。而呼吸着清新的空气，享受着扑面而至的凉爽的晨风，那清爽舒心的美妙体验不言而喻！

车过安斗乡，轰鸣着强劲动力的小车便一路疾驰，很快将弯急坡陡的十多公里的路程抛在了身后，顺利抵达海拔 4000 多米的河源服务中心。我们一下车，便亲身感受到莲宝叶则那天空的湛蓝、云朵的雪白、空气的洁净以及环境的幽雅恬静！

停留片刻，一行人便乘车沿着陡峭、弯急的盘山公路，来到海拔 4424 米设有咖啡厅的盘羊坪服务中心。我们在室外栅栏旁屹立着的一尊犹如天上"飞"来的巨大石头前驻足，欣赏其上面镌刻着的莲宝叶则"凤凰飞天"的彩绘，品味其蕴含的意境；而眼见其上面刻写着的"蜀山之源、昆仑天梯" 8 个大字，即认定这一定是前来莲宝叶则景区游览者的打卡之地！

大家抖擞精神，在柏油路面的公路上步行数百米，到达场地里矗立着一块刻有"4520"（据说那就是此地的海拔高度）字样的巨石的观景台，并迫不及待地观赏视线所及的壮观景致——

放眼对面，那突兀连绵的群峰峻岭在阳光的照耀下，在缭绕的薄雾和飘飞的白云衬托中，尽显山势陡峭、雄奇峻伟，充满阳刚之气。那山体规模宏大、绵延不绝的磅礴气势，让人心灵震撼。经年的日晒雨打、风吹雪积，已将那些平凡的岩石剥蚀得怪石嶙峋，千姿百态，造型惟妙惟肖，引人思绪驰骋、浮想联翩，令人坚信莲宝叶则既是一个充满幻想、变幻莫测的奇峰异石世界，更是让人充满无限遐想的大自然的杰作。而当脑际浮现出那些优美的民间传说之际，置身于这样一个雄伟的奇峰异石的世界里的自己，一种神秘之感油然而生，顿觉莲宝叶则分明就是时间和风雨雕刻成的天地精华，就是一座石头艺术宫殿、一座旷世绮丽的石头城堡——其嶙峋怪石和万千姿态，实乃大自然的鬼斧神工！

远眺山下，一连串的海子恰似一面面镜子镶嵌在山峰夹峙的深沟内，湖水碧蓝、波光粼粼，而海子岸边清新明丽、白塔耀眼、经幡猎猎，风光无限！

回望身后，那座座历经沧桑的高峰的表面层，早已被悠悠岁月剥蚀得干干净净。而今，只有其山峰脚、山沟里堆积如山的乱石和碎片，似乎还在呼唤着人们从地质学的角度，去努力寻求、科学论证其成因！

待到收回视线，仔细观察我们在这个观景台以手脚攀扶、踩踏之处，则发现其无不由巨石或独立或叠垒而成。而这么多的巨石或巨石堆的下方就是悬崖峭壁，之后方也并不与任何山峰的底部相互连接或关联。于是，“眼前这些花岗石巨石从何而至，又是何方‘神仙’能将其叠垒起来”的问题萦绕脑际。而在久思不得其解之余，令人不得不由衷叹服“大自然的伟力是无穷无尽的，也是神奇无比的”！

我们原路下山。在经过一座以藏汉文书写有“莲宝叶则·石头山”的独立巨石后，即沿着新铺筑的与其下方栈道并行的柏油路，步行去著名景点扎尕尔措湖游览。

　　扎尕尔措意为圣洁之湖，属于典型的冰川冰蚀盆地积水而成的冰蚀湖，其海拔 4200 米，面积约 3 平方公里，是莲宝叶则海拔最高的湖泊。

　　一路上，但见苍翠的杜鹃漫山遍野，其绽放之季姹紫嫣红、香气袭人的亮丽景观可以想象！途中，经同伴指点，我们有幸观察到：左侧的高峰处，一尊双手合十、法相庄严的天然石佛进入视野，其神情肃穆、虔诚地为芸芸众生诵经祈福的形象十分逼真。更为神奇的是其对面的一座山峰上，一尊戴缨披袍，容颜绰约，与杨柳观音有几分神似的石像端坐在栈道右侧上方，为世间过往慈航普度——这"左大佛，右观音"自然天成，惟妙惟肖。在湖口的东侧一座雄浑的石峰西侧，还有一座一大二小似尖利石峰直刺天空，仿佛是守湖门将的锐利宝剑。右侧的山巅处，则有一座骆驼峰，其呈跪卧休息状，昂头远望，悠闲自得，驼峰耸立，形神兼备，令人思绪万千；而在骆驼峰的身后，还有座酷似狮身人面像的山峰，其狮尾倒立，躯体匍匐在地，头戴皇冠脖围项圈，脸部轮廓线条分明，五官立体美感十足，双目雄视前方，煞是威风……这些浑然天成的"雕塑"，仿佛是上天闲暇时创制的作品，堪称一绝！

　　边走边看的我们，用近 30 分钟才抵达木质的观景台前。之后则拾级而上，登临高台眺望：映入眼帘的精美的扎尕尔措湖三面环山，一侧与溪流连接，波光粼粼的一湖碧水，犹如一面蓝色的宝镜，镶嵌于奇峰环抱之间；远望湖的对面，一片高 1000 多米的如刀劈斧削般的绝壁近乎垂直于湖畔，犹如一座自然天成的"绝壁城墙"，捍卫着这方神山圣湖，恢宏的气势摄人心魄，也让人不禁联想到林则徐"海纳百川，有容乃大；壁立千仞，无欲则刚"的名句，其蕴含的"至'大'至'刚'的浩然之气最伟大、最刚强，而'有容'的气度和'无欲'的情怀，正是心理健康不可缺少的元素"的内涵，给人以深刻的启示！据说：当地的藏族朋友们，转经祈福至此，都会顶礼叩拜这面绝壁，他们坚信这面绝壁是"佛"不忍离开这方神山圣湖，把对大千世界的眷恋和对芸芸众生的呵护，化身绝壁矗立在扎尕尔措湖边，直到天荒地老。

我们踏着各色石块铺成的小道，信步于幽黄的草地之中，汇入湖边那如织的拍照、观景的人流。再走到湖边，俯视那穿梭游弋的鱼儿，仰观那飞悬山腰的银瀑，欣赏那险峻的山峰倒映于清幽湖水里妆成的如梦如幻的湖光山色，品味那雄伟与秀丽相映成趣的绝美景致，并兴之所至地伸手掬起一捧清澈的湖水，体验其令人心醉的晶莹、纯净、清爽与圣洁！

步行回返的路上，我仍回味着在圣湖的所见所闻。我感觉：有幸来到这魔幻般的神山圣湖，自己也犹如亲身经历了"人、魔、仙"三界一般。那妙趣横生的内心体验令我深感不虚此行！

返程之时，小车缓慢行驶，我们有幸观赏了上行时未及留意的自车窗外逐一掠过的一串湖泊：那面积宽阔，将湖水清澈、天空蔚蓝与雄伟的山岩尽收湖中的龙尕措拉玛湖的壮观亮丽，那一抹清秀的湖水湛蓝幽深的落云措湖的幽静秀美，一齐映入眼眸，给人以绝美的享受。在曲登措（也叫白塔湖），我们还停车漫步于绿草茵茵的湖畔尽情观赏，那雄姿挺拔的白塔，以及倒映湖里的充满了诗情画意的湖光山色，令人流连忘返！

我们带着对集山峰雄奇峻伟、湖泊秀美湛蓝于一体的莲宝叶则景区的美好印象，返回县城。

友人介绍：在阿坝县，还有一处让游人心驰神往的漫泽塘湿地风景区。该高原湿地面积约 3658 平方公里，平均海拔 3400 米，距县城约 80 公里。那片广袤辽阔的大草原，是川西北藏族聚居区的优良牧场，同时也是黄河水系源头的涵养地，与若尔盖、红原国家级湿地保护区连成一片，有着十分丰富完整、被赋予"地球之肾"美誉的高原湿地生态系统。那里有成群的牛羊，还有包括黑颈鹤、金雕和西藏野鹿为代表的多种珍稀濒危物种在内的国家和省级保护动物 20 多种，是川西北大草原风光和高原湿地生态旅游胜地，更是炎炎夏日旅游、观光或拍摄的好去处。友人鼓励难得到此地的我们前往一睹为快！

我们一行于 8 月 7 日早晨出发，途经麦尔玛镇后，便沿着跨越长江黄河两大水系分水岭的麦（尔玛）唐（唐克）公路一路疾驰，前往贾洛。

待到进入由两头威猛硕壮、栩栩如生的白色牦牛雕塑和一条飘飞的洁白哈达造型组成的特色鲜明的景区大门，便循贾曲河一路前行，再驶经一座矗立于广袤草原中的高山上一长段陡峭弯急的盘山公路，便到达了位于山顶的游客服务中心。

下车后的我们行经一段沿坡而建的木质栈道登临观景台，便凭着居高临下的地势，将绝美的景观尽收眼底——

放眼眺望，地处广阔的茫茫大草原上的漫泽塘湿地，绿草如茵似毯，野花五彩斑斓；天际一碧如洗，艳阳洒满大地，朵朵白云飘飞，几只矫健的雄鹰正展翅翱翔长空；远方，座座山峰连绵蜿蜒，其山腰薄雾缭绕，朦胧梦幻，山顶与缓缓移动的白云相拥，若隐若现；发源于群峰之间的碧绿的贾曲河，泛着耀眼的金光，一路流淌到眼前这片空旷平坦的大草原上后，在随形就势、左弯右拐向前的过程中，润泽了这万顷肥美的草原、滋养了不计其数的生灵的同时，在身后随心所欲地画下了一道道弯弯曲曲、舒缓美丽的河道"图案"，给人以绝美的享受和无尽的想象——

视野中的贾曲河，分明就是一条彩色的绸带，在辽阔的草原中随意舒展、纵情舞动，那扣人心弦的灵动与飘逸之美，以及那由其描摹、妆成的风光秀丽的草原湿地画廊，无不让人如痴如醉！

凝望山下，那河道里哗哗流淌的碧水，在绕过脚下的山峰后，一路奔流不息，最终汇入中华民族的母亲河——黄河；河道两岸水草丰茂，如茵的草地延伸至视线的尽头；眼前，牧民帐篷星星点点，炊烟袅袅飘升，呈现出一派祥和的景象；一群群肥壮的牛羊、骏马，点缀、徜徉于辽阔的草原上，它们有的漫不经心地俯卧咀嚼，有的悠闲地低头吃草，有的蹦跳着尽情撒欢，有的则跳进河里肆意翻滚，溅起串串浪花、荡起层层波澜，再快步涉过河面，登上河床，不住地抖动肥壮的身子，飞溅起一串串晶莹的水珠……美不胜收！

我们下山，前往珍稀鸟类黑颈鹤经常成群结伴出没的一片沼泽地游览。小车在草原上坑洼连连的牧道上缓慢行进，大家则目不转睛地盯住右侧。

随着同伴一声"快看，黑颈鹤"的惊呼，我们赶紧将目光向着他手指的方位聚焦，两只黑颈鹤便映入眼帘：它们头部有红色的冠，颈部尾部羽毛皆为黑色，其余部分羽毛为银灰色，颇有水墨画的韵味；它们那细长的双腿在草丛中轻轻地抬起、缓缓地踩下，步幅均匀，神态从容，尽显其优雅和高贵；它们昂首挺胸，用长而尖的嘴在草丛里、水凼中不慌不忙地寻找食物（据说以植物果实和鱼、蛙等为主）的举动，凸显其沉着和机敏……也许是感知到了异常，其中一只撩开大步、拍打着翅膀腾空而去，但另一只则依然若无其事地继续觅食——这，恰巧给了我们拍照留念、仔细观察其习性的宝贵机会，了却了观看其模样、了解其习性的强烈心愿，我们也有缘观赏到了由眼前的黑颈鹤，以及周遭茫茫的大草原、连绵起伏的山岭、随处可见的牦牛等融为一体，勾勒出的一幅高原草地人与自然和谐共生的动人画卷！

再前行，两只旱獭映入眼帘：一只蹲在洞口懒洋洋地享受着温暖的阳光，一只左右逡巡，稍有动静就飞快地钻进洞里，令人忍俊不禁！

去贾洛镇午餐后，我们又前往其附近一个名叫甲本塘的放牧点观光。

当小车于途中涉过一条小溪，在几乎全淹于水中的车轮卷动流淌的河水之际，惊动了在清澈见底的水中悠闲游弋的鱼群。顿时，成群的小鱼便争先恐后地加速冲向车头前以图脱险，那密集的程度令人惊叹——只要跳下小河里用一个撮箕（或网兜）朝水中一捞，绝对就会收获满满。另几条长约1尺的大鱼，则使劲儿摆动尾巴跃出了水面，其溅起的串串水珠，刚好洒在正探头观看的一行人的面颊上、脖子里，而待到童心萌发的大家情不自禁地伸手试图抓住一条时，它们则早已"噼噼啪啪"地掉落水面，倏忽间即隐入车后翻卷的浪花里不见了踪影——那鱼儿的灵性和浓郁的情趣，让人心旷神怡！

我们抵达一大片草地。一行人下车后，便踩踏着软软的绿地，信步品赏随处可见的灿然开放的各色花朵；又在厚厚的草坪上席地而坐，仰望头顶那湛蓝的天空，体验那一朵朵白云从视线中的山包顶擦身而过的惊艳。我们站起来，试图接近那些正在草原上悠闲地吃草的牦牛和马群。不料，警觉的骏马察觉了生人可能靠近的意图，当即一阵疾驰，留下了马蹄扬起的缕缕尘烟；埋头啃食着绿草、不住地甩动粗大尾巴驱赶苍蝇的牦牛也目光敏锐，只要我们一动，它就会抬起头来左顾右盼，摆出一副"几欲先走"的架势——只要人靠近，它也会随之前行，双方始终保持着一定的距离……不过，也正是得益于置身于这牦牛、骏马成群的大草原上，我们才真切地体会到了广泛传唱的著名歌曲《草原上升起不落的太阳》中那"蓝蓝的天上白云飘，白云下面马儿跑……"的词曲演绎出来的优美动人的意境，竟然与我们身处风光亮丽的草原中远眺近观之所见所感"何其相似奈尔"！这，令大家叹为观止，为之流连忘返！

之后，一行人带着饱览了漫泽塘湿地公园的秀美风光的心满意足，满怀目睹了难得一见的珍稀动物，以及亲自感受到漫步牧场才享有的独特的内心体验后的舒心惬意，驱车返程。

8日17：00，我和乾香还在健平陪同下，抓紧时间乘车巡游了因得天独厚的地理位置而城区分外宽阔的阿坝县城：巡看那道路笔直，因房屋大多为6层的布局而格外显得宽敞明亮的街道；留意那众多的商铺餐馆，以及商品琳琅满目、购物者络绎不绝的一间间超市，感觉到了县城经济的繁荣；找到了20年前来此参加全州民族教育工作会时住宿过的县委招待所，明确了各机关单位和学校医院的具体位置；行经城外，观赏到了郊外乡村那装修精致、特色鲜明的民居，面积宽阔且青稞、燕麦、洋芋、豌豆等农作物和莲花白、莴笋、甜萝卜等时令蔬菜长势良好、丰收在望的片片农田；眼见了山下公路旁一众人争相在自高坡山岩里渗出的清澈"圣水"（泉水）处取水，或用以洗脸、洗手或欣然带走的别样风情；也曾行经著名的格尔登寺，还去多年前曾到访过的各莫寺，参观了其新近建成的宏伟建筑，感受到了其今非昔比的巨大变化！

我们沿着去壤塘县的公路，跨过德阿大桥，穿过正紧张施工的久（久治县）马（马尔康）高速的桥洞，沿着盘山公路上行至位于色尔古村的"金鼓赐福观景台"（其所立碑文介绍："'阿坝’藏语为‘金鼓’之意，从地形上看，阿坝县城一带酷似一面巨大的金鼓，安详地放置于四川的西大门之上，故阿坝县城又有‘金鼓之城’一说”），凭借"会当凌绝顶，一览众山小"的地势，将占地当属阿坝州各县城之首，其西边尚有面积宽阔的树林，堪称特色鲜明、美丽壮观的阿坝县城全貌尽收眼底。

时值夕阳西下，当金色的霞光将高原大地点染得愈发亮丽之际，驻足高坡放眼阿坝县城周遭的我们，望见那自远方穿山越岭而来，又蜿蜒延伸至视线尽头的久马高速公路已经成型，听说久治县至阿坝县城段通车已是指日可待，想到这条横贯川西北高原的"天路"必定会为阿坝县的发展增添无穷动力，一种坚定的信念于心间油然而生：奋斗中的阿坝、崛起中的阿坝和发展中的阿坝的未来，一定会更加美好！

[以《游莲宝叶则》为题刊载于 2022 年 9 月 16 日《嘉兴日报》（南湖副刊），以《莲宝叶则行》为题刊载于 2022 年 10 月 28 日《阿坝日报》，以《莲宝叶则》为题刊载于 2022 年《蜀韵文旅》第 12 期，以《游漫泽塘湿地》为题刊载于 2022 年 12 月 2 日《嘉兴日报》（副刊），以《夏游漫泽塘湿地》为题刊载于 2022 年 12 月 8 日《阿坝日报》]

情寄山水 第二辑

山河卷帙

行游青城山

自古就有"青城天下幽"之美誉的青城山，位于都江堰市西南16公里处，古称丈人山，系邛崃山脉的分支，1982年就被国务院公布为第一批国家级重点风景名胜区。全山有36座山峰，群峰环绕起伏，林木葱茏，终年青翠，故名青城。其丹梯千级，曲径通幽，以幽洁取胜。加之历史悠久的道教文化和保护完好的宫观建筑艺术，以及满布山岭的古木森林和蜿蜒山路无尽的清凉幽意，无不吸引着为之心仪的中外游客慕名前往。

1990年8月21日，我和乾香就曾有幸与马尔康师范学校的两位同事一道，游览了青城山之前山。

当日，我们一进入巍峨壮观的青城山大门，便呼吸着"天然氧吧"里的新鲜空气，满目的绿色，感受着山中凉而不冷的微湿，沿着陡峭的石梯拾级而上。

沿途只见流水潺潺，古树参天，层叠的峰峦、青绿的溪谷、幽静的山涧以及青烟袅袅的道观，全都掩映于繁茂苍翠的林木之中，其间怪石嶙峋，苔藓漫山，花草清香，醒脑提神。所见道观均取材自然，不假雕饰，与山林岩泉融为一体，充分体现出道家崇尚朴素自然的风格。

一路攀登，自是汗流浃背，路弯亭中小坐休憩，顿觉石凳凉如寒冰，心体通透，劳累顿消。耳闻不时传来的悠长的古琴之声，便觉所有凡尘琐事皆随琴音而抛，心境显得格外的清净，简直妙不可言！

一路前行的我们先来到建福宫。据介绍，建福宫依山建在丈人峰峭壁之下，气度非凡，传为五岳丈人宁封子修道处，原名丈人祠，唐开元十八年（730年）始建，宋淳熙二年（1175年）赐名会庆建福宫，简称建福宫，清光绪十四年（1888年）重修，是青城山著名的道教宫观。

我们在大门前拍照后，即尽情欣赏令人心旷神怡的美丽景观，再进入宫内漫步游览：但见殿宇金碧辉煌，院落清新幽雅，假山座座，亭台点缀，宛如仙宫。宫内保存有古木假山、委心亭、明庆符王妃的梳妆台遗址，以及壁画等文物。宫前有溪流穿过，溪水清澈见底，四季不绝。四周林木苍翠，浓荫蔽日，炎夏盛暑，行游至此顿觉浑身清凉，大有如入仙境之感，其"是为游览青城理想的休息之所"之说名不虚传！

其后殿内，悬挂着时任灌县视学的四川通江人李善济游览青城山时撰写的一副共394字、被称为"青城一绝"、名列全国第三的长联。上联："溯禹迹奠岷皇以还，南接衡湘，北连秦陇，西通藏卫，东峙夔巫，葱葱郁郁，纵横八百里舆图。试蹑屐登上清绝顶，看雪岭光腾，红吞沧海；锦江春涨，绿到瀛洲。历井扪参，须臾踏蜗牛两角，争奈路隔蚕丛，何处寻神仙笤库。丈人峰直墙堵耳！回想峨眉秋月，玉垒浮云，剑门细雨，尚依稀绕襟袖间。况乃夜朝群岳，圣灯先列宿柴天；泉喷六时，灵液疑真君唾地，读书台犹存芳躅，飞赴寺安敢跳梁！且逍遥陟檐蔔岗，渡芙蓉岛，都露出庐山面目，难遽追攀。楼观互玲珑，今幸青崖径达，问当初华渚姚墟，铜铸明皇应宛在。"下联："自轩坛拜宁封而后，汉标李意，晋著范贤，唐隐薛昌，宋征张愈，烈烈轰轰，上下四千年文物。漫借瓻考前代遗徽，记官临内品，墨敕亲颁，曲和甘州，霓裳同咏。鸾章翠辇，不过留鸿爪一痕，可怜林深杜宇，几番唤望帝归魂。高士传岂欺予哉！莫道赵昱斩蛟，佐卿化鹤，平仲驰骤，悉缥缈若遐荒事。兼之花蕊宫词，巾帼共谯岩竞秀；貂蝉画像，侍中与太古齐名，携古琴御史曾游，吹长笛放翁再往。休提说王柯丹鼎，谭峭躧鞋，那堪他沫水洪波，无端淘尽。英雄多寄寓，我亦碧落暂栖，待异日龙吟虎啸，铁船贾郁定重来。"我们在长联前久久伫立，边诵读全文，边细细品味其对仗工整、声韵铿锵、寓意深远、气势宏大、描摹精细、情景交融的鲜明特点。

接着来到近邻的天然画坊。画舫位于建福宫与天师宫之间的龙居山牌坊岗的山脊上，是一座十角重檐式的亭阁，建于清代光绪年间。近前观之，可见其两峰夹峙，亭阁立于苍岩立壁、绿荫浓翠之间，风景优美；人到此中，恍若置身画中，深感其"天然图画"之称名副其实。据说亭阁后常有丹鹤成群，可惜未能眼见。旁边有横石卧于两山之间的悬崖上，被称为天仙桥，传为仙人聚会游戏处，平添神秘之感！

我们在门楣题写着"天然图画"四个大字的大门前拍照留念后，继续沿着石梯上行，就来到天师洞。

天师洞位于青城山半腰，大门上方题写有"古常道观"四个大字。据介绍，其初名延庆观，隋大业年间（605年—618年）始建，唐改称常道观。观后的天师洞传为张道陵修炼处。现存建筑是清康熙年间由住持陈清觉主持重建的，是青城山最大宫观。三清殿为主殿，一楼一底，楼上为无极殿，楼下殿内有须弥座彩塑三清造像，殿正中悬挂康熙皇帝手书"丹台碧洞"匾额。三皇殿内有伏羲、神农、轩辕三皇石刻造像各一尊。神座前立有"大唐开元神武皇帝揽书"碑，四面刻文，正面刻"唐开元十二年（724年）玄宗手诏"，碑阴刻益州长史张敬忠的上表，该碑记载了唐代佛、道之争：开元初飞赴寺僧夺常道观为寺，唐开元十二年（724年）玄宗下诏观还道家一事。洞门前有一株银杏树，高约50多米，直径两米多，传说为张天师亲手种植，树龄已达1800多年。

再攀爬一段山路后，我们折向右行，走过一段林木掩映、左侧岩壁上有石刻佛像和题字（其中有苍劲有力的"天下第一峰"，还有林森题写的"云巢"两个大字）的较为平坦的石板路，就来到了上清宫。

上清宫是青城山现存38处宫观中位置最高的一座道观，海拔1180米。据介绍，上清宫始建于晋代，现存庙宇为清朝同治年间所建，上有"天下第五名山"等摩崖石刻，宫内祀奉道教始祖李老君，有老子塑像和楠木五千言木刻版《道德经》全文等珍贵文物，还有麻姑池、鸳鸯井等传说。宫左玉皇坪据说是前蜀王衍行宫所在地。近前观看，可见上清宫门为石砌券洞，上有门楼，有蒋介石手书"上清宫"三个榜书大字，两旁为于右任撰书的"于今百草承元化，自古名山待圣人"联文。石阶两旁各有一株高大的千年银杏树（右侧一株尤为奇特，系由一株分为十三株组成）。

上清宫后为老霄顶，继续沿着陡峭山峰的狭窄道路可到老君阁——那是前山的制高点，张大千先生的"长啸一声，山鸣谷应，回头四望，海阔天空"，足以状出其胜！

老君阁雄踞青城第一峰绝顶之巅（即彭祖峰顶，或称高台山、老霄顶、宝顶），海拔高1260米。上建有呼应亭，是观赏日出、神灯和云海的绝佳地点。遥望老君阁，自己亦思绪起伏：倘若能置身其处"一览众山小，万事皆浮云"，开阔的绝非仅仅是眼界，更重要的必定是自己的胸怀！可惜的是我们无缘在山上停留，失去了观赏日出并与峨眉山之日出加以比较、洗涤自己心灵的一次宝贵机会！

游罢上清宫，在外面的石梯上拍照留念后，我们坐下小憩。之后沿着陡峭的山路下行至必经的月城湖。据说这湖的水源自老霄顶的小溪，流淌至此进入开阔的山间谷地，成为一片湿地。放眼观赏，但见湖的周围青山环卫，湖水亦碧绿如镜，四周山光映入月城湖水中，让人分不清是山色染绿了湖水，还是湖水映衬了山色，实在是赏心悦目，美不胜收！

乘船渡湖上岸后，我们再步行到山门，并乘车返回地处玉垒山下灌县林校上方的都江堰市教育委员会招待所。

在一天的游程中，清早出门，傍晚返回，其间不停地攀爬行走，于众多的景点"走马观花"，虽以手杖助力，腰酸腿疼、劳累疲乏亦可想而知，但至今忆及，仍让人深感受益匪浅，难以忘怀。

蜀中名山众多，而青城山的"幽"的确独树一帜——不管是参天古木还是通幽小径，无不与宫观楼阁相映成趣，幽中见奇，幽中见秀，其"青城天下幽"的美誉乃实至名归！青城山"幽静"的景致、巍峨的山峦、缥缈的薄雾，则无不令人有一种"物我合一"的感受！

"曲径通幽"在青城山可谓是随处可见——蜿蜒而上的道路，古朴无声的栈道，道旁四处林立的修长挺直的树木……这无不告诉人们：路是曲折的，得"道"之路是漫长曲折的、艰辛的；道家精神就是不断探寻天地万物的本质及其自然循环的规律。这山、这树、这景，无不透露着这种玄机！

二郎山、泸定桥行

泸定县城，因1935年中国工农红军第一方面军长征途中曾在此一举飞夺"铁索寒"的泸定桥而永载革命史册，也因地处险峻陡峭"高万丈"的二郎山西麓而闻名神州大地，吸引着众多的中外游客到此游览观瞻。

领受了阿坝州教育局安排的为金川县小学校长培训班和金川县中学教师培训讲学任务的我，在与乾香和秀萍母子一道于2006年2月16日自成都经甘孜州前往金川县的途中，也有幸到此一游。

春节后的川西平原仍春寒料峭。我们一行在雅安停留后，即途经天全县城，很快抵达新中国成立初期即广泛传唱的《歌唱二郎山》所描述的"古树荒草遍山野，巨石满山岗，羊肠小道路难行，康藏交通被它挡"的二郎山，谨慎行驶在以险要崎岖、气候恶劣闻名的那段公路上。这里山势雄伟，峰峦叠嶂，悬崖峭壁，飞瀑流泉，山溪淙淙，穿峡入谷，千回万转，山高路险，原始古朴，盘山公路险峻异常：车窗外的昏暗光线、小车不断地左转右拐、马达的澎湃轰鸣，无不让人顿觉"千里川藏线，天堑二郎山"的说法的确名不虚传！我们本就缓慢前行，偏偏天上又突然飘起了鹅毛大雪，视线大受影响，只好任由车后驾车者喇叭鸣叫，仍坚持小心翼翼地爬坡前进……

好在不久就来到位于山腰的二郎山隧道前。我们下车，在稍事休息并留下珍贵镜头的同时，观赏并了解了这一当年亚洲最长、工程浩大且施工十分艰巨的公路隧道：据介绍，其总投资达4.4亿元，主隧道长4172米、隧道净宽9米、高5米，海拔高度2182米；于1996年动工兴建，1999年12月7日试放行通车；由此使得公路里程缩短25公里，只要一个多小时就可翻过二郎山。这不仅避开了山顶事故、灾害频发路段，还比过往翻山需要的时间足足节约了3个小时。

在很快穿越路面笔直平整、光线明亮的二郎山隧道，进入泸定县境内并沿盘山公路快速下山的路上，长期生活工作在阿坝州的我们心情久久不能平静——既真切感恩于党和政府对民族地区经济社会进步所给予的亲切关怀和巨大投入，也深深感谢修通川藏公路、之后不断改善路况的前辈和今人。20世纪50年代，中国人民解放军十八军将士不畏艰难险阻，克服重重困难，与各族人民并肩战斗，将公路修过了二郎山，并一直通往西藏。其间，筑路部队仅在修建川藏公路的二郎山险峻路段时，每公里就有7位军人为之献出了宝贵的生命。现天全县政府修建的筑路烈士墓园里立碑撰文，镌刻下了烈士们的不朽功绩！

下山后，我们沿着大渡河上行，不久就到了二郎山西麓的泸定县城。

泸定县位于甘孜州东南部，介于邛崃山脉与大雪山之间，大渡河由北向南纵贯泸定县全境。其海拔1310米，境内有海螺沟冰川公园，川藏公路穿越东北部，是进藏出川的咽喉要道，素有甘孜州东大门之称。有国家级重点文物泸定铁索桥，建有泸定桥文物陈列馆，还在泸定县河西沙坝建有高31.25米、邓小平同志亲笔题写碑名的"红军飞夺泸定桥纪念碑",系四川省青少年革命传统教育基地。

早就想一览泸定桥之雄姿的我们,匆匆用过午餐,即来到东岸的泸定桥头观瞻。

泸定桥坐落于县城西,横跨于流经泸定城的大渡河之上。始建于清朝康熙四十四年、历时一年建成的泸定铁索桥,全长103.67米,宽3米,由桥身、桥台、桥亭三部分组成。桥身由13根碗口粗的铁链组成,左右两边各2根作护栏,底下并排9根作底链,13根铁链固定在两岸桥台落井里。每根铁链由862至997个由熟铁手工打造的铁环(共12164个)环环相扣,全桥铁件重40余吨。扶手与底链之间用小铁链相连接,使13根铁链成为一个整体,平常就在铁链上铺上木板,供人行走。桥台为固定地龙桩和卧龙桩的基础;两岸桥亭属清式木结构古建筑,风貌独特系国内独有。康熙御笔题写了"泸定桥",并立御碑于桥头。自清代以来,此桥为四川入藏的重要通道和军事要津。现为全国重点文物保护单位。

我们穿过雕梁画栋、古色古香的东桥亭,随风略微晃动的铁索桥便映入眼帘。放眼对岸,桥头堡紧靠山边,山坡上那座历史悠久的古建筑是观音阁,曾是当年红军飞夺泸定桥指挥部和火炮、机枪阵地。

我抱着元俊,与乾香、秀萍一起,默念着"小步幅、快脚步"的过索桥"诀窍",互相关照着向对岸走去。此时,桥面,索桥左右晃荡不止;桥下,因落差很大,枯水期的大渡河水仍波涛翻卷着奔腾而下,激荡起飞溅的浪花,令人有头晕目眩之感;行走到桥中间,江水越发湍急,河风呼呼作响,索桥摇晃幅度更大……到达对面桥亭下桥后,我们一边仔细观赏立在靠山坡坝子里的康熙御碑（正文为"泸定桥"，横批为"一统河山"）、楹联和泸定桥介绍文字，以及特色鲜明的民居旁边生长着的巨大的仙人掌等景观，一边对当年的工匠们能把这么多根沉重的铁链拉过滔滔大渡河并成功铺成铁索桥所展现出来的高度的智慧、超人的能力和坚强的毅力赞不绝口！

在沿来路返回之际，我们伫立泸定东桥头，举目远眺：泸定桥东桥亭是那样的坚固和险峻，稍远处即是陡峭的崖壁，地势险要且居高临下，绝对"一夫当关，万夫莫开"——难怪伟人毛泽东会以"大渡桥横铁索寒"的词句描写当年红军飞夺泸定桥之壮举！

时任红一军团一师一团团长的杨得志为纪念当年指挥 17 名红军勇士在危急关头挺身而出，充分发挥不怕牺牲的大无畏精神，在安顺场成功渡过大渡河写下的《大渡河畔英雄多》中，那描摹状写大渡河的"啊，大渡河，你豪迈，倔强，仿佛脱缰的野马，永不休止地奔向远方……"的感染力极强的诗句，在我脑际里浮现；而红军战士溯河而上，于此地飞夺架设在大渡河上的泸定桥的壮举幻化成的惊险激烈的战斗场面也仿佛就在眼前——

中央红军在安顺场强渡大渡河成功后，即沿大渡河东岸北上，主力部队则溯大渡河西岸北上。当时正值盛夏，刚突破人体极限，在天上下着倾盆大雨、路上还有川军阻挠的情况下，红一军团二师四团的指战员们于汹涌澎湃的大渡河畔绝壁上凿出的狭窄栈道上、蜿蜒盘绕的羊肠小道上和崎岖陡峭的山路上跑步前进，凭借坚强的意志和坚定的信念，成功创下一昼夜奔袭达 240里的奇迹，终于在 5 月 29 日凌晨 6 时按时赶到架设于奔腾咆哮、吼声如雷、一泻千里的大渡河上的泸定桥的西岸。在面临当时百余米的泸定桥因已被敌人拆去了约 80 余米的桥板而变成了"架在河面上的铁索",并以机枪、炮兵各一连于东桥头高地组成密集火力网严密地封锁着泸定桥桥面,也没有可能得到增援的危急情况下,一接到上级命令,便在沙坝天主教堂内召开全团干部会议,进行战斗动员,并当即由二连作战经验丰富的老连长廖大珠、指导员王海云等22名红军勇士组成了夺桥突击队,团政委杨成武则率另一批红军勇士组成了第二梯队。

下午6时,亲临桥头指挥的团首长一声令下,全团的号手们同时吹响了激荡人心的冲锋号,突击队的勇士们身挎冲锋枪,背插马刀,腰缠十来颗手榴弹,在没有桥板的光溜溜的索桥铁链上,一边缘铁索攀缘匍匐向前,一边射击投弹,在后方战友们猛烈的火力支援下,冒着敌人的枪林弹雨,义无反顾地向着对岸桥头冲去。几名战士在王友才的率领下,背着枪紧跟其后,一手抱着木板,一手抓着铁链,边前进边铺桥板。在敌人疯狂猛烈的射击下,两名突击队员不幸中弹,从桥上重重摔进了湍急的河水中,转眼就不见了踪影,但其余战士却没有丝毫的畏惧和犹豫,依然咬紧牙关,奋勇前进!

桥对面的敌人看着宛如战神附体的红军,不禁慌了神,赶忙在桥头点燃大火,妄想抵挡英勇红军前进的步伐。在桥头浓烟滚滚,铁索也被烧得滚烫的危急时刻,廖大珠用尽全身力气,扯着嗓子大声喊道:"同志们,冲过去!"一声令下,突击队员们呐喊着奋不顾身地冲进大火,穿越滚滚浓烟,与敌人展开激烈的肉搏厮杀。跟进的战士们及时冲了上来投入激烈的战斗,成功歼灭了敌守军,顺利地控制住了泸定桥。随即,紧跟其后的杨成武率领的后续部队冲过东桥头,迅速扑灭了桥头大火,打退了敌人的反扑,占领并牢牢地控制住了泸定城……仅用了两个小时,英勇的红军战士便奇迹般惊险地飞夺了泸定桥。红军大部队紧随其后,全部渡过了大渡河，一举彻底粉碎了蒋介石南追北堵，妄图"让朱毛红军做第二个石达开"的美梦。

在经铁索桥返回泸定城的途中，我一边环顾泸定桥周遭高耸的群山、险峻的地势，默默地俯瞰浩浩荡荡奔腾而去的大渡河水，无限深情地凭吊英勇的红军勇士们，一边深沉地思考着一个问题：当年红军战士们在前有川军防卫、后有敌兵追击的险恶情势下，一举夺取泸定桥，杀开一条北上的通道，显然成了正向这个方向赶来的众多红军部队转危为安的唯一机会，但泸定桥高于河面数丈，悬于半空，铺着木板时人走在上面都觉得头晕目眩，胆战心惊，何况当时只剩下了光溜溜的铁链，红军还要"飞"过去，按常理光想想都会觉得心惊胆战，更何况当时红军战士还时刻面临着被枪弹击中落水或失手掉下河中的危险！而在这生与死的严峻考验面前，他们依然义无反顾、奋勇前进，那该需要多大的勇气、胆量和智慧呀！我们英勇的红军战士们无所畏惧，勇于在13根铁索上奋勇向前，并在血与火的考验中最终取得了"飞夺泸定桥"的伟大胜利，其根本原因何在呢？

其实，结论是十分明确的：被革命理论武装，有着坚定的人生信仰、革命目标以及坚强的意志品质的红军战士，是无坚不摧，所向披靡，不可战胜的；飞夺泸定桥的历史和它所代表的精神，是红军长征精神的重要组成部分，它折射的是中国共产党人坚定的理想信念，征服一切困难的革命精神，勇于挺身而出的英雄气概和依靠群众的优良作风，是党和人民的宝贵财富——这，既是我们游览泸定桥的真切感受，也是我们在此虔诚瞻仰的充分理由！

青海湖

　　美丽神奇的青海湖是青海省的一张金名片。它集原始性、神秘性、多样性、生态性于一体，向世人展示出无穷的魅力，吸引着众多中外游客慕名前来游览。

　　青海湖，藏语称之为"错温波"，意即"青色的湖"；蒙古语称之为"库库诺尔"，即"蓝色的海洋"。它位于被誉为"世界屋脊"的青藏高原东北部的青海省大通山、日月山、青海南山之间，三面环山，风景壮丽，是我国最大的咸水湖，古称西湖。景区以高原湖泊为主体，兼有草原、雪山、沙漠等景观。湖中有海心山、三块石、鸟岛、海西山、沙岛五个形态各异的岛屿，山峦叠翠，景观独特。湖面海拔为 3266 米，东西长约 90 公里，南北宽约 40 公里，面积 4635 平方公里，最深处达 38 米，湖泊的集水面积约 29661 平方公里，有 50 条短河从三山的四面八方汇入，没有出海的通路，因而又是我国最大的内陆湖。青海湖湖水含氧量少，含盐量最大，浮游生物稀少，透明度达 8—9 米，所以显得格外湛蓝。湖区充满生机，到处可见牦牛、黄牛漫步，羊群吃草，构成"风吹草低见牛羊"的牧歌式图景。湖水冰冷且盐分很高，湖区盛夏时节平均气温仅 15 摄氏度，为天然避暑胜地，湖畔则为高原牧场。区内有鸟类189种，是候鸟的天堂。湖内盛产湟鱼，是我国唯一的高寒咸水鱼种，以其鲜嫩味美而著称高原。其湖区有两大奇观：一是渔场，一是鸟岛——闻名遐迩的鸟岛位于湖西部，面积0.11平方公里，是斑头雁、鱼鸥等10多种候鸟繁殖生息场所，数量多达10万只以上。

正因如此，2016年7月15日晚入住锦江之星酒店的我和乾香以及女儿女婿外孙等五人，来不及一览别有风韵的西宁市容，匆忙用过早餐，即于16日8：20出发，向西前往青海省共和县，开始此次"西北之旅"的首站青海湖的游览行程。

清晨的西宁天高云淡。我们沐浴着高原的艳丽阳光，呼吸着高原的清新空气，享受着高原的凉爽气温，欣赏着车内播放的韩红演唱的意境深远的歌曲《天路》那高亢悠扬的优美旋律，让驰骋的思绪想象着即将到来的青海湖景观，一种莫名的激动油然而生，15日自马尔康至西宁长途行车817公里带来的疲劳一扫而光，心情格外舒畅！

从西宁到青海湖边的行程为130公里。待到我们乘坐的越野车翻过了一座又一座碧绿如画的山包、驶过一条又一条草肥水美的河水溪流之后，满山遍野的油菜花便映入眼帘：那花极像一幅金黄色的地毯，一阵风刮过，又似金黄的波浪起伏，醉人的花香扑面而来，让人无不为之动容。小车继续前行，但见油菜花的边缘出现了一条浅蓝色的绸带且越来越宽——那就是青海湖。惊喜不已的我们一边侧身观赏那水天一色的湖光山色，感受着以望不到边的油菜花与蓝天、绿草、野花汇成的"彩带"给人的欢乐，直至心仪已久的青海湖的靓丽姿容完全展现在面前！

我们在湖畔油菜花丛中立有"青海湖"巨大红色标牌处上方的公路边上停好车，便快步走进湖畔的油菜花之中，兴致勃勃地举目眺望，并用相机将所见景物逐一"定格"，借以留下深刻的记忆——

仰观远望，但见高原的天际碧空如洗，显得那么明净、高远；青海湖像嵌在群山环抱中的一块神秘而珍贵的宝石，湖水一色碧蓝，那无边无际的蓝天和不见尽头的碧水相接，堪称"天水一色"，美不胜收。

放眼四周，那被湖畔漫山遍野盛开着的金灿灿的油菜花拥抱、陪伴着在阳光直射下的青海湖水，波光粼粼。宁静时，湖面安详恬静，波澜不惊，准确地诠释出"温柔如水"的内涵，也宛若镜子般清澈透明，倒映出蓝天、白云、群山、绿树、红花……构成奇妙的水中之景，颇有"静影沉璧"之美妙；轻风吹，湖面微波泛起，在阳光下闪烁跳跃，尽显"浮光跃金"之意境。宽阔无边且水草肥美的天然牧场里，牛羊成群结队、飘动如云；一座座牧民的白色帐篷点缀其间，炊烟袅袅，别有一番韵味……

收回视线，湖岸边，青海湖水分外清澈，其颜色随着光线变化而幻化出天蓝、湖蓝、深蓝、碧绿，令人目不暇接；草坪处，紧邻公路修建的、其功能主要着眼于为游客提供服务的栉比鳞次的藏寨和房舍，被成片的油菜花簇拥着——此时门庭若市、分外热闹；公路边，一座石砌碉楼高耸，其悬挂的署名为"藏族部落"的"青海湖欢迎您"的蓝底白字标语，令游客们分外暖心！民居旁和湖边的土地上，随处可见五颜六色的经幡，和风吹拂，经幡猎猎——那便是"风诵经"，用来祈求风调雨顺、国富民安。据介绍，近年来，当地政府还借举办"青海湖国际公路自行车"大赛之机，不断扩大青海湖的国际知名度，让更多的国内外人士来这里领略美丽的自然风光和淳朴民风，促进了旅游经济的大发展。

我们游走于那一簇簇、一笼笼的油菜花丛之中，抚摸那一片片绿叶，捧起那黄灿灿的花朵——那凉爽的手感和扑鼻而来的花香，令怜爱不舍和心旷神怡的情愫油然而生！

之后，我们驾车沿湖边公路朝西南方向前行 21 公里，抵达青海湖东岸边的主要景点二郎剑——该景区是中国西北著名旅游景点，位于青海湖东南部，因距离西宁 151 公里被称为 151 基地，景区大门位于 109 国道边，已成为青海湖最重要的景点之一，是除鸟岛外，旅行团带客参观的必到之地。据悉：该景区正以其蜿蜒深入青海湖中的特殊地理位置，以草原、沙滩、动物为主的生态自然资源，以民间文化活动为内容，建设以观鸟台、观鹿园、观海桥、观海亭为组合的观赏区，以码头广场、"吉祥四瑞"雕塑为组合的休闲区，以水上摩托、自驾游艇为活动内容的水上娱乐区，使其成为青海湖旅游区一颗耀眼的明珠。

我们漫步于大道上，观赏那一株株灿然开放的格桑花，欣赏那"百花齐放竞芬芳，勤劳蜜蜂采蜜忙"的难得景致；行经于街边相依相连的个个铺店，感受琳琅满目的具有民族特色的旅游商品，品尝味道可口的烧烤和小吃；进入青海湖博物馆，兴致盎然地参观展出的具有浓郁民族风情的锅瓢碗盏壶等器物，以及反映名不虚传的青海湖美丽风光的一张张精彩的图片；观赏珍藏于此的以普氏原羚、野牛、棕熊、狼、猴子、藏羚羊、雪豹、狐狸等稀有动物，以及黑颈鹤、兀鹫、大天鹅等飞禽实物制作的标本，真切感知了"保护野生动物"的重要性和紧迫性。

我们走到湖边，和如织的游人一起，将宽阔无边的湖面上那白云飘浮的蓝天、碧波荡漾的湖水、劈波斩浪的游船、泛舟湖中的游客、岸边戏水的男女、时而鸣叫着在空中盘旋时而落在湖面划水觅食的一只只湖鸥……尽收眼底。

极目远望当年中国人民解放军的"中国鱼雷发射试验基

地"——那座矗立于湖中的红砖两层楼房，仿佛诉说着昔日基地的神秘与辉煌。该基地始建于 1965 年，底部是钢结构，一直延伸到湖底，有生产车间、实验区等，20 年间圆满完成了多型鱼雷数千条次的试验任务……我们真切感受到了一代又一代创业者坚守青藏高原，不畏艰难险阻、接力攻坚克难，为我国海军建设和武器装备改进做出的重要的历史贡献，接受了一次活生生的爱国主义教育。

在刻有"青海湖"三个大字的巨石前拍照留念后，意犹未尽的我，又兴趣盎然地踏沙至湖边，体验高原风推送的层层浪花轻柔地拍打着湖岸的美妙感觉；再蹲下身子，寻觅嬉戏游弋、悠闲自在的青海湖特产鳇鱼的踪影，抓起脚下的沙子石粒，随手抛撒向水面，眼见其缓慢地沉入湖底；还伸出双手掬起一捧湖水，贴近面颊，深情地感知它那特有的清澈、清新和清凉——顿感心绪开朗、心态平和、心情宁静、心灵净化！

大饱眼福之后，深感不虚此行的我们，才满怀无限眷恋，驾车循绕湖而建的青藏公路，朝下一个景点茶卡盐湖疾驰——虽因我们规划的路线是取道青海湖的东南边经德令哈市进入甘肃，以致无缘一睹海心山和鸟岛的风光，难免留下些许遗憾，但青海湖敞开怀抱呈现出的绝美景观，已经给我们留下了难以忘怀的美好印象。

我感悟：青海湖拥有壮美的群山、秀美的湖水、湛蓝的天空、飘浮的白云、天然的牧场等自然资源，加之其独具的清澈、蔚蓝、宁静等特色景观，令到此一游的众多游客无不陶醉得流连忘返。它，就是镶嵌于青藏高原上的一颗璀璨明珠！

茶卡盐湖

青海茶卡盐湖以其生产、旅游两相宜而在国际国内旅游界有较高知名度，它同塔尔寺、青海湖、孟达天池齐名，被称作"青海四大景"。同时，以"通透、灵动"著称的茶卡盐湖，还被国家旅游地理杂志评为"人一生必去的 55 个地方"之一，是中国的"天空之镜"。所以，到青海旅游的众多中外游客，莫不憧憬着到此一游。

刚结束青海湖游览的我们祖孙五人，随意用罢午餐，即于 2016 年 7 月 16 日正午，沿着环青海湖南经黑马河的青藏公路前行。沿途，继续观赏湖光山色、感受风土人情，还翻越海拔 3816 米的橡皮山，行车 151 公里，于 14：30 抵达青海省海西蒙古族藏族自治州乌兰县茶卡镇后，来不及休息，就直奔茶卡盐湖游览。

据了解，茶卡盐湖也叫茶卡或达布逊淖尔，"茶卡"是藏语，意即盐池，也就是青海的盐；"达布逊淖尔"是蒙古语，也是盐湖之意。茶卡盐湖海拔 3050 米，面积 105 平方公里，呈椭圆形。茶卡盐湖与其他盐湖的不同在于：它是固液并存的卤水湖，镶嵌在雪山草地间而非戈壁滩沙漠上。盐湖水域宽广，银波粼粼，天空白云悠悠，远处苍山峥嵘，蓝天、白云、雪山映入湖中，如诗如画;四周牧草如茵,羊群似珍珠撒落。漫步湖上,犹如进入盐的世界。

进入景区游客中心,方知这里还有玩具造型的观光小火车通行,供游客搭乘进入盐湖的最深处观光,也可借以观赏建设于铁道边的现代化的大型采盐船采盐时喷水吞珠的壮丽场景——可惜当日停工,自是无缘目睹;还可透过清盈的湖水,观赏到形状各异、正在生长的朵朵盐花……

而我和永德、元俊则选择步行前往景观最美的盐湖中心——也正是这一选择,令我们有幸真切地体验了一回在以盐铺成的道路上行走的独特感受:人的双脚踩在其上,可以清楚地听到"吱吱吱"的声响,恍惚间还误以为自己是走在川西北的雪原上;仔细体会,则感觉那盐粒虽然难以碾压得很紧,但同较松软的雪地相比仍较硬,行走时脚底传导的"颗粒感"也很明显,若不留意间鞋底与其使劲擦剐,还会踢起盐粒,偶有飞起的盐粒钻进鞋子里,会硌得生疼,只好停下脚步脱鞋抖出,方可继续前行。

待到步行至盐粒遍地、低洼处盐水充盈的湖边,行走在以花岗石铺成的小道上,目光所及,是一个接着一个且以盐水灌注的水池:孩子们挽起裤腿、光着脚板,争先恐后地跳进其中,忘情地手舞足蹈,兴致盎然;大人们站在池边,举目四望,一副陶醉于眼前美丽景观的神态……也不时凝望池中的顽童。

登上观景台,我们便被眼前的一切吸引住了——

极目远眺,但见有"聚宝盆"之称的一望无际的茶卡盐湖白茫茫的一片——那究竟是盐粒覆盖,还是浓度极高的盐水,不得而知,但其壮观令人赞叹:盐湖夹在高耸入云的祁连山支脉完颜通布山和昆仑山支脉旺尕秀山之间,两山常年积雪,雪山倒映在湖面,形成"湖水与长天一色,盐湖与雪峰同辉"的青藏高原独特壮美的自然风光；由于盐分含量非常高，水中亦没有任何生物，湖面空旷、地势平坦，清可见底的湖水并不深，湖底盐白如雪，清澈的湖水与雪白的盐晶交织在一起，使得湖面平滑如镜，具有强烈的反射能力，在青盐的衬托下，与远处蓝天、白云融为一体，仿佛天就是地、地就是天，纯净、蓝白、倒影交相辉映，堪称"水天合一"的胜景，亦犹如一面为天空梳洗打扮而准备的宽阔无边的天然大镜子——此时，虽然天空云层较厚，但远处活动在盐湖水中的游客的倒影仍清晰可见，视觉中映现出的那些摆着姿态拍照的一众人，亦恍若漂浮在水面之上一般，这让我感叹不已：将这种独一无二的奇特现象称为中国的"天空之镜"，的确是名副其实！据称：在此处拍摄的最佳时间，为早晨 9 点之前和下午 5 点之后。

收回视线，映入眼帘的是十多座高约 6 米的不同形态、不同人物的大型盐雕群（据介绍：景区内除茶卡盐湖守湖女神像全部采用高纯高档汉白玉外，其余雕像均为盐雕），其形神兼备、栩栩如生，在阳光的照耀下仍晶莹剔透——据说盐雕比沙雕的寿命更长，它们屹立在空旷的天地之中，任凭风吹日晒，令人赞叹不已！

我们沿着平坦的小路继续参观，所见《卧佛》《炎帝制盐》《青盐之光》《茶马古道》等盐雕，无不体现了自然美、艺术美，冲击视觉，震撼心灵。令我们印象最深的是《一代天骄成吉思汗》盐雕（据说：仅这件作品，就用盐 4800 吨左右）：其中间为眺望远方、气宇轩昂的成吉思汗，左侧为三个肃静的士兵，右侧是一匹奔驰的骏马，其造型与神情，惟妙惟肖地展现出这位民族英雄征战四方、驰骋疆场的豪情与气魄，惊叹与敬佩之情油然而生！

身边可见身着民族服装的游客络绎不绝。此时，他们有的凭栏远望湖水，感知天空之镜的奥秘；有的凝神专注盐雕，品味艺术的真谛；有的按动快门，留下永久的记忆……五颜六色的服饰与眼前景物呈现出的白色的主"色调"相映生辉，形成了一道"流动于"盐湖景区的亮丽风景线，给人以难以忘怀的深刻印象！

我们穿过盐雕群，沿着去湖里的大道前行，在凭栏即可望见茶卡盐湖下水处的地方驻足观望：那里的湖水未过膝盖，且清可见底，只见一群按捺不住急迫心情的游人已情不自禁地脱下鞋袜，赤着双脚跳进湖里，感知在盐水中戏耍的无穷乐趣。大人、小孩们尽兴地蹦跳着、旋转着、嬉闹着，摆出各种姿势多角度拍照；有小姑娘刚下水就大呼小叫地嚷着要上岸——也许是盐粒硌得脚疼，只好弓着脚掌，一步一步往前挪动；还有孩子不小心踩进那随处都有的黑漆漆的盐洞，忙着弓腰使劲拔出双脚……看着游客们在湖水中跳跃、搞笑的动作和兴奋、天真的神情，隔湖岸还有一小段距离无缘下水的我们，虽跃跃欲试，却因必须赶路而"割爱"，也只有羡慕而已！

匆匆结束在茶卡盐湖中的游览之际，钻出云层的夕阳的余晖染红了天边的云霞，也染红了白茫茫一色的盐湖，那高原晚霞赐给游客的绝美景致令人们心醉不已！我们则赶紧步行返回，并一边借机将盐湖周围拔地而起的高山、远处的茶卡镇、近旁的民居等尽收眼底，一边"重温"游览中的所见、所闻、所感。

回到游客中心，我们即驱车驶入刚开放通行的"茶（卡）德（令哈）高速"，一路行车190公里，于黄昏时分抵达位于举世闻名的柴达木盆地东北边缘、平均海拔2980米的海西州府德令哈市（"德令哈"系蒙古语，意为"金色的世界"），并入住市中心的蓝天白云大酒店。随后前往广场西侧一位重庆人经营的川菜馆，吃上了出川两天来第一顿正宗的川菜。

就寝前后，我仍在回味当日的茶卡盐湖之旅。我们获知一个令中国人倍感自豪、振奋的信息：茶卡盐湖是经十多万年的地壳运动，将海水留在一些低洼地带形成的卤水湖，底部有 5 至 9 米的石盐层。由于每年注入的雨水较少，这里属青藏高原地区又蒸发厉害，于是开采过的卤水，经过几年时光又会重新结晶成盐，真是取之不尽、用之不竭的宝藏！

由此，我感悟：茶卡盐湖的神奇美丽，已经成为难忘的记忆；茶卡盐湖的不竭资源，堪称大自然赐予中华民族的珍贵礼物。我们，理应珍惜、守护好这些风景和资源，并由衷祝愿茶卡盐湖的明天更加美好！

海滨与崂山

为参加"全国汉语拼音教学骨干研讨班"学习，我出席了由国家教委召开的"联合国儿童基金会项目主任会议"后，在 1990年 5 月 3 日自北京乘火车经济南前往青岛，且于 5 月 4 日晨抵达并入住国家计委疗养院。

自 5 月 6 日研讨班正式开班后的 7 天里，美国斯英尔斯大学教授张玉清，《现代汉语》编者之一、青岛大学教授黄伯荣，中国教育科学研究所副研究员潘自由，山东省语言文字学会理事长、山东大学教授殷焕先等著名专家学者登台授课。这是我第二次参加全国性的高水平研讨班学习，对于自己切实掌握现代汉语和进一步优化语音教学，帮助极大！

青岛市地处山东半岛东南的胶州湾畔，是一座美丽的海滨城市，是驰名中外的国家级风景名胜区。其三面环海，一面接陆，依山傍海，风光秀丽，气候宜人。"红瓦绿树，碧海蓝天"辉映出青岛特有的美丽身姿，典型欧式建筑，形成了中西合璧、欧亚风情的特色，赤礁、细浪、彩帆、金色沙滩构成了青岛美丽的风景线。

其间，对青岛心仪向往已久的我们，通过近观、远游，对青岛的人文、地理有了深刻印象，其自然景观更让我们大饱眼福！

我们的住处与著名的海天大酒店仅一条公路之隔。白天，波涛滚滚清晰可见；晚间，涛声阵阵不绝于耳；散步时，浪花飞溅赏心悦目——令人真切感受到了大海的博大！

5月10日12：00，青岛全城被厚厚的黑云笼罩，一时间四周黑暗，路灯雪亮，汽车大灯闪烁，室内完全见不到外面的景物，并持续达半个多小时。之后青岛电视台报道：当时黑云层厚达10公里，为几十年未遇的奇观！

我还利用开课前和星期天，游览了著名的海滨游泳场、"八大关"、青岛海港和青岛栈桥。

5月4日入住后，我就兴冲冲地参观了鲁迅公园、水族馆和小象山公园，还去曾在电视中经常见到的青岛标志性景观之一的海滨浴场游览。当日天气晴好，天似一片碧玉，海像一块翡翠，水天相连，蔚为壮观。虽当时北方还不炎热，但灿烂阳光映照下的金光闪闪的海湾沙滩上，有一群人在遮阳篷下悠闲地休憩，仍有很多人在海边忘情地戏水，也有身着泳衣的众多男女跃入波光粼粼、海浪起伏的海水中劈波斩浪！第一次走进海边浴场的我，眼见翔集蓝天的海鸥时而掠过海面、时而降落水中，远望海浪层叠翻滚，卷起浪花涌向沙滩，留下弯弯曲曲的印迹，再渐次消退，留下一片片潮湿……自是激动非常，感慨万分；继而，提着鞋子、挽起裤腿，赤着双脚踩踏着沙子漫步，体味松软无比的沙滩蕴含的那份温婉与惬意！再则小心走进水里，任由海水漫过脚背、涌上膝盖，感受其凉爽和轻轻抚过双腿时的那无可言状的舒服——如此亲近大海的举止，虽显拘谨、土气，较之我1991年11月在厦门海滨戏水、2004年2月在泰国普吉岛海水中游泳，却要深刻许多！

　　5 月 5 日向研讨班报到后，急不可耐的我，又于 13：00 游览了青岛标志性建筑栈桥。钢混结构的青岛栈桥位于游人如织的中山路南端，桥身从海岸探入弯月般的青岛湾深处，全长 440 米，宽 8 米，是国务院 1982 年首批公布的国家级风景名胜区，也是首批国家 AAAA 级旅游景区。我自桥南端半圆形防波堤信步前行，到达民族特色鲜明的两层八角楼回澜阁即伫立阁旁，放眼观赏因层层巨浪汹涌而来汇成的"飞阁回澜"的雄伟壮观！再返回桥北沿岸的栈桥公园，欣赏园内的青松碧草，并在石椅上小憩，尽情品味西部人难得一见的海天景观——望远处，天水一色，烟波浩渺，白帆点点。看脚下，波涛轻轻拍打礁石，溅起朵朵银色的浪花，发出温柔的"唰唰"声……那美不胜收的景致令人如痴如醉！

　　星期天，我们几位还结伴步行，游览了颇负盛名的开放式景区"八大关"：该景区以风格各异的建筑群为主体，配以宁静宽阔的道路，是国内知名的度假胜地。据介绍："八大关"因八条以我国著名关隘命名的大道而得名，新中国成立后道路增加至十条，即山海关、正阳关、嘉峪关、武胜关、紫荆关、宁武关、居庸关、韶关、函谷关和临淮关，但仍称"八大关"。其有着众多各国风格的建筑，故有"万国建筑博览会"之称。同时，还将公园与庭院融合在一起，到处是郁郁葱葱的树木、四季盛开的鲜花，且十条马路的行道旁树品种各异。

　　5 月 11 日，我们还游览了著名的崂山。

　　崂山是山东半岛的主要山脉，方圆四百里，东南两面濒临沧海。其耸立于黄海之滨，拔地而起，极为险峻，故有"泰山虽云高，不如东海崂"之说。其主峰高 1133 米，是我国海岸线第一高峰，故有"海上名山第一"之称。

我们于 10：00 到崂山太清宫一游。导游提示：崂山是我国著名的道教名山，最盛时有"九宫八观七十二庵"，宫舍达 150 余间，分别为三个独立主院。全山有上千名道士，著名的道教人物丘长春、张三丰都曾在此修道。原有的道观大多毁坏，保存下来的以太清宫规模最大，历史也最悠久。在此，我们见识了种植上千年的银杏，500 多年的黄杨，200 多年的桂花、紫薇，100 多年的丁香、杜鹃。其院子的屋顶蓝瓦金檐，显得金碧辉煌；四周的墙壁镶嵌着许多精美的图案，显现出古代劳动人民精湛的技艺和无穷的智慧。

接着登崂山。当时浓雾尚未弥漫，我们行走在青石板小路上，眼见一边是碧海连天、惊涛拍岸，另一边是青松怪石，郁郁葱葱，山海景色融为一体，让人顿觉心胸开阔，气舒神爽！据说，古时有人称崂山为"神仙之宅，灵异之府"，传说秦始皇、汉武帝都曾来此求仙，这些活动，无疑给崂山涂上了一层神秘的色彩。我们也乘兴登上刻有"始皇帝二十八年游于此山" 11 个大字的巨石处举目远眺，将崂山所独具的山海相连、山光海色的景观尽收眼底！

之后，经垭口、太白石、桃峰攀登至瑶池。沿途可见怪石嶙峋，千姿百态：有的似人蹲立、侧卧，有的石头如凭空飞落山头，仿佛一阵风也可以吹动。且沿途石刻字迹甚多。松树奇崛苍劲，漫山遍野皆是，虽显矮小，但却别有一番风韵！

翻过山口，就有泉水自石缝渗出，积少成多，汇成涓涓溪流。它们或明流或暗淌，淙淙作响；其水清澈见底，纤尘不染，听说驰名中外的青岛啤酒就是用这里的水酿造而成的。

伴着流泉拾级而上，就到了"崂山著名十二景"之一的"龙潭喷雨"的玉龙瀑。待绕过一条峭壁，便见水帘从高约 30 米的悬崖陡壁奔腾而下，形成了瀑布。由于崖高水急，瀑水凌空飞泻，宛若一条白龙从云端腾起，落入潭中，瀑击潭水，声若龙吟，气势雄伟壮观，故名玉龙潭。当时水流虽不充沛，但站在潭边，可见狂泻而下的瀑水由于落差较大，与凸出的崖石相击，似飞珠溅玉。山谷中风势较急，瀑水被山风撕碎，形成蒙蒙水雾，满谷飘散，人如置身细雨之中，妙不可言！

潭边建有纪念1985年海军崂山抢险的石建烈士雕像，其上刻有贺敬之题写的"西望华岳颂群英，东看崂山又一峰。神州生气终可赖，思飞瀑洪热泪倾"的诗句。游客来到这独特的景观前，都会驻足凭吊，以示纪念！

待爬至山巅，浓雾仍弥漫大海，但海天苍茫，涛声阵阵，那别有的韵味，仍令人浮想联翩，油然而生超凡脱俗、如入仙境的心境！

返回青岛途中，我们还有幸见到了渔民捕鱼的情景。

14：30，汽车行驶至幸福村边的海味餐馆，就嘎吱一声停住了——司机和导游要去用餐。我们这些见海必生奇之人，则四处张望：头顶上，云雾缭绕，仅能凭眼前的热感估计太阳悬挂于何方；大海方向依然被浓雾锁住，一片茫茫。

忽然，迷雾中传来了"吭唷吭唷"的号子声。向卖小干鱼的渔家妇女打听，才知道是海边渔民拉网的号子声。海中捕鱼是何景观？这问号驱使我们一批人循声向海滩奔去。

待在沙滩上深一脚浅一脚地走到海边时，一幅壮观的捕鱼画卷展现眼前：海岸边，十多个人一字排开，每人肩上都背着纤绳。网在何处虽不得而知，但海面漂起的黑色浮筒却在一点一点向岸边移动。拉纤的渔民们深深地弯下腰，伴随着号子声，有节奏地迈出坚实的脚步——那脚步是那样的慢，一只脚紧蹬沙滩，一只脚慢慢抬起，随着弯腰动作划出一条人能感觉得出的半圆弧形，再踏上沙地；那脚步是那样的沉，只见踏于沙地的脚一点一点向下陷，及至没住小腿，还不住往后退，他们的身后，留下了一长串深深的脚印……肩上的背纤已然勒进了肉里，仍没有人松口气，更没有人伸伸腰！

在拉纤的队伍中，有两个人显得与众不同：头顶围巾，圈成一个圆筒，只露出脸，脚蹬长筒胶靴，也弯着腰，用劲往前拉。我们好奇地走上前去，原来是两位妇女，那被海风吹拂的脸红扑扑的……她们的身后，黑色浮筒还在移动。

终于，网露出了水面，开始是一线绿色，以后越来越大，一张绿色的渔网全拖上了沙滩。网中，大虾蹦跳，鱼儿翻滚，凭渔民们脸上露出的笑容不难想象，这一网又是一次大丰收！紧随其后的一条木船靠岸了，从上面跳下一位小伙子，飞快地跑向渔网，抓起一条大鱼，不住地向同伴们挥动着——这该是他们独特的抒发丰收喜悦的方式吧！此时，那两位渔姑也解下头巾，露出了笑容——笑得是那样的淳朴、灿烂和幸福！

出发的车笛响了，我们才恋恋不舍地离开海滩返回住处。

至今忆及，10天的时间在漫漫人生中也就弹指一挥间。但这10天，却让我对青岛心生热爱：爱青岛那幽雅别致的建筑、碧波荡漾的大海、绵长金色的沙滩、险峻高耸的山峰、紧张繁忙的海港……青岛之行，让我领略了祖国河山的雄伟、壮丽，也期盼着青岛未来的兴旺、发展！

黄　海

　　根据"全国汉语拼音教学骨干研讨班"的教学计划，此次学习于 12 日下午结束。来自四川的 6 位老师商定：返程乘船经黄海去上海，再换乘火车返成都。

　　我们一行于 5 月 13 日 9：00 前往青岛港务局。11：05，进入青岛港客运站候船厅，12：05 检票登上长柏轮。据广播员介绍：该海轮建造于 1980 年，长 137 米，时速 17 海里。我们（安县教研室林蔚科、绵阳市教研室巩正义、涪陵地区教研所卢俊明和王丹华，以及武隆区教研室尚素碧）买的是四等舱，位于正甲板的上层，透过窗口，可以观赏到大海。

　　黄海因为古时黄河水流入，江河搬运来大量泥沙，使海水中悬浮物质增多，海水透明度变小呈现黄色，故名。黄海北端为辽东半岛，西临山东半岛和苏北平原，东边是朝鲜半岛，面积约为 40 万平方公里，最深处在黄海东南部，约为 140 米。长江口北岸的启东角与韩国济州岛西南角的连线是黄海与东海的分界线。

　　其实，自儿时起，我便有乘风破浪、遨游大海的梦想，但深知很难实现，实在不敢奢望。而当梦寐以求的愿望成为现实的那一刻，激动万分的我站在高跷的船头上，耳闻汽笛声响，眼见似庞然大物般的海轮起锚离岸，高跷的船头犁开波浪，拖起长长的雪白浪花满速航行在黄海之中；回望海岸边，座座青山、幢幢建筑渐渐远去；放眼大海上，碧波翻卷，黑白相间的海鸥或鸣叫着绕船飞翔，或掠过浪头捕猎食物，其敏捷与机灵吸引着游客的眼球；艘艘海轮、拖船来来往往，海面呈现出一片繁忙的景象。仰起头，闭上眼睛，伸出双手，任凭扑面而来的和畅的海风卷起头发、轻抚面颊、拂过指缝，嗅闻那袭人的似曾相识的腥味儿，感受此时此刻海风独特的清爽与温柔……那情不自禁涌动于心间的兴奋、自豪与心满意足，实在妙不可言！

对眼前的一切都感新鲜的乘客们摸摸这里、看看那里的情景，将我的童心唤起，竟在船的前前后后，足足转悠了两个小时，在拍下几张照片作为纪念后，才意犹未尽地返回座舱。待见到同室的其他乘客，有的恹恹欲睡，有的则鼾声大作，心头难免生发出"欣赏的确是有层次的"的感怀！

此后在舱内小憩。16：00，室内明亮起来，一度被迷雾遮蔽的太阳露出了笑脸！我与林蔚科、巩正义二位赶忙登上甲板，伫立船头，兴致盎然地观赏起眼前的景物——

太阳高挂在飘浮着薄云的天空。西边，浮光跃金，以航船为中心的四周的海面成为一个大圆形，水天相接处灰蒙蒙的一线。眼光所及，巨大的螺旋桨将万顷碧波卷旋起的大片泡沫抛上浪尖，又与迎面扑来的层叠的浪头轰然相撞，随即向船舷两侧翻卷开去，在船尾留下一条深深的海水沟……此时的大海是那样的温柔，又是那样的欢快！于是，"海纳百川，有容乃大""像大海一样包容一切的胸怀"等俗语顿时浮现脑际。我思忖：即使大海包含的深邃内涵一时难以说清楚，但确信它定能使人悟出深刻的哲理！

　　大约 19：30，我们有幸与众多游客一起，登上甲板观看了日落：众目睽睽之下，暗红色的太阳仿佛被海水托举着一般缓缓地降落，其发出的光芒不再那么耀眼，凝眸于它也不觉刺眼；其下缘与海水越来越近，海水倒映出的它圆形的身影犹如一面硕大无比的镜子，甲板上人的影子已拉得很长……继而，它以红光把天际抹成血红的一色，连飘浮着的云朵也宛若一团团滚动的火球！夕阳将余晖洒满海面，那闪烁、跳跃的亮点数不胜数、绚丽夺目！随之，夕阳西下的速度越来越快，及至在隐去最后的几丝光线后悄悄地躲进了大海，并由此消失得无影无踪——之后许久，每当这过程似电影镜头在脑际"回放"之时，总让人激动不已，难以忘怀！

　　21：10，轮船广播通知："出于安全的考虑，夜航时不得有光外射，不准打手电。"随即，舱内的灯光由明转暗，大家陆续进入梦乡。难以入眠的我又一次登上甲板漫步，只见四周漆黑，全船除了舱内过道外一概灯光昏暗。船头主桅上，一盏明灯闪烁——也许那是信号，缓慢旋转的雷达天线边，有两只小灯一闪一闪的——那其实是天线旋转给视线造成的错觉。除能耳闻那功率强大的发动机低沉而有节奏的轰鸣声之外，全船处于宁静的氛围之中。

　　在我漫长的教学生涯中，曾多次讲授过有关"日出"的篇章，但十分遗憾的是自己却从未见过"海上日出"。故而，要借此机会观看日出，是自己不变的愿望。所以，当同行者尚在酣睡之际，我就已经披上外套，于 14 日凌晨约 5：30 即登上甲板，仰望航船左舷方那黑丝绒般的天际，观赏那些就像一颗颗宝石般飘散在漫漫夜空中闪闪发光的星星；感知此时眼中风平浪静的大海，是如何像一个还没睡醒的孩子般悄无声息地躺在黑夜里；聆听波浪重重地拍打船体发出的"哗哗哗"的声响……渴盼着日出那一刻的到来！

大约 6：00，眼见大海水天相接之际开始变成灰白色，东边海水的上方露出了一道鱼肚白，不过微弱的光亮并没能把朦胧的天空照亮，依旧是水天一色！随即，鱼肚白逐渐扩散，天空逐渐清晰起来，天边的云朵也从原本的乌黑，变为白色，再变为红色。继而，太阳像一个活泼可爱的小男孩一样探出了脑袋。虽然太阳只露出了约三分之一，可那道赤红色却十分美丽——红得纯粹，红得耀眼，红得可爱！也就在不经意间，太阳已迈着灵动的步伐，轻快地离开了海面，腾起在天空，其颜色也由刚才的朱红色、赤红色，呈现出火苗一般的火红色，它周围的云也慢慢有了光彩。几乎是一刹那间，一轮喷薄而出的红日便将万道霞光洒满了烟波浩渺、宽广无垠的海面，与此同时，一波接一波的海浪冲过来，击碎了海面上的光束，但光束又很快地重新聚合，海面依旧是波光粼粼。而那航行在阳光里的逐渐多了起来的渔船，也一下全都变成金光闪闪的了——清晨日出时的海面，分明就是一幅巨大的绚丽画卷！

之后，风浪逐渐增大——站在甲板上都能明确判断出那船头的起伏超过了 2 米！而前方，巨浪一个接着一个地汹涌扑来，又被由强大马力驱动的巨轮的尖形船头劈开，激荡起四溅的浪花，被强行分成两大部分的海水裹挟着一堆堆的泡沫，沿着两侧的船舷向后方冲荡而去，拉得很远很远……不时可见以小旗小灯标出位置的渔场，一艘艘小船在身穿救生衣的船工们的操纵下正在作业。波浪所及，那小船时而冲上浪峰，时而滑入浪底——船工临危不惧的敬业精神实在令人钦佩，而其险象环生的处境也让人十分忧心！这段航程，虽然相较于 1992 年 11 月随阿坝州民族教育考察团到湖南、广东考察时，自广州乘海轮航经浪高水急、涛声雷鸣的伶仃洋，渡过波涛汹涌、航船摇荡的琼州海峡去海南岛时，这些来自川西北高原的教育工作者中不少人就曾因晕船腹内倒海翻江而全无观赏海洋景观的雅兴，毕竟"温柔"了不少，但是其仍将大海的巨大能量，呈现得淋漓尽致！

约11：00，小憩于船舱的我被林蔚科老师一声"哎呀，怎么水变黄了?!"的惊呼声唤醒，赶紧奔上甲板。只见原本蓝色的海水已完全变成了浑黄色——原来，海轮已经进入长江口了。

13：00，长柏轮徐徐驶入吴淞口。船的左边，据说是宝山钢铁公司，连绵多少公里不得而知。至14：00，船驶入黄浦江。一过灯塔，就是停泊军舰的码头，自己也有幸在这里第一次见识了国产导弹驱逐舰。以后，海轮缓缓移动，直到16：20，长柏轮才随着一声长长的汽笛鸣叫，稳稳地停靠在公平码头。令人惊叹不已的是，在这段长达几十公里的黄浦江上，处处都是深水泊位码头——其得天独厚的地理条件令人赞叹不已！

历时27个多小时的海上航行至此结束了，伴随着整个航程的惊喜、感叹以及为安全难免的些许担忧交织的心绪，也得以平复。

踏上码头的那一刻，我深深地感慨：上海，新中国成立前曾被誉为"冒险家乐园"，新中国成立后则成为新中国的第一大城市。故乡为川江之畔的忠县、和上海人"同饮一江水"长大成人的我，终于有幸踏上了长江入海口上海的大地，其内心的喜悦与自豪自然不言而喻！

我还从人生第一次乘风破浪的黄海行中真切地感悟到：大海时而风平浪静、时而波涛起伏，与漫漫人生何其相似乃尔！故而，无论遭遇什么变化，我们都应该以大海般博大的胸怀去面对生活中的每一次挑战、每一次机遇和每一次坎坷。只要谨记"内心阳光，生活中就会处处充满希望"，就绝不会有任何艰难可以阻碍你执着进取的步伐，也就绝不会有任何险阻能够阻挡你获取本该属于自己的出彩和成功！

春游黄山

黄山位于安徽省南部黄山市太平区境内，"五岳"之一。作为我国十大风景名胜之一，黄山以奇松、怪石、云海、温泉、冬雪"五绝"闻名于世，兼有泰山之雄伟、华山之险峻、衡山之烟云、庐山之飞瀑、雁荡山之巧石、峨眉山之清凉，有着"天下第一奇山"之美称。这，令中外游客无不心仪向往。

我和同伴一道，于2004年4月27日乘坐火车，自南京经芜湖、绩溪抵达黄山（屯溪）市；再驱车70公里，入住黄山门上方的天香山庄（以著名的天都峰、香炉峰各取一字命名）。于29日一圆游览黄山之梦！

我们于6：00出发下行至云谷寺，后乘坐一次可搭乘约30人的缆车上山。索道全长2666米，透过玻璃，可见一棵棵黄山松扎根岩石，造型奇特，挺拔苍劲；远眺，但见群峰拔地，悬崖峭壁，山峰若隐若现，山势犬牙交错；俯瞰，山沟里草木丛生，溪水潺潺……穿云破雾之间，一种飘浮于仙境的强烈感受不禁萌生，令人对黄山之行平添强烈的期盼。

登临著名的白鹅岭，即进入了黄山的核心景区。我们先下坡至竖琴松邓小平同志登临观景处，远眺右前方的始信峰。黄山36

小峰之一、海拔 1668 米的始信峰虽不是黄山最险峻的，但其雄居险壑，竖立如削，三面临空，悬崖千丈，故有到此"始信黄山天下奇""不到始信峰，不见黄山松"之美誉。再遥望石笋峰、观音峰——石笋峰为柱状峰，在北海景区之上升峰和散花坞东面始信峰中间，也入 36 小峰之列，海拔 1683 米，峰形酷似竹笋，峰上怪石林立，著名的有"二仙对弈"和"宰相观棋"；收回视线，观赏了"拔地而起、一根两干"的连理松——想必此松是以白居易"在天愿做比翼鸟，在地愿成连理枝"的著名诗句命名，极似"并蒂齐肩、相拥相依"的情侣，让人赞叹称奇！

　　再回到岔路口，行经黄山十大名松之一的黑虎松。黑虎松树高 8 米，树龄已达 450 年。据传说：有一法号慧明的和尚，靠着这棵树睡着了，梦到一只老虎向他扑来，顿时惊醒，他认为这棵松树就是黑虎投胎转世的化身，故命名为"黑虎松"。仔细观赏，只见其树干粗壮苍劲，枝条气势雄伟，威风凛凛，加之神奇的传说，令游客们都不禁伸手摸摸树干以沾"虎气"！

　　前行至北海宾馆的观景台，凭石栏俯视，可见右下方的北海散花坞中，有一石峰矗立于松涛之中，酷似一支粗壮的毛笔——那便是著名的笔架峰。其突兀的峰顶长有一棵破石而出的松树（据说前松树因雷击枯死，时见为一棵新栽种的松树），宛如一束盛开的鲜花绽放于笔端，故称为"梦笔生花"。此景令众游人浮想联翩，赞叹声不绝于耳！

　　随后，我们向左经西海水库，前往海拔 1860 米的光明峰顶。行经观石亭时，还有幸观赏到峡谷对面名叫平天矼的山梁西端一块平坦岩石上，那块给黄山增添绝妙美景的上尖下圆、形若仙桃的飞来石，并为此大自然的杰作而惊叹不已！

　　本来，由此到光明顶距离并不远，但海拔却陡然升高 230 多米，其路段大多从岩石上凿出，崎岖狭窄，攀登费力，加之薄雾不时迷蒙道路，飕飕冷风扑面而至，故行走不多远，大家就已气喘吁吁、汗流浃背，只好手挂拐杖喘口气，或倚着栏杆伸伸腰——这证明上山前听说的登黄山是"低头看路，抬头看雾，两边看树"的顺口溜，还是挺生动形象的。好在"不到光明顶，不看黄山景"的话语激发了大家的斗志，我们相互鼓劲、努力攀登，终将困难踩在了脚下，将险道抛在了身后！当一行人满怀成功的喜悦，站在光明顶石碑前拍照留念之时，"世上无难事，只要肯登攀"的豪情不禁油然而生！

早就听说，因水气升腾或雨后雾气难以消散，所以黄山一年之中有云雾的天气达200多天，黄山云海也就成了美景之一。这天，我们也有幸在安徽省气象台所在的光明峰顶观赏到黄山云海，真切感受了那浓雾翻滚之磅礴气势——

登临峰顶，便见眼前的云雾时而消散，时而聚拢，时而回旋，时而缥缈，变幻无穷，恰似身缠丝绢半遮面，绰约多姿。继而俯瞰，则见弥漫的云雾已从山下渐次漫起，随风飘移，穿行翻卷于山峦之间，时而似巨轮于大江驶过掀起的浪涛荡向岸边，时而似海浪波澜壮阔般向天际冲击，时而快速升腾，时而缓缓落下，当漫过较矮山头的瞬间，便犹如巨浪般"哗"地一下冲荡而过，顿时风起云涌，波涛滚滚，奔涌如潮，浩浩荡荡，犹如飞流直泻，白浪排空，惊涛拍岸，浪花飞溅，似千军万马席卷群峰，气势逼人；及至大雾弥漫，一望无边，远眺，黄山众多小山峰、深谷沟壑都淹没在云涛雪浪里，较高的天都峰、光明顶也渐次成为沉浮于浩瀚云海中的孤岛、峰尖……近看，浓雾直逼眼前，只觉得那雾似冰凉的手，轻轻地抚摸自己的脸庞，又似毛毛细雨，似有若无地飘洒在头发、脸颊和脖子上，不禁想掬起一捧雾来感受它的温柔质感；随后，整个空间仿佛一下被染成灰蒙蒙的一色，近在咫尺也看不清人和物，顿觉物我一体，那宛若腾云驾雾、飘飘欲仙的美妙享受，让人如痴如醉！

我们向西，过晒药台，赏若隐若现的炼丹峰，经鳌鱼峰山脊观鳌鱼洞。再沿峭壁上人工凿成的围栏就是原岩石整体一部分的阶梯逐级而下，切身感受了黄山悬崖峭壁之险峻！

我们抵达当年拍摄《小花》时著名演员刘晓庆抬着担架以膝盖艰难上爬的外景地百步云梯。百步云梯的 218 个阶梯开凿于莲花峰西北麓的峭壁上，极似架设的长梯，其石级陡窄，云雾缭绕，下临深渊，地势险峻；大自然鬼斧神工雕刻成的龟、蛇二奇石恰在梯口，故名"龟蛇守云梯"。面对如此陡峭的云梯，我们不敢有半点大意，都紧抓护栏，稳步攀爬，上行十来步即停歇小憩，以确保体力充沛。触景联想到演员们的敬业精神，脑际里回荡起《妹妹找哥泪花流》的优美旋律，顿感精神抖擞……

待登临玉屏峰顶之际，我们站在观景平台，仰望峻峭高耸、气势雄伟，因主峰突兀、小峰簇拥、宛若莲花怒放而命名的莲花峰，再居高临下环视鳌鱼峰等雄伟壮观的黄山美景，尽情享受着终生难忘的视觉大餐之时，"会当凌绝顶，一览众山小"的美好体验不禁涌动心间！

我们从莲花峰顶下横越而过，再沿石梯下行，又行经仍为峭壁上开凿出的一段较为平缓的道路，就到了寿逾千年、蜚声中外的迎客松前。抵近观赏，堪称黄山象征的迎客松破石而出，傲然挺立于海拔 800 多米的玉屏峰东侧、文殊洞上的峭壁上。其高大挺拔，刚毅苍劲，翠叶如盖，充满生机；树干中部伸展出长达约数米的两大侧枝，恰似好客的主人挥展双臂，热情欢迎中外宾客来黄山游览，令人浮想联翩，真是美不胜收！我们赶紧排队，以镜头"定格"这分外珍贵的纪念。

此时，原本缭绕的薄雾愈发迷蒙，雨点横斜；之后小雨淅沥，气温降低。我们赶紧循来途返回路口，下行至玉屏站，乘坐索道缆车抵达慈光阁站。

刚出站，大雨便伴着雷鸣倾盆而下。我和乾香合用一把伞，步行近两公里才乘坐等候于此的客车返回天香山庄。待到进房，发现胶鞋、裤子、上衣肩部及衣袖早已湿透，顿觉寒气袭人。连忙用热水烫脚、洗脸、换衣裤、开空调，全身方才逐渐暖和起来。

虽然，不停地攀爬和下坡，已让人腰酸腿疼，疲惫不堪，但静心梳理在黄山的所见所闻，则至今令人回味无穷、赞叹不已。

我赞叹黄山"无松不奇"名不虚传！黄山松分布于海拔800米以上的高山，长势茂盛（据说这与黄山雾有关），各具形神，松姿百态，独具特点（因与采集光线多寡有关，其树枝大多伸向一侧）：一是"奇"在其枝条大多左右平伸，或向下倒生，极少有向上生的，有的冠平如盖，有的尖削似剑，有的弯曲盘旋，有的高大雄伟，其天然的造型让人大饱眼福；二是"奇"在其以石为"母"，都扎根于巨岩裂隙，或倚岩挺拔，或独立峰巅，或倒悬绝壁，有的循崖度壑，绕石而过，有的穿罅空缝，破石而出，不折不挠，其无比顽强的生命力让人惊叹、折服！

我赞叹黄山"无峰不石，无石不松"名副其实！登黄山一路走来，所见山峰突兀、山势宏伟、山形各异，均为花岗石山体，且无不生长着松树——也正是这耸峙险峻的山峰和千姿百态的奇松，妆成了黄山这一大自然美不胜收的奇妙景观！

我真切地感受到：只有登上了黄山，方知徐霞客老先生"登黄山，天下无山，观止矣！"之赞叹，实乃由衷而发！

（以《春游黄山》为题刊载于2021年《羌族文学》第4期）

壶口瀑布

　　发源于巴颜喀拉山北麓皑皑雪山中的黄河，是中华民族的母亲河之一。它在一路奔流途经阿坝州大草原的若尔盖县唐克镇时，给人们留下了"九曲黄河第一湾"这一因气势浩大、河面宽而蜿蜒、河州小岛无数、红柳成林、水鸟翔集，被中外科学家称为"宇宙中的庄严幻境"的美丽景观，令亲临其境的游人激动不已。而黄河蓄积着巨大能量、裹挟着巨量泥沙，穿高山、飞峡谷、跨丘陵、绕平原，经青藏高原、黄土高原奔腾而下，进入晋陕峡谷地带之时，又在壶口演绎出一幕幕壮丽景观——冬季里黄河水自形状各异的冰凌、层层叠叠的冰块飞流直下，激起的水雾在阳光下映射出美丽的彩虹，河段上搭起的晶莹剔透的座座冰桥，令人不禁感叹大自然的鬼斧神工；春秋季节水清之时，阳光直射，彩虹随波涛飞舞，景色奇丽；夏日里黄瀑高挂、涛声轰鸣，无比壮观……

　　正因如此，在我们规划 2019 年 8 月 4 日开始的陕西游日程时，首先将游壶口瀑布列入，并于抵达革命圣地延安市瞻仰、游览的当天就预定了门票，包租了小车。

　　8 月 5 日早上 6 点，我和乾香以及晓琴、元杰母子，丽萍、杨珍母女，自圣通大酒店出发，在火车站附近寄存好行李，用过早餐后，即乘车抄近道向东南方前行。小车行经当年毛岸英到农村锻炼的路口，向前与自南泥湾镇下行的 S303 省道交会后，即沿着自南泥湾沟绵延而下、地势开阔且两边种植有玉米等农作物的干旱山沟——末尾段方见沟内有少许流水——的左侧而下，沿途经过临镇、云岩镇，将路边不计其数的延庆油气田的采油、采气站和正紧张施工的蒙华铁路尽收眼底。

在去著名的黄河乾坤湾的路口分道后驶向正东方，之后即在接连不断的苹果园中长距离穿行，朝着黄龙山巅一路盘旋爬坡。随着驾驶员小王师傅一句"对面就是山西省的吉县"，汽车便开始下山。坐在副驾驶位置的我打起精神、朝着左前方向扭过头去，尽力寻觅黄河的踪迹。

汽车又下行一段距离，黄河才逐渐露出了面目：河水浑黄，在宽阔的河床上缓缓地向东南方流淌，一副波澜不惊的样子。这，令我因"于他乡与之重逢"顿生亲切之感——它曾流经我的第二故乡阿坝州，它的水流中，毕竟有着自红原县白河注入的那部分流水，同时，也很是不解——壶口瀑布将到，何以水流还如此平缓?!

汽车在盘山路上继续行走良久，抵达半山坡的壶口瀑布景区（北）。取得门票后，随即换乘旅行大巴车径直下坡几公里，到达景区广场内——这里应该离我们第一眼看见黄河缓缓流淌处有 3 公里左右的距离，也算是对我之前质疑的回答。

当时，壶口景区天气晴朗，艳阳高挂。一下车，我们一行便带着相机，耳听"风在吼，马在叫，黄河在咆哮……"的乐曲，趁着游客还不多，匆匆地穿过江泽民总书记亲笔题写"黄河壶口瀑布"的景区大门，迫不及待地经过也刻有"黄河壶口瀑布"几个大字的巨石，迈下石梯，观赏心仪已久的黄河壶口瀑布。

首先映入眼帘的是遍布于沿河岩石上那黄色的泥浆，可见前几天这里曾被大水淹没，此刻的立足之地当时的游客绝对无法进入。由此看来，我们运气不错！

我环视四周，印证了资料显示的此地的地理环境：地处晋陕大峡谷的壶口瀑布两岸夹山，河底石岩被冲刷成俗称"十里龙槽"的一条巨沟——它因地质演变使岩石发生断裂，沿断裂面发生了显著的相对位移，形成东西走向的断层；自北南流的黄河经过断层时便产生了瀑布急流，因其携带的泥沙对河床底的侵蚀作用，加之泥沙搬运等，故日渐被奔流不息的洪流侵蚀，河床随之向上游后退，河道便形成了眼前的深槽。

接着，我极目远眺：对岸，就是山西省的吉县所辖，那不算高的吕梁山的荒秃秃的山坡上，少有建筑，但有道路盘旋而上，山坡上种有树木，假以时日，将会绿树满山；山下的河边，有一条黑色路面的公路溯流而上，路边停着不少估计是自驾游的小车；河岸因滔滔流水归槽显得很宽，全是和陕西这边一样的灰黑色的整体岩石且向下游方向延伸很远，其上建成的方便游客观赏瀑布的小桥等设施清晰可见，也有游客来往。上游方向，是望不到尽头的两山夹峙的河道，浑黄的河水仍不紧不慢地奔来。我们所在的陕西省宜川县一侧的黄龙山比对岸高很多，下陡上缓，山腰以上几乎全为荒山，河岸较之对岸窄了很多，但逐级辟有道路，有利游客远观、近看瀑布。河岸边紧靠公路依山建有三层楼高的游客服务中心，餐饮、购物等功能齐全。

之后，我们随着众多游客靠近河边，仔细观赏瀑布：站在瀑布旁的断崖陡壁上，由南向北望去，但见黄河两岸山势雄峙，气势浩大，黄河河道舒展蜿蜒，实为天下奇观。瀑布上游黄河水面宽 300 多米，在不到 500 米长距离内，本缓慢流淌的"天上之水"被陡然收束，压缩到约 30 米的宽度；继而猛然跌落到深达约30米的河槽沟之中，形成特大的马蹄状瀑布群和"千里黄河一壶收"的磅礴气势。一时间，黄河水咆哮着，以排山倒海之势冲击谷底的岩石，发出雷鸣般的轰响，浊浪翻滚，惊涛拍岸，激起数十米高的浪花，惊天动地，气吞山河，壮观非凡，撼人心魄！而那升腾起的茫茫的水雾烟云，使得壶口若隐若现，一种神秘之感油然而生……

为看得更清楚，我贴近岸边的警戒线，靠在一块巨石边，直视壶口瀑布。眼见黄色的怒涛从几十米的高处直泻而下，滚滚河水夹杂着泥沙在飞落中奔腾、翻滚、跳跃，然后猛然撞击在峡底的巨石上，又在轰鸣巨响中再度腾起，在空中化为白茫茫的水雾，恍若万马奔腾在辽阔的草原上，又好似无数条金色的巨龙在浩瀚的苍穹中翻腾。之后，被挟制在30多米宽的河槽中的滔滔洪水，翻卷起惊天的浪涛，带着飞溅起的蒙蒙水雾烟云，冲撞着、旋转着、激荡着，势不可当地从我脚下方的河槽滚滚而去，只觉得整个河岸都在猛烈地颤抖！

据说，对岸下方还有流水侵蚀出的地下石廊可就近仰望瀑布"黄河之水天上来"的壮丽景色。令人遗憾的是，身在陕西一侧的我们被深深的河槽和滔滔的黄河隔开，自然是无法一饱眼福。

随后，我又同游客一道，向下游方向步行30多米，遥望对面那宽阔的河岸——但见部分被壶口及以下一段稍高河沿分流的黄河水顺着河岸向下游奔流：先是借着岩石的坡度呈扇形流向河槽一侧，途中因受地形影响，在河坝里奔突之间，或漫过岩石哗哗淌流、或绕过巨石形成水槽，沿途激起无数的浪花、拉起串串的漩涡，煞是好看；及至抵达高低不一、犬牙交错的河沿倾泻而下，形成或远或近、或急或缓、或大或小、错落有致的幕帘般亮丽的黄色瀑布群；继而，于下一梯汇合的水流又在逐梯奔流、跌落的过程中，跳跃着、翻卷着冲下，最终同被陕西一侧陡直且不规则的河槽逼顶而向上翻卷的强大水流相撞，再轰然跌落河槽之中，与对岸绵延约 200 米的十分壮观但因河岸逐渐变窄而致水流越来越小的飞瀑汇合，翻滚起更大的浪涛向东南方向一路奔去，直至视线的尽头。那因撞击腾起的蒙蒙水雾烟云则几乎遮住了整个河槽，并随风飘散到我们的脸上、光着的手臂上和照相机的镜头上……那景观别有风味，那感觉别有情趣！

观赏了壶口瀑布的雄浑，体验了壶口瀑布的震撼，"定格"了壶口瀑布的雄姿，我默默地伫立在这波涛翻卷的黄河岸边，迎着扑面而来的掺杂着丝丝水雾的冰凉河风，静心感受中国历史的悠久与深沉，敬仰之情油然而生；我不禁默念起《黄河大合唱》里的经典词句，一股难以名状的激情在胸中涌动，进而深切体会到：作者光未然所倾情讴歌的，正是眼前黄河所象征的不畏艰险、矢志不渝、坚贞不屈、顽强抗争、不屈不挠、勇往直前的中华民族的精神！

我依依不舍地离开河岸，在刻有"黄河壶口大瀑布"的巨石前拍照留念之际，不禁又回到广场围栏边，再听轰鸣的涛声、再观翻卷的波浪，深感自己在此接受了一次爱国主义教育的洗礼，激动的心绪难以抚平，并进而感悟到：母亲河和壶口瀑布，是中华民族的象征和骄傲；每一个中华儿女，都祝愿伟大的祖国昌盛、繁荣、富强！

在景区服务中心吃罢午饭，我们方带着一圆夙愿后的惬意与满足，循原路返回延安，踏上赴西安的行程。

（以《夏游黄河壶口瀑布》为题刊载于 2022 年《西岭文学》春夏版）

雨中登华山

2019年8月6日清晨，我和乾香以及晓琴母子、丽萍母女乘坐的"复兴号"高铁自西安北站准点出发，以每小时302公里的最高时速，风驰电掣般行驶在关中平原上。仅经停渭南一站，便抵达距省会120公里的华山站。乘出租车向南到达华山游客中心后，即开始漫长的排队、等待。好不容易购买到进山门票、索道票和观光车票，方得以到景区停车场候车。

神州大地山川秀丽，闻名世界——我自1984年先后登临过的被誉为"天下秀"的峨眉山、"海光山色"的青岛崂山、"福建第一名山"的武夷山、"天下幽"的青城山，以及因奇松、怪石、云海、温泉、冬雪"五绝"著称于世，拥有"天下第一奇山"美称的黄山……无不因其各自具有的风姿特色给游人留下难忘的印象。而国人对地处陕西省华阴市、南接秦岭北瞰渭河的"西岳"华山那陡峭的高峰、险峻的道路的了解，则全拜电影《智取华山》的银幕分享、金庸先生笔下武侠小说中的精彩描写和电视剧的演绎呈现。而据《华山标志·华夏之根》记载："一块花岗岩一座山，全球唯一。远望形若莲花，故名花山，因古时'花''华'相通，又称'华'山。经考证，中华之'华'源于华山，因此又为华夏之根……"所以，众多游客对华山神往不已。

故而，当登华山的夙愿即将变成现实之际，我的心，在观光车车轮滚动的那一瞬间之前，就已经飞向了自己"印象"中的华山！

观光车向南横穿陇海铁路，沿着黄甫峪进山公路一路前行。一进入景区狭窄的山谷，便顺着流水潺潺的小河，不时沐浴着山涧悬泉瀑布的飞珠溅玉，在两侧全为云雾缭绕的峭壁、裸露的花岗石山体上树木难觅的山沟边公路上盘旋爬行，速度虽然很慢，但景观却吸人眼球。

约莫 20 多分钟后，观光车驶抵约 8 公里外、距号称"亚洲第一索"的"三特索道"上山站约几百米的瓦庙沟停车场。待我迈出车门，抬头仰望之际，那挺拔伟岸、壮美超群的重峦叠嶂，让我激动不已：那一座座雄奇险峻的山峰，就像一柄柄利剑直刺苍穹，引来朦胧的烟雾在山巅弥漫、舒卷；那山顶上、悬崖边的小亭若隐若现，分明就是"雾中仙阁"！

大家又忙着前往排队——在用钢管拼成的栅栏间只能容纳一个人行走的通道内不住地往复式缓慢行进，用了足足一个小时才得以进入索道站。

我们一坐进刚好能容纳 6 人的斗式车厢，缆车就几乎贴着山壁快速陡直般上升，颇有蛟龙出行、腾云驾雾之感。虽然，在经过每座钢架塔座时，速度会陡然加快，令人目眩头晕，很不舒服，但窗外那一览无遗秀美奇丽的风光、华山雄险瑰丽的英姿则尽收眼底：远处几乎裸露的险峰奇岭，以及雨中那清心淡雅得似幅幅水墨画的美不胜收的景观，飞快地自窗外闪过；偶见那扎根于条条石缝、畅饮着淅沥于华山的雨水、吮吸着萦绕华山的云雾的株株苍松翠柏，尽显勃勃生机；索道下浑然一体的花岗石陡坡上，那一道道齐刷刷的被水侵蚀形成的痕迹，则好似在向游人述说着亿万年前的风雨沧桑——由此观之，上山索道口那幅"观华山标志美景必上北峰"的标语所言不差！

急速上行的缆车仅用 10 多分钟的时间，便行走完长达 1524 米、提升海拔 755 米的空中距离，到达被浓雾笼罩着的云台山庄之下的索道下行站。

步出缆车，走出索道站，我们便在大雨中踏着于陡直的花岗岩上凿出且呈"之"字形的石梯艰难攀爬而上。

由于地势的原因，这些石梯很窄，人流被中间的铁链隔开上下分行后，更是拥挤不堪；囿于坡陡的限制，石梯步幅较高，攀登困难、易累；梯步太窄，容不下稍大号的鞋底，以致脚心之后几乎不能着力，脚底发软，时间长了极易疲乏；大雨持续，因游人拥挤且邻近者高矮相间，伞上的流水大多淌向他人头上、身上，以致不到半途，游人们大多汗水混着雨水淌下、衣服已然湿透、双脚犹如泡在水中；梯步陡直，前面的人收、抬腿动作稍大，都会影响后面弯腰上行的人，速度只好放慢……而迈步迈不动、走快走不了的状态，又格外让人心累气紧。

正当上气不接下气、依着生理本能很想停歇之际，走在我们前面稍宽处的那位挑山工不时大声吆喝着、小声哼唱着，用一根木棒挑着绑在两头的重量不轻的饮用水和食品等。挑山工那坚毅、乐观的举止，让稍微有点血性的人都不好意思停下脚步，只好鼓起勇气，继续缓慢攀爬。仅 300 多米的雨中行程，大家都付出了极大的体力代价，历时近半个小时方才走完。

至于因 2018 年 12 月 3 日右腿扭伤至今尚未痊愈的老伴乾香，也走完了这段艰险的路程，着实可敬可佩：她右手拄着拐杖，左手抓紧铁链，忍着疼痛，在我们帮扶下，侧着身子先迈上左脚、站稳，继而收上右脚、再迈上左脚……靠着将如此不断重复的"半步"积累为一个个迈出的"脚步"，才和我们一起登临北峰。可以说，她完全是凭借一往无前的勇气，靠着顽强意志的支撑，方同我们一道，将那难以计数的步步石梯踩在脚下，并终于圆了登上华山北峰的梦想的——乾香此举，诚如电视剧《渴望》插曲《每一次》中"每一个足迹都令人骄傲"的歌词所言，令其倍感欣慰与自豪！

华山北峰海拔 1614 米，为华山主峰之一，因位置居北得名。北峰四面悬绝，上冠景云，下通地脉，巍然独秀，有若云台，因此又名云台峰。北峰是登临其他四峰的要冲，高虽不及其他几峰，但山势险峻非常，三面绝壁，只有一条修长细窄的山径通向西南，形势十分险要，是易守难攻之地。电影《智取华山》的故事就发生在这里——1949 年，国民党残部想借华山北峰之险负隅顽抗，解放大军在老乡的带领下，用竹竿和绳索从索道途经的绝壁下隐约可见的小路登山，从而全歼守敌。

我们到达北峰之时，乌云低垂，雨越下越大，浓雾弥漫山间，气温持续降低。晓琴、元杰和丽萍仍沿着著名的其右边是刀劈似的望不见底的万丈峭壁、山脊上窄得只能相向侧身过一人的似鱼背的山脊梯步继续攀爬。最终，晓琴母子冒着大雨，不畏艰险，到达了镌刻有当年金庸先生到华山参加会议时亲笔题写的"华山论剑"几个字的石碑处，亦即北峰的最高处，拍照纪念后，因雨雾太大而折返下山。

值得点赞的是，8 岁半的孙儿元杰面对险峻的华山道毫不示弱，披着雨披、挽起裤腿、手拉铁链、鼓足劲头，紧跟母亲和姑妈一路前行到达"华山论剑"处，经历了一次难得的"世上无难事，只要肯登攀"的体验，其勇于"千难万险脚下踩，不达目的不罢休"的豪情壮志可嘉、可佩!

我们三人就地休息约半个小时后,因气温很低,便赶紧买开水泡自带上山的方便面进餐以充饥、取暖。

待到丽萍返回吃罢方便面,晓琴母子也回到休息处准备加餐时,我和乾香先行下山,短短的几百米路,因下面排队进站缓慢而只得一步一步地挪动!好不容易进入雨棚,开始上山前一样的"来回往返"式排队——这倒成全我抓拍了不少雨中华山的珍贵照片,也让众多游客有幸遥望到云台峰前那著名的"鱼脊背"上众多登山者不畏艰险勇敢攀登的身影——又用了接近一个小时才乘上缆车下山。

步出车厢,我们沿公路下行。瞻仰路边那座以花岗石雕刻成的栩栩如生的"智取华山八勇士"雕塑后,回到停车场休息。

待到丽萍母子、晓琴母子先后到达,我们才买票乘车返回华山景区游客中心。

当我回首远眺那在蒙蒙云雾中时隐时现的华山时,它那巍峨雄险、奇拔俊秀的风景,攀登时的艰险辛劳、疲乏困顿,仍在脑际萦绕。但想到我和乾香在近古稀之年还能攀登"自古一条路"的华山,体验不惧艰险、征服高山的成功,即便得益于索道这一现代交通工具的相助,仍觉得堪称人生之幸事、乐事。由此,我也从华山一块巨石上刻下的"战胜华山,一生平安"的八个字中,悟出了一个道理:能够登上华山的人,必然是意志坚强、什么困难都不在话下的人。这样的人,当然会一生平安——这,让人甚感欣慰、释然!

（以《雨中登华山》为题刊载于 2021 年《羌族文学》第 1 期）

踏春赏樱花

美丽富饶的成都平原的农历二月下旬，当是草长莺飞、春光明媚的美好季节。但去年这个时段的连日阴雨，却将憧憬着踏春的我们"关"在了家里。好在，我们受到邀约，于 2019 年 4 月 1 日前往成都市青白江凤凰湖湿地公园，观赏名动蜀都的樱花，似和煦的春风，一举拂去了心头的郁闷！

虽然，我曾于1990年5月初在青岛市培训期间，体验过住地庭院里自日本引进的樱花开放时"其花一袭的白色，花朵小并层层叠叠、拥挤得密不透风，且不过两三天的时光就全部凋谢、遍地落英"之观感，并由此对樱花的印象颇为负面。不过，还是被乾志弟"观赏青白江凤凰湖湿地公园的樱花，已为成都市民的一大乐事"的一番介绍打动的我，当即习惯性地做足了"功课"，并由资料得知：该公园具有 300 亩的波光粼粼的主题生态湖泊……仅占地 40 余亩的樱花市民广场就栽种了将近 2 万棵樱花树！目前，青白江凤凰湖已成为四川省面积最大的樱花观赏区，每到 3 月，千亩樱花竞相绽放；3 月下旬，则会迎来最佳观赏期，届时四面八方的游客齐聚凤凰湖，汉唐文化街、樱花大道、流樱桥、赏樱阁、樱花广场等景点让游客们流连忘返。

正因如此，如约于 4 月 1 日正午成行的我，尽管还坐在由乾志驾驶的疾驰于成绵高速路上的小越野车上，但内心却早已涌动起一睹为快的强烈期盼！

我们一到凤凰湖湿地公园，停放好汽车，便随着人流急匆匆走向 4 号门。

进入大门，那小山包上绿茵茵的草坪、绿叶簇拥的樱花、郁郁葱葱的林木、波光粼粼的湖水、古色古香的亭阁、栉比鳞次的建筑群便映入眼帘，让身处阴雨纷纷的二月天的我们眼前为之一亮，心情豁然开朗！

我们信步樱花树丛，轻抚那在蒙蒙阳光下的片片翠绿的树叶，感觉那湿润光滑的清爽；眼观那簇拥在一起的白中透红的朵朵樱花，感受它们的粉嫩与美艳，并从或近或远或俯或仰的不同视角，用相机定格其倩影！在观赏过程中，心中过往形成的"樱花杂乱且似昙花之一现"的陈旧印象被一举颠覆，也顺理成章地得出了"此处樱花分外美"的结论，并赶紧迈上环绕湖边的木质栈道，选择好位置，将眼前的花美、湖美、林园美珍藏在镜头里，以作为纪念。

我们乘坐电瓶观光车沿着樱花大道，在湖畔、楼阁、庭院和多个小山包之间穿行——经过那被初春的雨水浸润过后，依然散发着原始芬芳的湿地绿道；经过那由一座座横跨于凤凰湖水倒漫形成的湖汊、溪沟上的仿古拱桥连通，因集湖光、山色和园林于一体而平添秀色的一处处景点；经过那一笼笼苍翠的竹林和一行行葱郁的林木之间，经过那座直刺苍穹的灰白色高塔之旁……更从整体上感到了湿地公园名不虚传的绝美景观。时值百亩樱花园里亿万朵樱花灿然开放之际，但见数万株樱花树上，那艳丽的花朵怀抱着、依偎着，层层叠叠，或粉红或绯红或纯白，一望无际，数不胜数，相互交织、掩映，简直就是花的海洋；缕缕微风拂过花丛，那各色的花片微微抖动，仿佛相互轻声慢语、脉脉传情；阵阵轻风吹过树梢，枝条上嫩绿的叶儿随意摇动，极似轻歌曼舞；那一片片樱花瓣随风掉落，似仙女般飘荡在半空中，飘落在草坪上，翻飞在小道上，呈现于众多游客眼中的分明就是一场粉色浪漫的樱花雨！而在绵延数公里的树荫下、绿地里，则有一层薄薄的花瓣悄然无声地躺着，那无怨无悔的淡定神态折射出的"落红不是无情物，化作春泥更护花"的气度与精神，令人不禁肃然起敬！至于车道两旁，透过树丛，间或有成片的郁金香灿然怒放、虞美人姹紫嫣红，与树上的樱花交相映衬，也分外吸人眼球；不时有各种花儿的缕缕清香扑面而来，则让人清新爽朗、如痴如醉！

观光车所经之处，游人摩肩接踵。但见大人们不忍踩踏飘落于地上的那片片花的精灵，轻移脚步抵近树下仰头观赏，流连，惬意徜徉；童趣正浓的孩子们忙着捡起那或浓或淡的樱花花瓣，轻轻地叠放在自己的手掌里，不住地凑近鼻孔，感受它们芬芳的余香——全都是一副陶醉的神情！

在途中的一处集市里，刚饱览樱花盛开之美景的游客，在此沉醉于艺人们那令人眼花缭乱的表演，品尝着现场制作的令人垂涎欲滴的冷锅串串、酸辣粉、叫花鸡、炒板栗等美味佳肴——一众人无不得意于大饱眼福与大饱口福的两者"兼顾"！

……

无奈景美时短，暮色将临。意犹未尽之际，我们乘坐的观光车已回到了湖景 1 号。大家走下车，又饶有兴致地漫步于湖畔的小道、草坪，在一株株花朵绽放的樱花树下流连，并围坐在绿树掩映的茶园饮茶小憩之后，方才结束了这次踏春赏樱花之旅。

虽然，当日天气一度欠佳、冷风飕飕，乍暖还寒，但当一行人步出公园大门之时，由美丽动人的凤凰湖湿地公园奉献给我们的这一场面壮观震撼、景色艳丽秀美、樱花缤纷、绿地怡人的视觉盛宴带给的美好享受，则早已深深地烙在自己的脑际——顿觉暖意融融，深感不枉此行！

吉林松花湖

　　松花湖位于吉林市的西南，距市中心 15 公里，1985 年被国务院批准为全国重点风景区。其得天独厚的地理位置，四季分明、森林茂密、空气清新洁净的自然环境，沿岸山岭起伏、群峰耸立，湖区辽阔而变化多姿，湖水清澈照人，明媚秀丽的湖光山色，深深地吸引着国内外游客。

　　为出席由人民教育出版社在吉林师范学校举办的全国中师语文修订教材培训会，我和几位同人于 2000 年 9 月 14 日乘飞机去长春，当晚抵达吉林市并入住丰满宾馆。

　　15 日傍晚，我们漫步于杨柳依依、流光溢彩的松花江畔，游览了吉林世纪广场和吉林"外滩"、松花江大桥、市政府前广场、江边大道、斜拉桥等壮丽景观。本想一睹珍藏于吉林陨石博物馆中，从 20 世纪 70 年代发生于吉林的那场规模罕见的陨石雨现场得到的那块世界上最大的陨石"吉林一号陨石"——它仅是从宇宙冲向地表的"行星炸弹"中分离出来的碎片，可这所谓的碎片，据说竟然重达 1770 公斤，其外表坑坑洼洼，凹凸不平，呈棕黑色，仿佛它自己就是一个被千百个陨石砸过的、饱经风霜的老星球——不过，因当时未开馆而留下遗憾。

18 日上午，与会者游览了闻名遐迩的松花湖。

松花湖系拦截松花江水建设丰满水电站时叠坝成湖形成的湖泊。其形态为沿山谷呈狭长多弯之状。湖区南北长约 77 公里，东西宽约 94 公里，平均水深 30—40 米，最深处 75 米，宽 10 公里，回水全长 180 公里，湖面总面积 550 平方公里，最大蓄水量 108 亿立方米，湖面海拔 261 米。入湖的河水主要来自松花江、辉发河、金沙河、拉沙河、漂河。

我们乘车前往，一路欣赏那宽泛而平缓流淌的松花江水。透过车窗眺望，随着河面渐显开阔，丰满水电站的大坝不知不觉间已矗立在我们的眼前：它位于松花湖西北端，始建于 1937 年，是侵华日军为了将东三省打造成军事物资供应基地而建设的工程之一，是当时亚洲第一高坝。其灰黑色的坝体足有百米高，显现出它的厚重和敦实。当时虽已深秋，但排水口仍有湖水飞流直下，宛如白练悬挂，喷珠溅玉，坠入坝底即翻卷起洁白的浪花，分外壮观！

大客车缓缓行驶到大坝上方湖边的停车场，刚停稳，一行人便迫不及待地下车，放眼观望，将一幅"高峡出平湖"的壮观画面尽收眼底：辽阔的松花湖区碧波荡漾，白帆点点，鱼跃鸟翔；宽处烟波浩渺，万顷一碧；窄处两面巨石耸立，倒影如墨。周围山环水绕，因而多数时候湖面风平浪静，山影浑沉，极具中国水墨山水画般的恬静与柔情。环望四周，则见湖区群山环抱，石壁挺拔，悬崖峻峭，千姿百态，那群山抱绿水、碧波绕青山以及深水幽谷的美丽景观，引人入胜！

我们自码头乘船驶入百里湖区。沿途可见两侧的山峰高耸，层峦叠嶂，山中树木郁郁葱葱、生长茂盛，山端雾气萦绕宛若仙境一般；游船划破湖面，拖起长长的白色浪花，与碧水相映成趣，吸引着游人的眼球；偶有快艇从我们身边疾驰而过，激起足有半米之高的水浪，波浪所及，游船左右摇晃，让一众人本能地抓紧座位扶手，惊呼之声不绝于耳……这美丽的湖光山色、颇有情趣的荡舟体验，让人如痴如醉！

我们先到卧龙潭游览。卧龙潭是坐落于松花湖中部的风景区。据传，黑龙江和松花江是一黑一白两条巨龙"争斗"（开拓）出来的。白龙开松花江，开到卧龙潭的时候，已经累得筋疲力尽，它不得不盘卧在此地休息一会儿。当它恢复了神力又继续干起来时，它盘卧的地方就留下了一个大水泡，取名卧龙潭。松花湖形成后，大水泡成了湖底，但其美丽的风光犹在。

行游之间，可见其岛下沙滩连片，碧水荡漾，岛上绿树成荫，石壁挺拔，悬崖峻峭，群山环抱，登山过程中，一种"卧龙潭登山有黄山之峻，华山之险，游松花湖有西湖之美，漓江之秀"的内心体验油然而生！

我们感叹：卧龙潭，正因为是一座神秘的岛、神奇的潭，是松花湖中一颗耀眼的明珠，故而"松花湖五百里水色山岚，十分风光，八分尽在卧龙潭"之说，乃名不虚传！

再去五虎岛游览。游船停靠在松花湖最著名、位于距离电站大坝西南 17 公里的湖汊处、其上有高 316 米的山峰的五虎岛沙滩岸边。据说，从空中俯视，这岛的形状有如 5 只东北虎在水中嬉戏，故名五虎岛。同行人还讲述一个关于五虎岛名字由来的故事：相传在远古时代，有一条恶龙在此兴风作浪，残害百姓，当地人民深受其苦，于是奔向长白山求山神救援。山神派一只老虎下山与恶龙搏斗，虎不敌而退回山中，又唤来四只猛虎，五虎同斗恶龙。恶龙大败南逃，逃至石龙壁前，遇山崩被压死于石龙壁下，五虎也因受伤过重而相继死去，遂形成了五虎山。这传说纯属杜撰，但仍激发起了我们登顶一游的浓厚兴趣！

一下游船，踏着沙滩向岛上前行的我们，便被这里满眼绿意、环境宁静、空气新鲜的鲜明特色深深感染。于是，一众人振作精神，挽起裤腿，向着长满树木的山上攀爬。沿途，眼见松柏葱茏、山石嶙峋，耳闻鸟儿欢歌、松韵惊涛，心情分外惬意，汗流浃背的辛苦、连续攀登的疲倦则被抛之于脑后！

及至登顶，放眼观赏，但见金秋时节的岛上已是漫山红叶，层林尽染，火红的枫树、橘红的橡树、金黄的落叶松、米黄的白桦树……视线所及，处处色彩斑斓，飞鸟翱翔、啾啾欢歌，令人大饱眼福！而松花湖"四季分明、四季皆景"的鲜明特点，则让我们更是热切地想象着其初春时节的林木吐翠、万物复苏，以及暮春之时鲜花点缀其间的万紫千红；盛夏的绿树成荫、鸟鸣幽谷，那浓浓的绿荫倒映在湖中，会染得湖水绿意更浓；冬天，雪满山原，冰封湖面，整个湖区定将银装素裹，分外妖娆！

凭高远眺，映入眼帘的松花湖水域辽阔，湖汊繁多，青山绵绵，碧波荡漾，周遭星罗棋布的小岛犹如浮现于波光粼粼的松花湖水之中，林木掩映，岛水一色，既绚丽无比，又壮观万分，令人叹为观止！

我们缓慢下山，再登船原路返回码头，并在湖滨山庄用餐：除主食蒸洋芋外，所有菜肴都用松花湖的鱼做成——红烧鱼肉、清蒸鱼肉、鱼头、鱼丸……无一不色香味全。这于松花湖畔享用的别有风味的午餐，既让人大饱口福，也由此留下了难以忘怀的美好记忆！

在返回吉林市即乘车前往长春市的一路之上，松花湖以水之静、山之奇、林之秀、石之异为特征的美丽景观，仍萦绕于我们几位的脑际，充斥于我们的言谈之中。大家由衷赞叹：江泽民总书记 1994 年 6 月到这里后欣然命笔的"青山绿水松花湖"的高度评价，以及著名诗人贺敬之在游览松花湖卧龙潭后写下的"水明三峡少，林秀西子无，此行傲范蠡，输我松花湖"的诗句，真是说出了有幸到此一游的众多游客的心里话！

黑龙滩与石象湖

2006 年 3 月 17 日，我应梁学武校长的邀请，到兄弟学校仁寿师范（当时已改制为仁寿县中学校）考察学习。

我和梁校长相识于 1994 年，他到马尔康师范学校"省检"（即四川省教委对"中等师范学校办学条件标准化建设"进行的检查验收）后到威州师范学校小住。之后，我们多次相伴出席过省内外各种学术会议，成了相知相敬的好朋友。

正因如此，一到仁寿，我便受到梁校长及其同事们热情而周到的接待，并于次日上午前往仁寿县中学（改制后面积 50 多亩，在校学生 3000 多人），参观学校教学区、后勤服务区、学生宿舍，深入了解办学情况，交流教育教学尤其是师资队伍建设方面的管理经验……当得知其很快适应普通高中的教学和管理，千方百计提高了师资水平和学校的教育教学质量，并已在历届高考中崭露头角，取得骄人的办学成绩，同为"师范人"的我为之倍感自豪！

下午，我们应邀前往黑龙滩，乘 17 号游船畅游了黑龙滩风景区。

黑龙滩位于仁寿县龙泉山南麓约 10 公里处，距仁寿县城西北 16 公里，蓄水量高达 3.61 亿立方米，被誉为"西蜀第一海"。风景区是一座人工湖泊，在 23.6 平方公里的水面上，80 多个群岛星罗棋布，宛如水上盆景，其湖面宽阔，碧波万顷，湖岸蜿蜒曲折，岛上绿树成荫。湖区四周林木葱郁，四季妩媚清新，湖中有野鸭、白鹭、灰鹤、天鹅等上百种鸟类栖息。1986 年，被四川省人民政府审定为四川第一批省级风景名胜区。其春赏山花、夏看山水、秋观红叶、冬泡温泉，一年四季风景如画的景区鲜明特色，吸引着大量游客前来游玩。

我们乘坐的游船在碧蓝的湖面航行。所过之处，泛起的层层波浪，沿船舷荡漾开去；螺旋桨卷起的白色浪花，在船尾拖得很远很远；初春的艳阳高挂蓝天，将温暖的阳光洒满大地，宽阔的湖面上波光粼粼；成群的白鹭随处可见，或翱翔于空中，或栖息于树梢；不时有鱼儿跃出水面，溅起晶莹的浪花，又倏然潜入水里，泛起圈圈涟漪；岛上、湖边，漫山遍野松柏茂盛，绿树成荫；湖水清澈，不见一丝的污染……妆成一幅美丽无比的山清水秀的美丽画卷，倒映在墨绿色的平静的水面上，相映成趣。那和谐的生态，幽静的环境，清新的空气，美丽的景致，令第二次到此一游的我也兴致盎然、心醉不已！

游船返回上岸后，我们在餐厅晚餐，尽享以仁寿土特产和黑龙滩鱼烹制的炖鱼头、烧鱼肚皮、烧鱼鳔、糖醋鱼、蟹黄等佳肴，畅饮美酒，举杯祝福，分外尽兴！

我们登临高 53 米、长 271 米、用 27 万立方米条石砌成的弧形重力巨坝，真切感受其巍峨磅礴、雄伟壮观，切身感受到大坝建设者的智慧和艰辛，并在坝侧建有郭沫若手书"黑龙滩水库"的三角碑及石刻浮雕前驻足观瞻、拍照留念。

回到县城后，小车便沿着盘山公路将我们送到仁寿后山的天街广场，欣赏时任县委书记钟建永所作《仁寿赋》，并由此对仁寿县的人杰地灵——黄汲清提出"陆相生油理论"、潘文华在彭县率部起义、国民党上将唐式遵、虞公宰相……以及该县的历史沿革、物产、风土、人情等，有了全面深刻的了解；随即品评忠县老乡马识途先生题写的"仁寿"二字，还在广场内流连忘返，遥望人口达 16 万的灯火映照下的仁寿县城之美丽夜景；又循 560 多梯的"天梯"而下，步行至金马宾馆住处。

我们还乘车行经仁寿县城的主要街道，对其布局、规模和方位，有了全面的了解。

19 日是星期天，梁校长又率全体中层以上干部共 16 人，和我们一起经眉山，到蒲江县著名的国家级生态示范区石象湖景区一游。

石象湖位于成都市蒲江县境内成雅高速公路 86 公里处。该景区因湖区古刹石象寺而得名，相传为三国大将严颜骑象升天之地。湖内有坐姿 15 米的川西大佛。景区依托特色的花卉文化与得天独厚的自然环境优势，将生态、休闲旅游巧妙融合，满足了人们追求高品质生活的需求。其中有紫燕岩、水鸟湾、茯苓湾、珠岛、青龙岛、弓沟、娃娃沟、二龙戏珠等景点。2002 年，江泽民总书记来石象湖视察后，赞扬景区的开发建设"既吸取了外国的先进经验，又弘扬了中国的文化传统"。

一进大门，我们的眼球就被漫山遍野的鲜花吸引住了——石象湖简直就是一个万花妆成的花海！

映入眼帘的漫山遍野的花，不是种在大棚下和花盆里，而是种在树丛间和草坪中，完全在自然环境中生长。我们顺道而行，目光所及，木本、草本、藤类花无所不有，色彩绚丽，种类繁多，不计其数。虽是初春，但在山间岩畔，林下水边，杜鹃花、四照花、野百合、灯盏花、山茶花、油茶花等常见的野生花卉竞相开放，在阳光的照耀下千姿百态、争奇斗艳。花丛中蝴蝶翻飞，蜜蜂忙碌，花香袭人，让人心醉！观赏之际，这些于自然天成的花海中绽放的花儿显示出的旺盛的生命力，给人以启迪，让人的思维返璞归真、人生理念得以升华！

　　而更让人心灵震撼的，是在地势较高的小山包的一大片草坪之上，按照"欧洲的春天"的主题规划的片区，呈几何图形种植且盛开着从荷兰进口繁殖出的郁金香——我们伫立在数百亩草坪上放眼望去，不同品种的成片成片的郁金香沿着丘陵蔓延，错落有致：那些花色彩各异，白的圣洁，红的鲜艳，粉的娇媚，黄的明丽，紫的典雅；那些花花姿万千，有的含苞待放，有的灿然怒发，有的鲜艳水灵，有的娇艳欲滴，有的楚楚动人；阵阵春风拂过，顿时花枝摇曳，花海起伏，香气四溢……呈现出一种倾国倾城的绝美，一种大气如歌的壮美！如织的游人置身花香扑鼻、分明是一个山花烂漫的天香世界之中，便觉有一种异国情调的体验于内心萌生，且为之陶醉不已！

　　就地用罢午餐，我们便蹚过草地，来到湖边，沿途可见山坡上树林茂密，森林覆盖率90%以上。据介绍，石象湖由"三山"（长秋山，大、小五面山）夹"两水"（蒲江、临溪）组成，山水错列，构成千姿百态、雄伟壮丽之地貌景观：山地峰峦叠翠、陡崖峭壁、浅丘丘坡起伏、地面开阔，平坝坦荡如砥、河渠交错，真是山清水秀，成为各类动物生存的天堂，据说每年春季都有数万只白鹭飞临蒲江栖息、繁衍，场面蔚为壮观！

　　临近湖边可见其湖面水平如镜，秀木叠翠，其绝佳的自然生态犹如一块镶嵌于大地上的翡翠，让人心仪、爱怜！

　　再下行到码头，登上别具一格的乌篷船，泛舟石象湖中，举目将秀美的湖光山色尽收眼底——眼观坐落在万亩原始森林之中、掩映在绿荫花丛之下的石象湖，给人的第一印象便是小巧玲珑，湖水清澈，800亩湖面港湾甚多，曲折幽深（据说有九沟十八岔，岔岔十八沟），神秘莫测，韵味独特；行船观赏，可见其山从水中沐浴出，花临碧水对称开，人在船上坐，云影水下游，波光粼粼、烟波缭绕、薄雾蒙蒙、轻歌悠悠、鸟声啾啾，如行仙境，如入画图；游船行经九沟十八岔时，则恰似驶入了一个湖光山色融合成的仙境般的天然"水上迷宫"，实乃韵味无穷、赏心悦目！

途中，我们还登岸吃了烤小鱼。过小庙，跨吊桥，再登船前行到达湖边。待到下船、上坡回到就餐处，又兴致盎然地欣赏了古朴奔放、欢乐热烈而又妙趣横生、令人大饱眼福的民俗表演"八抬大轿"。

循着花丛中的小道步出大门，与梁校长等一一握手告别，返回汶川之际，再满怀依恋地回望石象湖、回味游程中之所见所闻，留给自己的感触颇深——

我感叹：石象湖的确称得上是"鲜花的海洋，视界的天堂"，是"东方小瑞士，亚洲小荷兰，中国达沃斯，成都御花园"！

我感慨：石象湖的树木森林是自然形成的，而非人工所造，石象湖的花是在自然盛开的，而非花盆栽养，由此可见，石象湖完全是原生态环境与林木花卉的有机融合。故而，走进石象湖，就是走进大自然，一种对人与花的和谐、人与自然的和谐、人与人的和谐的美妙感受，油然而生！

我感悟：石象湖就是一片难以寻觅的修身养性的净土，游览于花丛间、湖泊中，令人顿生涤荡世俗、净化心灵之感，来到这里的游人，理应由此切身体验到"天人合一"之最高境界！

鸣沙山与月牙泉

地处祖国大西北的甘肃省敦煌，不仅拥有举世闻名的莫高窟壁画艺术，还有一处奇异的沙山与美妙的泉水共存的美景——著名的鸣沙山与月牙泉。因此，到敦煌一游，已成为人们心驰神往的美事！

正因如此，当女儿、女婿于 2016 年 7 月提起自驾游青海、甘肃之动议时，我欣然应允。

经短暂的准备，我和乾香偕同秀萍夫妇、外孙元俊于 7 月 15 日清晨自马尔康出发，行经若尔盖大草原、金碧辉煌的拉卜楞寺，驶入青海境内，当晚入住西宁。此后两天，我们在风景秀美的青海湖游览，在号称"聚宝盆"的茶卡盐湖流连，在柴达木盆地的茫茫戈壁上疾驰，翻越甘青交界的当金山口，接着下陡坡 40 多公里，继而在炎炎烈日下行车于两侧大多为浩瀚沙漠的公路上，于 17 日午后抵达心仪已久的敦煌。

按照日程，我们于 7 月 18 日上午游览鸣沙山、月牙泉。

敦煌鸣沙山是国家级重点旅游风景名胜区，位于敦煌市南 5 公里处腾格里沙漠边缘。它东枕西北明珠莫高窟，西至党河口，延绵 40 公里，南北宽 20 公里，高度 100 米左右（最高 170 多米），是丝绸之路上神奇瑰丽的旅游景点。鸣沙山沙峰起伏，脊如刀刃，人登沙山顶巅下滑，沙砾随人体坠落发声，似丝竹管弦乐曲；风绕山吹来，沙山轰鸣作响，人们顺坡滑落，便会发出轰鸣声，称为"沙岭晴鸣"，故而得名。

当日早晨，敦煌碧空如洗，阳光灿烂。沐浴着西域的朝阳乘车前去景区的我，满怀着印证"沙和城何以相处，月牙泉何以犹存"的强烈意愿，渴盼着即将开始的游览！

一到游客中心，阳光照耀下连绵起伏、明暗相间的鸣沙山便映入眼帘，令第一次走进沙漠的我们心灵震撼。购票后，我们先骑骆驼游鸣沙山。

工作人员凭票号确认每人所骑双峰骆驼——那骆驼很有灵性，全都卧地等候，待游客跨上驼峰的鞍子坐好，主人发出号令，它才先前脚支撑，再后脚站立、准备前行，骑者并无不适之感。

我们5个人骑的骆驼连成一串，依次而行；一名工作人员牵着元俊所骑的骆驼领头，向着沙山的左侧进发。

一路上，骆驼迈着大步缓慢前行，但其前后脚的配合却不似马匹那样灵敏、和谐，加之其腰身较长，迈开脚步，腰部总会上下起伏，故而颠簸连连，人在上面前倾后仰，单靠双腿夹持已不能控制，几乎无法放手。上陡坡之时，人会朝后下滑，亦不易坐稳。越往上行，坡变得更陡，骆驼也越感到吃力，沙地上留下了一个个深深的脚印——此时，它会放慢速度，不住地打着"响鼻"，用以喘口气。

当驼队行至半腰的山脊时，牵驼人安排小憩，还主动帮我们照相留念。我们也借机左右巡看：眺望东方，但见远处一座座沙丘金光灿灿，波纹状沙脊似波澜起伏，绵延至视线的尽头，层次分明，气势磅礴，分外壮观，堪称大自然的鬼斧神工，令人的心境豁然开朗；回望城区，绿色草木点缀的新敦煌城高楼栉比鳞次，街道车水马龙，一派勃勃生机——逶迤的沙山近在咫尺，却全无危机之感；收回视线，俯瞰右边红黄色的沙山上，下行、上行的驼队接连不断，"叮当、叮当"的驼铃声，回响在大漠之上，回荡于沙山之间，那一头头憨态十足的褐黄色的骆驼点头哈腰，一步一顿地缓慢向前蠕动着，与那或坐或伏在骆驼背上的身着各色、各式服装的游客一起，构成了一幅十分生动且颇有异域风光的风景画，很是吸人眼球；山沟处，几株胡杨树扎根于沙漠中，虽显矮小，但其叶片在阳光下泛起的绿色，仍给人以亲切之感；仰观天际，骄阳高挂，那蔚蓝的天空显得格外的明净、深远，观光直升机、滑翔机不时从空中掠过，与地上的驼队、远处目光可及的登（滑）沙山者的身影遥相呼应，相映成趣。

行至沙山的凹部，驼队朝右坡缓缓下山。此时，坐在驼背的骑者呈臀部下滑、上身后仰的状态，需抓紧鞍子、紧蹬踏镫，才能保持身体平衡。好在下行骆驼的步幅加大、步频加快，速度也就要快得多，不久就抵达鸣沙山的入口。

接着，我们的驼队穿过一段胡杨树林掩映的公路，很快就抵达被鸣沙山流沙裹于怀抱中的月牙泉景点。

月牙泉古称沙井，俗称药泉，因形如月牙而得名。该泉水色蔚蓝，澄澈见底。其面积 13.2 亩，平均水深 4.2 米，水质甘洌，澄清如镜。流沙与泉水之间仅数十米。久雨不溢，天旱不涸，水光山色相映成趣，成为中国西部自然风光之一绝。据史籍载，月牙泉、鸣沙山至今已有两千多年的历史。神奇的是，月牙泉坐落在茫茫的黄沙之中，虽不时狂风大作、飞沙走石，但月牙泉却安然无恙。直到科学发达的今天，人们才得以解开这个千古之谜——独特的地形地貌，使它永远保持着矛盾而又和谐的天然共存状态：月牙泉底下有潜流，故不干涸；泉水处于循环交替状态，故不腐坏。之所以没被流沙埋没，是因为泉四面的沙山高耸，山坳随着泉的形状也呈月牙形。在这种特殊的地形下，吹进这个环山洼里的风会上旋，把月牙泉四周的流沙又吹到了四面的山脊上。这既是刮大风时人们见到风吹流沙上山坡的奇景，也是月牙泉"绵历古今，沙不填之"的奥秘。

进入月牙泉景区后，我们选择踏沙而行，其感觉亦甚为开心、奇妙：此地沙子松软，迈步其上，脚陷沙中，每前进一步，就会后退半步，十分费力；阳光直射沙地，热气蒸腾，人即使缓慢行走，也顿觉热浪扑面、汗流浃背——由此不难想象，那有着"沙漠之舟"美誉的骆驼，在沙山上负重行走之艰难；亦不难想象，鸣沙山沟那几棵矮小的胡杨树的枝叶并未被滚滚热浪烤焦，也没被不断推进的沙丘掩埋，其顽强的生命力着实令人惊叹！

走到距月牙泉约100多米的沙丘上，我们停下脚步，远眺月牙泉景点：但见绿树掩映下的小湖泊酷似一轮明月，又好似一块碧玉，静静地躺在沙丘的怀抱中，接受游客们的赞美和惊叹——其高耸的沙山与蓝天相接，泛着白光，其山脊勾画出的"线条"给人以丰富的联想；沙山之间最低处的一片平地上，弯似月牙的湖面绿水盈盈，四周茂盛的芦苇在微风中随风摇曳，生机无限；左侧高坡上，在傲然挺立的常青树丛中，历经沧桑的月泉阁古色古香，它作为月牙泉的陪伴者、守护者和见证者，矗立于变幻无常的沙山下岿然不动！

我们穿过一片沙地，走近月牙泉。透过栅栏，可见小湖泊水量充沛，清澈晶莹，倒映着蓝天、白云，小鱼嬉戏、大鱼游弋，好不悠然自在；低处湖水溢出，令一大片沙地潮湿尽显；湖畔茂盛的芦苇、绿树好像给这美丽的碧玉镶上的一圈花边，高高低低，错落有致，美不胜收！

我们继续沿湖边左行上坡，一株树龄已 120 多年的左公柳（此种柳树系左宗棠命名）临沙而不惧，傲立沙坡，枝叶茂盛；再往前行，在一株树龄亦达百年的胡杨树前驻留、感慨……随后登上那座背靠沙山、高耸泉边的月牙阁，近看月牙泉，远眺鸣沙山，饱览无限风光；品味历代文人骚客留下的对鸣沙山月牙泉的各种赞美之词，体验其独具的韵味。

原路返回游客中心，意犹未尽的我和永德、元俊，又购买了 3 张滑翔机观光票，在可供直升机、滑翔机起降的简易机场依次登机升空。

我是第二个起飞的。后置轰鸣的马达，以强劲的推力助滑翔机腾空而起。虽因气流扰动，机体颤抖、上下起伏，但并无不舒适之感——戴着头盔，少了冷空气的摩擦；座位保护措施合理，心中绝无不踏实之感；连自己平生乘坐大飞机数十架次均难免有过的起飞时的失重都未明显体验到。

待到滑翔机升至 200 多米高空之际，只见远处阳光下黄而泛白的大沙漠之中，沙丘逶迤起伏，绵延不见尽头，蔚为壮观；沙山上行走的驼队，也不过以点、线存在，与连绵的沙丘形成极为鲜明的反差；滑翔机掠过月牙泉上空，则将包括城区在内的俯视景观尽收眼底——月牙泉极似"月牙"般的一汪水凼，错落的建筑物成了"平面图形"，因没有了高耸的壮观，自然也别有一番风韵……时至今日，那堪称刺激、梦幻的飞天观景，仍然难以忘怀！

当天下午，我们在敦煌街上游逛，品尝佳肴美食，体察西域风情，喝茶闲聊谈天，回味游览体验……祖孙三代的观感高度一致：敦煌之鸣沙山月牙泉，无愧是大自然中的神奇风光、大沙漠中的天下奇观！

灵蕴中国 第三辑

山河卷帙

○
○
○

康定城

　　康定城是甘孜藏族自治州州府所在地，是甘孜州经济、政治、文化的中心，自古就是藏族聚居区通往中原地区的门户。作为茶马古道上的一个重要据点，可以想见当年有多少马帮商贾从这里经过，在这里停驻、交易，或去到更远的地方，与异邦交换他们的货物；当年，这里有著名的老陕街，产生了集食宿、贸易、娱乐为一体的 48 家锅庄，后来又成为西康省省会……其繁华程度可想而知！据说时任国务院总理的朱镕基同志到此，就曾深情地赞叹，称这里是"海外仙山，蓬莱圣地"。正因如此，众多中外游客对此莫不十分向往。

　　虽已临近傍晚，行经泸定县前往阿坝州金川县的我们，还是于漫天飘飞的大雪中，沿瓦斯沟溯炉河而上抵达康定城，并入住藏香客宾馆。用过晚餐，车马劳顿却兴致勃勃的我们，仍不顾飕飕寒风和漫天纷飞的大雪，在热心的母辉导引下，有幸从住宿处过街、跨桥，顺着新中国成立前被称为"打箭炉"（清代设有"打箭炉厅"）的康定城的主要街道行游了一大圈，借此将康定古城的美丽景观尽收眼底——

　　据母辉介绍：康定城虽不大，却是一座极具特色的山水名城。它东傍中外闻名的溜溜跑马山，东北邻威猛的郭达山，西靠绵延的子耳坡九连山；折多河由南向北穿城而过，在郭达山前与雅拉河汇为炉河，向东至瓦斯沟口注入大渡河，形成三山环抱、二水中流、城市建筑依山沿河、两岸街道六桥沟通的奇观！

我们首先在甘孜州国税局外面那口历经了康定城的沧桑岁月，目睹了城内居民以及茶马古道时代来来往往、川流不息的马帮、背夫（挑夫）取水饮用（饮马）的盛况，见识了在党的民族政策光辉照耀下康定城发生的翻天覆地变化的神圣古井——水井子：水井子自然景观位于跑马山下的康定城内，其泉水源于五色海，从跑马山脚下涌出，泉水清澈见底，冬暖夏凉。此泉含多种对人体有益的矿物质，自古以来就是炉城各族人民共同饮用的清泉。

其设计别具一格，古色古香的亭阁正对大门的墙上，刻有"水井子"三个藏汉大字，左右两沟之间砌有背水台和精巧玲珑的藏式白色熏烟塔，塑有蓝色装饰浮雕。大门两侧墙上绘有吉祥八宝金海螺图案。进门右墙上镶嵌着的汉白玉石刻横碑上，以藏、汉、英三种文字撰写着"康人郭昌平"撰写的《水井子抢头水记》全文："炉城圣泉水井子，源自后山五色海。泉水冬暖而夏凉，入口清冽而甘甜。养当地万千生灵，润箭炉一方沃土。苍生捧为甘露，百姓都言神灵。相传除夕夜可见金鸭送喜，据说新一年能够万事如意。于是乎惊动千家万户，果不然唤起藏汉各族，齐刷刷背桶提壶，兴冲冲相约相呼，眼瞪瞪盼见金鸭，心诚诚驱灾祈福，抢一年之头水，换四季之康顺，从此为满城规矩，延生成本地民俗。虽代代未见金鸭，然辈辈都抢头水，不追飞黄腾达，但求平安幸福。"我们细细品味，深感其文字文白相间，形象生动，句式整齐，妙趣横生，且读起来朗朗上口，给人以深

刻印象。左边墙上的一幅大型石刻画，还以虚实交错的手法，把
《水井子抢头水记》全文内容形象地绘刻于其上，既吸人眼球，
亦让游客大长见识!

继而漫步白雪皑皑的康定城，其坐落在群山层叠的峡谷之
中，两岸峰峦夹峙，折多河穿城而过，城镇建筑群大多依山傍
水。那条曾于 1995 年夏季爆发大洪水，给城区造成巨大损失的折
多河，如今已是整治一新，坚固的混凝土河堤、畅通的河道，显
得格外的壮观。全城风貌有着浓郁的藏族风格，连街道路灯的造
型都不例外。由于城镇就建在河的两岸，人们交往必须过桥，故
桥梁之多、桥梁造型之异，则尚属首次见到!

边走边看，觉得与想象中的康定城比较，有些许落差之
感——康定旧城是顺折多河两岸而建，经过 1995 年 7 月的大洪水
之后，过境的国道 318 线已改从城背后的跑马山下通过，但即便
如此，折多河两边的道路仍然较窄，当日下午起就大雪不停，坡
度较大的街道因此积雪甚厚，出租车、公交车均须套上防滑链条
方可安全行驶。当年两边街道的建设明显欠缺整体规划，布局较
为凌乱，也没有高大的标志性建筑，现在要加以彻底改造，其难
度可不是一般。州委、州政府位于河右岸的高山之下，街道不是
很长，囿于地势的局限，也不可能建设起气势宏伟、风格独特的
建筑，前面的广场也显得小了些……不过，也唯其如此，才恰巧
给人以紧凑、精致、古朴、庄重的别样美感，使其更显现出鲜明
的特色、更具有观赏的价值! 同时，我们也深信: 随着当时已主
要向进城口处右行的雅拉河两岸发展的城镇规划逐步落实，崭新
的康定城的美好前景值得期待!

据介绍，近代康定城还有十大景观——温泉浴月、郭达停
云、雅加积雪、四桥雪浪、四寺云林、灌顶突泉、乐顶梵呗、子

耳樵歌、天都飞瀑、仙海澄波，但因我们有必须于 18 日抵达金川的日程要求，自是无缘行游，也只能忍痛割爱，凭借资料了解一二了。

康定还因中外人民熟悉的《康定情歌》而出名——据说其雏形就源于城郊雅拉乡，它既是康定众多藏汉民歌的代表，也是康定多元文化的结晶。我就是哼着"跑马溜溜的山上，一朵溜溜的云哟，端端溜溜地照在，康定溜溜的城哟"进入康定城的。因此，第二天早上，我们就在雪后空气清新、天空湛蓝、艳阳高照的好天气里，踏着厚厚的积雪，游览了跑马山。

跑马山位于康定城东南边，城依傍着山，山护卫着城。当地藏族称之为"拉姆则"，意为"仙女山"，是藏族著名神山之一，海拔约 2700 米。据介绍，为纪念释迦牟尼的诞辰（浴佛）日，当地群众每年农历四月八日都要在这里举行隆重盛大的纪念活动，称"四月八转山会"。跑马山公园的主要景观有五色海、咏雪楼、吉祥禅院、凌云白塔、跑马坪、浴佛池、飞云廊、东关亭、观音阁等。

乘坐于缓缓上行的索道车上，我们俯瞰山下，地处狭窄山沟里的康定城一览无遗：水流急湍的折多河似白色的哈达飘向大渡河方向，直至消失在视线的尽头，新建国道 318 线过境公路傍着山体蜿蜒伸向远方。眺望四周，座座高山上洁白无瑕的积雪在阳光照耀下闪烁着银辉，分外耀眼，跑马山后群峰耸峙，郁郁葱葱的杉树、翠柏上，都堆满了积雪，十分壮观！

索道的终点站就在吉祥禅院下方。我们迈出车厢，金碧辉煌、一派祥瑞的禅院即映入眼帘——它地处跑马山坪西面小丘，巍峨地坐落于玉石台阶上。拾级入殿，可见莲座上端坐着的如来佛，在香烟袅袅中慈眉善目正视大千世界，希冀善举恶消。

从吉祥禅院侧殿出去几步，就是高踞云天、掩映于密林之中的凌云白塔。白塔建于跑马山坪西丘顶，高达 20 余米。虽然天气寒冷，仍有虔诚的信众在此先焚烧藏香，再念念有词地转经，其肃穆、圣洁的氛围，给人以深刻印象！

白塔下的跑马坪四周林木苍翠，场内覆盖着厚厚的积雪。跑马山本以赛马而闻名。据说，20 世纪初，赛马会年年举行，时间是在每年农历五月十三日，届时各路赛马人均汇集跑马坪参赛。20 世纪 80 年代初重修跑马山坪，成为高山"林卡"，也为游人在节日观赏民族歌舞戏剧、举办赛马活动，提供了理想的场地。山坪春秋色调各异，别具一番景致。但这天雪后初晴，气候寒冷，加之时间太早，场内尚空无一人，我们几个人置身其中，似略有一点儿孤寂之感，不过也更凸显其环境的幽雅、宁静！

返回途中，自己不禁思绪起伏：想象中，跑马山当峻峭，跑马场当宽阔。但实地一看，跑马场面积不足一个有 200 米跑道的田径场大，面前的小山包，也就几十米高而已。我还乘兴在大雪覆盖的场地里转了两圈，但其地面设施却不得而知，根本没能感受到那首著名情歌所蕴含的巨大魅力。不过，我也深知这不能苛求，犹如当年我们有幸到哈尔滨的太阳岛实地一游，就觉得其与风靡全国的那首《太阳岛上》所传递出的艺术魅力有着很大落差一样，眼前雪后清晨的跑马山给我留下的印象与想象反差大在所难免——因为歌曲毕竟是艺术作品，它是由歌词和曲谱相结合的艺术形式，是以生动鲜明的艺术形象反映现实生活的！

下山后，我们特意沿着折多河上行去原康定民族师范校址一游。我在岗工作期间，曾与该校领导接触频密，交流甚多。但在"三级师范"向"两级师范"的变革之中，甘孜州政府已将其与康定中学合并。因此，在其校门口拍照留念，自然感慨万千！

在随即出发奔赴金川的路上，回首停留时间甚短的康定之旅，虽对其"川边锁钥，藏甸屏翰"的特殊地理位置——自古以来就是康巴"民族走廊"的腹心地带、川藏交通的枢纽、汉藏"茶马互市"的口岸和物资集散中心等有了深刻的印象，但也对未能观赏并深入了解其作为历史文化名城所具有的丰厚的远古文化遗存、许多神话传说、民间艺术、民族歌舞以及有大量以藏汉交流为主体的多元文化景观，而颇感遗憾。不过，仅是有幸到此一游，足以令人心满意足！

忠县石宝寨

我的故乡四川省忠县（现属重庆市），素以三个"唯一"享誉神州大地：唐贞观八年唐太宗赐名忠州，民国二年（1913）设县，是中国历史上唯一以"忠"字命名的州县城市；现县城依山傍水，独具岛城风貌，是三峡库区唯一留存的"半淹县城"；其境内的石宝寨，更被《忠州赋》赞誉为"仙山琼阁，天下唯一"！

对"美不美，家乡水"的俗语深以为然的我，深情地热爱忠县那方热土，对情有独钟、心仪久远的石宝寨，亦一直关注且有着不断深入的了解：

石宝寨位于长江北岸边，距县城 45 公里。此处临江有一高十多丈、陡壁孤峰拔起的巨石，相传为女娲补天所遗的一尊五彩石，故称"石宝"；石形如玉印，又名"玉印山"。明末谭宏起义，据此为寨，故名石宝寨。

石宝寨塔楼倚玉印山修建，整个建筑由寨门、寨身、阁楼（寨顶石刹）组成，共 12 层，高 56 米，全为木质结构。始建于明万历年间，经康熙、乾隆年间修建完善。原建 9 层（隐含"九重天"之意），顶上 3 层为 1956 年修补建筑时所建。寨顶有古刹天子殿，还有文物陈列室、鸭子洞和流米洞等。石宝寨是中国目前仅存的几座匠心独运的木结构建筑之一，被称为"世界八大奇异建筑之一"。正因如此，在修建三峡电站时，国家投资八千余万元用于修建"国宝"石宝寨保护工程——石宝寨围堰。

不过，自1961年初冬即离乡远赴川西北高原的我，由心仪石宝寨、感知石宝寨、亲近石宝寨到走进石宝寨，竟然历时57年——这倾心向往和漫长等待的心路历程，令人感慨万千！

感知石宝寨，还需回溯至1992年。当年11月，我随阿坝州民族教育考察团远赴湖南省湘西州以及广东省海南岛考察时，曾于9日傍晚乘船经过忠县。记得我当时伫立船头，遥望县城，见西下的红日如火球般悬挂山边，当晚霞洒满长江水面和群山、记忆中的建筑渐次映入眼帘之际，一种游子归来的欣慰与愉悦的情愫涌上心头！之后，我便任由凛冽的江风拂面，执着地伫立船舷，放眼眺望江北……终因暮色降临，虽耳闻船上传来"石宝寨到了"的广播声，但仅眼见江边的点点灯光，与石宝寨真容失之交臂的遗憾久久萦绕脑际！

得以亲近石宝寨，则是2004年。那年4月下旬，我去安徽省黄山出席全国师范语文教学研究会。年会后，同乾香一道自杭州经南昌、武汉返川之际，于5月3日自宜昌三峡大坝乘船去重庆。记得当日8点，"水翼船"一离港，便以每小时70公里的速度，在蒙蒙细雨中，航行于波光粼粼的三峡水库中。陡峭高耸的三峡群峰快速退隐，西陵峡、巫峡、瞿塘峡等激流险滩早已被库水淹没，昭君故里、神女仙峰、白帝古城（已成水鸟栖息的"白帝岛"）、万州大桥，一一从视线中掠过……待到期盼着的"著名景点石宝寨快要到了"的广播声传来，我便疾步走到船头右舷，将石宝寨美丽景观尽收眼底：三峡大坝已将长江拦腰截断，昔日奔腾浩荡的江水倒灌已形成总面积达1084平方公里的巨大人工湖；但见由远而近的石宝寨在白色的护坡仰墙和巨型围堤的簇拥之下、孤峰拔地、四壁如削，形似玉印镶嵌库中，其树木葱茏，苍翠欲滴，山影入水，玲珑秀丽……宛若宽阔舒展、水光潋滟的三峡水库中一座绿色山水景观，不愧为世界上最大的"盆景""江上小蓬莱"，让人倍感欣喜、自豪！

待到有缘走进石宝寨，则已是 2017 年春节。当年，我和乾香率子（媳）女（婿）及孙辈共 16 人驾车回忠县"寻根问祖"。在祭奠祖辈、团聚亲人、聚会同学，并游览被《忠州赋》赞美为"白祠焕发文采"、为祭祀被贬任忠州刺史的白居易而建的白公祠后，于 1 月 31 日上午，前往如今已成三峡旅游一张含金量很高的名片的石宝寨一游。

我们于上午 9：30 出发，在沿江丘陵中驱车近 40 公里，行经古朴雅致的石宝镇熙熙攘攘的街道，抵达薄雾萦绕的石宝寨景区，停车于飞檐翘角、巍峨壮观、上书"石宝寨"三个金灿灿的大字、两侧雄踞着栩栩如生的威武石狮的石牌坊大门处。

我们步入大门，便驻足、流连于广场两侧那内容翔实、画面精美的展板前，浏览并印证记忆中的石宝寨历史沿革。

随后逐级而下，经过绿树掩映下的那座重彩描绘、古色古香的桥头牌坊，走过 188 米长的摇摇晃晃的索桥，登临自库区深水处筑成基础、高达 50 米（据说高过水库设计水位 175 米不少）、行道宽敞的钢筋水泥巨型围堤，切身感受了眼前这依山耸立，飞檐展翼，被称为"长江明珠，忠县名片"誉满天下的石宝寨，以及"斗式木质、依山傍水、建设于明代万历年间的"塔楼结构的奇特，真切体验了烟波浩渺的库区湖水与突兀耸峙于江中的巨石状山岩的相映成趣，并感悟到了顽强生长于悬崖峭壁之上、饱经风雨沧桑的棵棵大树，凭借独具的挺拔苍劲彰显出来的强大的生命之力！

大家信步前行，欣赏寨身岩壁上镌刻着的田纪云题写的"江上明珠"、钱伟长题写的"川东奇秀"等名人题词，以及矗立于崖壁下的两尊"阅尽沧桑"的汉阙。还选择上佳位置，抵近拍下站立堤坝与石宝寨建筑直插云天形成巨大反差的珍贵照片以作留念。

我们来到正面，仰头观瞻著名的"梯云直上"的塔楼。其塔层从下至上，逐层缩小，各楼层飞阁之间，均有曲折迂回的转梯相通，塔楼每层末端均向上翘起，其上雕塑有龙、仙鹤等各种造型生动形象的动植物，红墙碧瓦，让人恍若到了凌霄宝殿！整个建筑由寨门、寨身、阁楼组成，全系"穿斗式"木结构，其设计建造的精妙绝伦、巧夺天工，堪称建筑史上的一道奇观。古人高超的建筑工艺令我们赞叹不已！

我们循阶梯下至已低于库区水面的寨前院坝，经过距山门20多米处、横匾上刻有"必自卑"（据说取"登高必自卑"之意）大字的石牌坊，跨入牌楼式门额横书有"梯云直上"大字、上部题有瓷嵌"小蓬莱"三字的山门，顺着楼梯盘旋而上，依次攀登依高岩而建成、内有木梯通达的12层楼，观赏每层石壁上均有的崖刻和题咏——虽时代不同却无不讲述忠孝节义，品赏寨内雕刻精巧细致、栩栩如生的著名的三组雕塑（浮雕）群像——巴曼子刎首保城的故事、张飞义释严颜的故事和巾帼英雄秦良玉的故事，以及东吴名将甘宁等一众名人的雕像；每一楼层都可凭窗远眺气象万千的三峡库区，让人大饱眼福！

登临最高一层，可见一个1200平方米的石坝，其中有一座建于清代的庙宇兰若殿。它临岩筑墙，庙宇巍峨，蔚为壮观；从南到北依次为天子殿、玉皇殿、王母殿三大殿，且分别有"四大天王""玉皇大帝""瑶池祝寿"和"八仙过海"等塑像，还有奈何桥、鸭子洞……这为石宝寨罩上了一层神秘的色彩。正殿迎门墙壁上有一巨大壁画，画的是女娲补天的故事。画面下方，有一块遗石，形状很像石宝寨。后殿有一个石孔，口大如杯，据说叫流米洞——传说寨上修起庙宇后，这石孔每天都流出一些米来，正巧供庙内和尚食用，故称"石宝"。后来老和尚想多得一些米，派小和尚偷偷把石洞凿大，结果石洞里一粒米都不流出了……传说寓意不言而喻！

　　及至登临最高处，遥望群山下那烟波浩渺、一望无际的库水，远看那一艘艘江轮驶过时，其高昂的船首在平静湖面上"犁出"的绵延约千米的白色浪沟，顿觉自己身处一幅美丽无比、色彩鲜明的画卷之中；回望高坡上已被白雾紧锁而若隐若现的石宝镇，则恍若身处仙境，不禁浮想联翩；至思绪回复，想到毛泽东于《水调歌头·游泳》中表达的"更立西江石壁，高峡出平湖"的意气风发之理想，如今已经变成现实，一种为中华民族的伟大创举而感叹、为伟大祖国的日新月异而振奋、为故乡石宝寨所呈现出的中华文化的深厚底蕴而倍感自豪的情感油然而生！

　　之后，我们自岩壁上凿出的石梯下行，经前寨门步出景区。待到回头眺望石宝寨，大家都情不自禁地赞叹："风光无限的石宝寨，真不愧是长江上一颗璀璨的明珠！"

　　（以《行游长江明珠石宝寨》为题刊载于 2022 年 3 月 30 日《重庆晚报》，以《故乡行：忠县石宝寨》为题刊载于 2022 年《喜阅》第 3 期，以《行游忠县石宝寨》为题刊载于 2022 年《草地》第 4 期）

故乡"川东"

为了却回故乡忠县"寻根祭祖"之夙愿，我和乾香率子女孙辈共 12 人，于 2008 年 2 月 10 日，踏上了之前同属"川东"的黔江、石柱、忠县、万县（今万州区）、梁平（1997 年，设重庆为直辖市，上述地方划归重庆管辖）一线的返乡之旅。

春节期间的 213 线沿途顺畅。我们经郫县上成渝高速，在永川吃过味道鲜美的麻辣鱼头火锅，便沿北环线绕过重庆市区，于苍茫暮色中驶经长寿，在沉沉夜幕里从涪陵跨过长江；继而溯父亲 1951 年到川东伐木公司工作后，曾在彭水县境内因所乘木筏解体落水、接连漂过几个险滩后侥幸脱险的乌江而上——沿途减速带特多，行经武隆、彭水县城镇小憩时，眼见山峰逶迤、谷狭滩多、落差极大、水流湍急，足见"乌江天险"之谓实至名归！

在迎出 20 多公里的学生何川导引下，我们于晚上 12 点方抵达黔江县城。主人的盛情款待令我们有客至如归的心情，拂去了一行人长途跋涉的疲劳！

第二天上午，何川带我们去距县城 32 公里颇负盛名的小南海地震遗址湖游览。

小南海系 1856 年地震截断河流堰塞而成，湖面长达 5 公里，水域达 2.87 平方公里，内有朝阳寺岛、老鹳坪岛和牛背岛。据说朝阳寺建于乾隆年间，可惜在"文化大革命"中被焚毁；老鹳坪岛下有一座保存完好的罗家祠堂；湖中心有水下"醉汉"森林，牛背岛"犀牛望月"的景观令人神往。其地震遗迹被国内外专家誉为"全国独有、世界罕见"，已成重庆市新的旅游名片之一。

我们伫立湖岸，但见小南海湖水碧绿如玉，周围青山环绕，环境优美，景色宜人。接着，一众人泛游艇于湖中，浏览美丽、迷人的湖光山色，目睹昔日地震撕裂的岩层、隆起的山坡，切实感受到了大自然之伟力！

返回县城，何川又特意陪我们去渝怀铁路黔江火车站一游，并远眺正在加紧建设的黔江机场工地，真切感受到了黔江所发生的巨大变化！

次日早晨，我们行经弯急坡陡、道路泥泞的一长段乡间公路，翻越两座海拔 1000 多米的山口，经过彭水县的连湖镇，进入了与忠县隔长江相望、触生万千思绪的石柱县境内——我儿时听先辈讲过：爷爷的两个亲弟弟，当年就因大旱灾逃荒至此后下落不明；伯父新中国成立前也曾冒着被土匪抢劫、"绑票"的巨大风险，只身前来此地深山里背玉米回家助家人度过"荒月"……

视线里的石柱县果然是重峦叠嶂，峰坝交错，海拔悬殊，加之与湖北恩施接界一带公路积雪尚存，多处隧道内均有冰冻，故车速只得放慢——这恰巧给我们了体察山川风情的难得机会。知晓了先辈逃荒来此的缘由，更体味了当年前辈为活命而肩挑、背负筹粮回家所付出的艰辛和历经的风险！

在石柱县城午餐后，我们翻越海拔 1680 米的方斗山，于傍晚抵达忠县城，入住三峡风大酒店。全家在酒店坡下食店就餐后还徜徉街头，体验了故乡县城扑面而来的浓浓年味，饱览了流光溢彩的秀美夜色!

13日早餐后,我们还特意跨过李鹏题写桥名的忠县长江大桥,真切感受在烟波浩渺的三峡水库畔依山新建的桥岛相连的忠县县城的宏伟壮观,再驱车前往老家所在的兴隆乡长石村。

一行人先去掩映于翠竹松林中的祖父母墓前焚香燃烛、虔诚祭拜,再去伯父母墓前祭扫。我亦借此向子孙们讲述了"我们祖先世居四川邻水县丰禾场,后因生活所迫一路颠沛流离移居梁平县柏家场;曾祖父再迁居本乡中复村,至祖父母婚后才定居此地,以租种土地为生"的家史。

随后,我引领康平、健平等,寻觅指认伯父母故居潘家院子、祖父母故居老院子及其赖以取水的那眼老水井,并为其当年竟能供满院子人饮用而惊奇。行经我曾下水摸鱼而留下太多难忘故事的水塘、家人土改时分得的田地、高崖顶端的那块大石板、儿时经常戏耍的石碾盘,以及祖母不幸跌下身亡的高坎……一路上,眼见新房林立,炊烟袅袅,松柏成林,橙橘挂枝,修竹环绕,绿树掩映,麦苗茂盛,蔬菜葱绿,家家年画鲜艳,户户春联大红,大人孩子初见面孔陌生的游子时脸上无不写满了好奇和欣喜。耳闻乡音十足的暖心问候,女儿回娘家"拜年"时震耳欲聋的鞭炮声响,一只只展翅掠过树梢的喜鹊"喳喳"的鸣叫……那一派久违的欢乐、喜庆、祥和的川东乡村年节景象,让人倍感亲切、怡然,顿觉一股浓浓的乡情涌动于心间!

在表弟家吃过川东味十足的汤圆,再去我家旧居巡看。我边走边指点坡下树丛中外公同其邻居的处所、薄雾缭绕的大湾内"土改"分得的一块"旱涝保收"的水田;又登临小山包,远眺逶迤绵延的条石砌成的寨墙、山梁子上村小学所在的雷家庵,几条去兴隆乡场大路交会的碑垭口;也介绍老家地处丘陵地带,完全"靠天吃饭"，新中国成立前每遇大旱颗粒无收、饮水难保时"举家逃荒"者大有人在的艰难窘况；还在已显破旧的老房子院坝里、栽种有橘子树的后门外拍照留念。想必，这会让生长于川西北高原的儿女孙辈，留下故乡、老家、亲人和近邻的深刻印象！

之后，我们驱车前往父亲 1951 年参加工作后短期培训之地——万县，入住万州宾馆。傍晚，大家在高笋塘广场一带漫步流连，缅怀先辈在此学习、生活的情景，感受曾为专区行署所在和航运中心的独特风光，观赏年节夜万州的火树银花！

14 日早上，先去万县长江公路大桥观光。我们伫立在离湖面约百米之高的桥面向外伸出的观景台上，向东远眺飞架于三峡水库的宜（昌）万（州）铁路大桥，观赏艳阳下高峡平湖波光粼粼、薄雾缭绕的壮丽景观，目送一艘艘满载旅客和货物的巨轮鸣着汽笛从大桥下穿过，又拖着长长的银白色波澜驶向被群山遮蔽的远方……这令自雪山草地走出来的孩子们大开眼界！

随后，沿渝宜高速去与忠县毗邻、堪称川东最富庶的梁平。新中国成立前，我那以走家串户打制银首饰技艺精湛而闻名遐迩的祖父，曾长期在这里做手艺；每遇忠县遭遇大灾荒，祖母总会将父亲送来跟随爷爷"混口饭吃"。故而，我们特意游览了留下祖辈足迹的双桂堂。

双桂堂又名"福国寺""万竹山"，因有两株桂花树而得名，历史悠久，享有"西南佛教禅宗祖庭"之美誉。其占地 120 余亩，林荫环绕，殿堂巍峨，钟声袅袅，堪称佛学和民间艺术精美的融合，俨然一个积淀丰富的文化宝库。

我们迈入大门，只见寺内殿堂林立，布局严谨，组合别致，设计独具匠心，规模宏大，蔚为壮观。关圣殿、弥勒殿、大雄殿、文殊殿、破山塔、大悲殿、藏经楼等从前延后，地势由低到高，平行排列在中轴线上，均匀对称；客堂僧寮分布两旁，天井海坝点缀其间；回廊曲巷，长亭短树，廊巷紧连，巧妙地连接成一个结构恢宏的宫殿式建筑群，曲折幽深，引人入胜。

我们一行参观了栽种荷花的水池和巍峨的大殿，行经信众焚香燃烛、虔诚祈祷的大香炉；在宽敞的场院里，还尝试着闭眼前行约 20 米，以手触摸屏风墙上硕大的瓷嵌"福"字——摸到者喜不自禁，欢声笑语不绝于耳。之后前往重庆，入住华渝宾馆。晚上，康平、健平两家人还畅游鹅岭公园，一览不夜山城的醉人风光。

15 日上午，我们去歌乐山，参观了渣滓洞、白公馆，缅怀、学习革命烈士们为新中国诞生英勇献身的精神，经受了一次深刻的革命传统教育。再跨长江去南岸滨江路观赏，继而回到朝天门和解放碑游览，真切感受了山城重庆日新月异的沧桑巨变、长江与嘉陵江相夹的朝天门独特的方位和宏伟的气势，以及商家林立的解放碑的繁华！

晚饭后，大家又兴致勃勃地就近游览了重庆市人民会场。

16 日，一行人循渝遂、成南高速返抵蓉城，再于次日回到汶川，圆满结束了行程 2084 公里的"寻根祭祖之旅"。

时光荏苒，岁月不居。时至今日，每当忆及祖孙三代跪拜在祖先墓前缅怀先辈、寄托哀思的动人情景，总是感慨万千：这是中国传统文化重视根系源流、不忘血脉传承的重要形式，是面向先辈表达敬意和感恩的必要礼数；而忆及三个月后"5·12"特大地震可能的"变数"，则对似命运着意安排的此行深感幸运、欣慰！

美哉湘西

　　湖南省的湘西土家族苗族自治州位于湖南省西北部，地处湘鄂黔渝四省市交界处，与老四川的黔江地区毗邻，是典型的"老、少、边、山、穷"地区。1952 年 8 月成立湘西苗族自治区，1955 年改为湘西苗族自治州，1957 年 9 月成立湘西土家族苗族自治州。我对于湘西土家族苗族自治州的了解，以前也完全停留在电影、电视及地图之上。

　　直到我随同阿坝州民族教育考察团一行，为学习并取到名闻遐迩的"北延边，南湘西"中教育改革发展的"湘西模式"的"真经"，于 1992 年 11 月泛舟东出四川，继而乘火车自宜昌风驰电掣般跨过气势磅礴的万里长江，穿过风景秀丽的武陵山脉，抵达自治州首府，再则自南而北，翻腊尔山，渡酉水河，返吉首市，途经山山水水，考察一市六县之后，那储存于脑际带有传奇神秘色彩的画面便与眼见的湘西完全叠印定格，令我不禁发自肺腑地感叹：美哉，湘西！

　　湘西的山青。

　　山，在湘西随处可见。而山又形状各异：有的挺拔险峻，气势不凡；有的低矮俊秀，排列有序；有的突兀耸立，直刺云天；

有的层峦叠嶂，波澜壮阔……而每座山上，又无不林木茂盛，郁郁葱葱。尽管序属冬季，但无论在永顺，还是在古丈，漫山遍野的油茶林中，那油茶花仍傲然绽放，幽香的花味扑面而来，那朵朵盛开的白花点缀于万绿丛中，更点染出大自然的无比秀美与勃勃生机！

湘西的水秀。

湘西有美丽神奇的山水风光。由于植被丰富，所以湘西的水资源丰富，河水大都似流非流，绝不浑浊。那山间的悬泉溪流，如飞珠溅玉，那缓缓流淌的河水清澈见底，两岸的青山，洗衣的村姑，岸边的垂柳，蓝天与白云，依山而建的楼台亭阁，无不清楚地倒映在碧绿的水中。因作为电影《芙蓉镇》外景地而闻名遐迩，并因电影艺术把古镇神奇的山水与时代的悲欢演绎成了一朵不谢的芙蓉花而得"芙蓉镇"之美名的王村，就是湘西美景的一个缩影。

我们于清晨经过凤滩水库。当车队在其上方的悬崖上新开凿的公路上行进时，一轮红日冲破晓雾冉冉升起，霞光洒满大地。不远处，一座公路大桥如长虹横卧，水面上，一艘鸣着长笛的小火轮船正划开水面穿过桥下。公路下，条条渔船穿梭来往，只见鱼鹰时而飞立船头，时而钻入水中，荡起圈圈涟漪；水面上浮光耀金，闪闪烁烁……真是美不胜收。

我们去吉首市回光小学考察时，正值夕阳西下之际。我们乘船过河，只见几条水牛正徜徉于河边吃草，鸭群拨动水波觅食，船儿轻轻荡开晚霞映红的水面，惊起藏在水藻中的鱼儿或蹦跳于水面，或东窜西逃于水中，让人兴致盎然。我用双手从船舷边掬起清澈的河水，抿上一口，觉得好甜、好凉，觉得心儿都醉了！

湘西人的心灵美。

　　湘西是武陵山区土家族苗族文化生态保护区，拥有众多的国家级非物质文化遗产保护名录，文化底蕴深厚；土家族、苗族都有各自独特的语言、习俗、服饰、建筑、音乐、舞蹈；还拥有国家级历史文化名城凤凰古城、国家考古遗址公园老司城、里耶古城及 13 个全国重点文物保护单位，涌现了熊希龄、沈从文、黄永玉等一批政治文化名人。

　　生活在这里的各族人民质朴，热情，勤劳，好客。在湘西的那几天，我们考察团无论走到哪里，都沉浸于情同手足、亲如兄弟的无限深情之中。主人们无私地传授"抢先发展民族教育"的宝贵经验，如数家珍地介绍本县、本校教育教学的特色，以各种方式表达对来自雪山草地的友好使者的热烈欢迎。

　　在占地达 1500 亩的凤凰县民族中学，一行人受到县领导及全校师生具有民族特色的盛情迎接：由几个人组成的唢呐队吹奏起粗犷悠扬的迎宾曲；身着苗装、手持彩旗的男女学生夹道欢迎，热烈响亮的口号声此起彼伏；办公楼前摆放着一面大鼓，两位头缠帕子的男青年边旋转舞蹈，边有节奏地用飘着红绸的鼓槌敲击鼓面，以欢快豪放的舞姿和动人心弦的鼓声传达出欢迎远方来客的纯真感情；大门口摆放着一张桌子，上面放着一个蒙着红布盛满米酒的坛子；两个苗族姑娘头缠绣花的筒状帕子，脖子上挂着一动便叮当作响的银质项链，前胸缀满其他装饰品，无论是身穿的衣襟宽大和衣袖特别的衣服上，还是以葱白色衣料接上一截黑色布料缝制成的裤腿上，都绣上了富有民族特色的花朵，脚蹬绣花鞋，腰束花带子，红扑扑的脸上挂着质朴而又略带羞涩的笑容。她们捧上从坛中倒出的飘香的美酒，定要让你喝下。

　　在永顺县麻岔职业中学，民族艺术班的学生们为考察团举行了汇报演出。那些训练有素、身穿土家族服装的男女学生，或引吭高歌，或翩然起舞，一个个精心编排的节目，将古朴欢快的民风展现无遗。而专门排演的《北京的金山上》等藏羌歌曲联唱，更是将演出推向高潮，使身处异省他乡的考察团的同志们亲切感和自豪感油然而生！

湘西人办教育的精神更美！

"治穷与治愚相结合，治愚是关键；富民与育人相结合，育人作先导"，是湘西人深沉思考得出的答案；"再穷不能穷教育，再苦不能苦孩子"，更是湘西人的实际行动。在湘西，我们无不被"人民教育人民办"的典型事例所感动。吉首市林木山小学修教学楼需资金 8 万元，市里只给 2.5 万元，村民们慷慨解囊捐资 5.5 万元，保证了教学楼的如期建成并投入使用。在回光村修学校的过程中，村主任、村支书在修建工地劳动两个月分文不要，村干部自发参加平整校园修建球场的劳动，连在村里搞社会主义教育的工作队员也参与了刷油漆的劳动。土地本是农民的命根子，但在保靖县人口达 9000 多人却只有 2000 亩田的拔茅乡，乡民们一次便无偿地捐出好田 15.8 亩建起了拔茅中学，其中的驼背乡最近还决定再捐田 10 亩修一个片区中心校。在泸溪县浦市二中举行的情况介绍会上，专程前来迎接考察团的县委金书记介绍道："教育是科技之母，各方面都要支持办教育，我们就规定为学校搞修建的工程队不准赚钱……"

自然，湘西教育界的同行们也以"办好教育为人民"来回报湘西人民。他们加强内部管理，提高教育教学质量，搞好"三教"统筹，响亮地提出"不求人人升学，但求个个成才"的口号，大力发展职业技术教育，主动适应湘西经济文化发展的需要，赢得了各级政府和各族人民的信赖，也更加激发了"人民教育人民办"的积极性。

在泸溪县石榴坪小学，几百名学生手持花束迎出一公里多，夹道欢迎考察团。街道两边，鞭炮声震耳欲聋，硝烟缭绕不散，有的人竟用背篼背着鞭炮不断燃放，其场面令同志们感动不已。在会上，该县领导讲："这里原是荒坡，乡上出资14.5万元，还派出劳动力，硬是将整个山坡翻了一转，建成了这所标准化的'戴帽'初中。之后，该校教学质量不断提高，几年来，升学率、提高幅度及百分率在全县均名列前茅，深受村民好评……刚才那些用背篼装鞭炮燃放的都是村民，他们都是为感谢学校办得好，使人民受了益而自发前来的。"介绍至此，我们无不为村民的盛情所感动，并不禁感悟到：只要真正办好了教育，又何愁人民不支持教育呢?!

湘西，的确是一块山清水秀人美的好地方，而考察之行更使我们深信：湘西教育观念的大转变，民族教育的大发展，定会促使经济腾飞，促使湘西变得更加美丽、富饶!

（以《美哉，湘西》为题刊载于1992年12月15日《阿坝报》、12月22日《四川民族教育报》）

莫高窟

敦煌作为古代丝绸之路的重镇，雄踞西域咽喉之地，在人类文化史的坐标系上，堪与长安、罗马、耶路撒冷等名城并肩争辉。由于在欧亚文明互动、中原和西北少数民族文化交融的历史进程中占有重要地位，敦煌成为世界文明史的关键地标，莫高窟则是世界文化遗产中最为璀璨的一颗明珠。因此，未亲临莫高窟观瞻，就不算真的到了敦煌。

一睹莫高窟的风采，自然是我最大的心愿。故而，虽然未能预定到门票，但在"尽可能近地眺望一番也好"心理的驱使下，步出鸣沙山月牙泉景区的我们还是选择前往碰碰运气。不料，车过景区预约售票处时，竟有幸购到 5 张仅限游览 4 个窟室的剩票——"预定"票则可游览 7 个窟室。

于是，大喜过望的我们，于 19 日早上 8 点即迎着朝阳前往莫高窟游客中心。经漫长的排队等待，我们乘坐景区大巴，穿越茫茫戈壁滩，前往神交已久的莫高窟景区。

莫高窟位于敦煌市东南 25 公里的鸣沙山东麓的崖壁上，上下五层，南北长约 1600 米。始凿于 366 年，后经十六国至元十几个朝代的开凿，形成一座内容丰富、规模宏大的石窟群。现存洞窟 492 个，壁画 45000 平方米，彩塑 2400 余身，飞天 4000 余身，唐宋木结构建筑 5 座，莲花柱石和铺地花砖数千块，是一处由建筑、绘画、雕塑组成的博大精深的综合艺术殿堂，是世界上现存规模最宏大、保存最完好的佛教艺术宝库，被誉为"东方艺术明珠"。20 世纪初又发现了藏经洞（莫高窟第 17 洞），洞内藏有自 4 至 10 世纪的写经、文书和文物五六万件，引起国内外学者极大的注意，形成了著名的敦煌学。莫高窟的壁画也具有很高的艺术价值，被西方学者称作"墙壁上的图书馆"。

我们进入背靠浩瀚的鸣沙山，面对高耸的三危山，前有河床干涸不见滴水的宕泉河的莫高窟景区，为映入眼帘的被沙漠包围却傲然存在的这块绿树成荫、绿草如茵、鲜花绽放、生机勃勃的"绿洲"所震撼，也不禁为一代又一代为着莫高窟文化遗产的"永久保存、永续利用"无私奉献、砥砺前行的"莫高窟人"肃然而生敬意！

之后，我们在导游引领下，依次经过博物馆、大小牌坊等景点，抵达全在崖壁上开凿出来的多层洞窟前，并随即分组，通过不是很大的窟门，进入宽敞的洞窟内逐一观瞻。

首先参观莫高窟最大的 96 号窟大佛殿。

这是一座于初唐 659 年开凿的依山而建的窟室。窟外搭起的九层楼高的阁楼是莫高窟标志性的建筑。弥勒佛像系清代重修，高 35.5 米，呈倚坐之势，两腿自然下垂，两脚着地，双手支在腿上，面容慈祥，目光下视，气度非凡，具有一种震慑人心的雄伟气势。外观是一座巨大的木塔——开始只有两层，但经历朝历代多次翻修，达到了 45 米的高度，将里面的泥胎弥勒菩萨从头到脚包得严严实实。

继而参观 148 号窟。据说此窟于盛唐 776 年开凿修建。其主室佛坛上所塑"涅槃"——意为"灭"或"灭寂"（即佛陀的肉身虽已入灭，但精神却达到了一种不死不生、永不轮回的境界）——佛像长14.7米，右侧而卧，脸型丰满，双眼微闭，衣纹自然，右手枕于脸颊，左手自然放于左腿上，一副安然入睡之状。整身佛像头南脚北，神情安详平静，姿态优美典雅，据说是莫高窟最具传神魅力、感化人心的佛像。涅槃像后，还塑有佛弟子、天人、各国王子、佛姨母、菩萨像等七十二身百态众生举哀图。

接着参观328号窟。此窟开凿于盛唐时代，窟顶、四壁壁画均为千佛，系西夏重绘。此窟塑像制作精细，神态逼真，形神兼备，是唐塑中的精品。居中作说法相的佛像慈眉善目、雍容大度。两身大菩萨姿态优美自然，造型柔丽端庄，表现出菩萨的智慧和深沉。

最后参观138号窟。此窟开凿于晚唐，系当地豪门望族尹氏家族出资修建的家窟。室内有高大庄严的送子观音像等雕塑12身和六臂观音雕塑1身，是莫高窟著名的"送子殿"，据说也是香火最旺的窟室。

虽然，出于保护壁画的需要，除96号窟外，其余窟室均禁止室内拍照并严格控制光照度，游客只能借助微弱的灯光进入参观，导游讲解也仅凭手电筒映照或以激光笔的光点"指示"，但映入我们眼帘的每一幅壁画、每一身彩塑，无不描绘精细、造型生动、体态优美、风度优雅、色彩亮丽、形神兼备、性格鲜明、栩栩如生、美轮美奂……实在惹人喜爱。几乎每个洞窟都有的"飞天"女神画像，也是千姿百态，精妙绝伦：有的怀抱琵琶，轻拨银弦；有的脚踏彩云，飘然而降；有的舒展双臂，翩翩起舞；有的昂首挥臂，腾空而上；有的手捧鲜花，身姿妙曼；有的面目传神，妩媚动人……着实令人惊叹！这些，无不是我国古代劳动人民智慧的结晶，其所具有的巨大的文化艺术魅力，令人印象深刻，叹为观止！

结束观瞻后，我们一行逐级而下，在洞窟前那一株株、一行行象征着开发建设边疆者坚韧不拔、默默奉献精神的胡杨树前漫步，回望绝壁上那一层层一排排的窟室，不禁深为眼前洞窟工程之浩大与艰巨、建造者之睿智与执着，以及规模最庞大、内容最丰富所折服！

我们回到洞窟前宽敞的广场，在位于宕泉河西岸那座设计巧妙、飞檐翘角、红柱绿瓦、庄重大方的大型木质牌坊前驻足：欣赏均为郭沫若先生墨宝的"莫高窟""石室宝藏""三危揽胜"三块匾额，品味"郭体"所具有的笔力爽劲洒脱、气贯笔端、运转变通、形神兼备的突出特色，领悟其中"宝藏"和"揽胜"所蕴含的丰富内涵——想必对于络绎不绝的中外游客而言，"莫高窟"匾额向东，就似温馨提示："你即将进入参观之处，是与山西云冈石窟、河南龙门石窟并称为中国'三大石窟艺术宝库'的莫高窟。""三危揽胜"匾额遥望三危山主峰，则若盛情邀约："你登上山顶，就能将'敦煌八景'之一的'三危揽胜'之山峦重叠、雄伟壮观收揽于眼底！"

我们仰观眼前巍峨庄重、斗拱飞檐、层次分明的莫高窟主建筑。

此时，天高云淡，和风拂面，光线极佳，我赶紧取出相机取景——但见镜头内，依山而建的 96 号洞窟城楼风格的屋顶与天际相接，格外挺拔、宏伟、庄严，在阳光普照下熠熠生辉；城楼底部两侧，绿树掩映，平添秀色；天上的薄云（也许在风力作用之下）形成放射状的条纹，自蔚蓝的天际辐射开去，动感十足，似佛光显现，祥瑞尽呈，蔚为壮观……我赶紧摁下快门，将这象征幸运、福气、平安、祥和的美丽画面"定格"。

我们步入莫高窟博物馆，观看了中央政府修补窟室的批文、历次修缮的情况等珍贵史料，参观了 20 世纪 40 年代张大千先生自四川前来描摹壁画之前与家人的合影、在莫高窟工作的照片和亲笔题字等实物，以及他当年的工作室。

时至中午，我们才满怀夙愿了却的惬意与满足，登上返回游客中心的观光车，继续驾车穿越河西走廊，游览明长城最西端的嘉峪雄关、享誉神州的张掖七彩丹霞和别称"金城"的兰州的旅程。

当自己恋恋不舍地回望被誉为"人类稀有的文化宝藏，名副其实的文物宝库"的莫高窟之时，一种强烈的民族自豪感油然而生！

我真切地感受到：一座石窟，就是一本厚重的史书；一幅壁画，实乃一页宝贵的史料。域内有着这座历经了漫长的世事沧桑、见证着民族的起落辉煌的莫高窟的敦煌，是令人神往和憧憬的地方，堪称中华民族的精神家园！

普陀山与绍兴

浙江山清水秀，文物古迹众多，是令人向往的中国著名的旅游胜地。2002 年的初夏，我们到上虞师范学校出席全国师范语文教学研究会第十三届年会。

5 月 17 日中午，前往被誉为"南海圣境"的普陀山一游。

我们自宁波北仑港乘海上轮渡前行，经定海东海舰队基地，在沈家门上岸后坐公共汽车到码头，再坐快艇渡海去普陀山。得益于快艇低矮的船身，我们能与湛蓝的海水亲近：切身体验高速航行时昂起的船头劈波激起片片浪花的欣喜，近距离体味俯身以手掬起海水、仰望翔集的海鸥在海面掠过继而冲向海水与蓝天一色的远方的惬意，至今难以忘怀！

"北有蓬莱山，南有普陀山"是国人的共识。据介绍，普陀山是东海舟山群岛 1390 个岛屿中的一个小岛，形似苍龙卧海，南北狭长，面积约 12.5 平方公里，与舟山群岛的世界著名渔港沈家门隔海相望，素有"海天佛国"之称，与山西五台山、四川峨眉山、安徽九华山并称为中国佛教四大名山，是观世音菩萨教化众生的道场，是首批国家重点风景名胜区。

我们下船登临码头，迈步软软的金色沙滩，一进入山门楼牌坊，便感觉到普陀山清新湿润的空气，以风光旖旎、洞幽岩奇、古刹琳宫、云雾缭绕、山水两美著称的美丽景致，以及佛教文化的浓郁气氛，扑面而来！

我们行经观音洞，眼见了信众于洞口请香、入洞敬香、自报家门请愿的盛况。继而上山，前往普济禅寺，一路上有幸将"普陀三石"尽收眼底：一是"二龟听法"——两块形如海龟的巨石，一块竖卧，一块横卧，传说是两位龟丞相来普陀听法，听着听着出了神，被龙王责罚，便化作两块巨石，留在了普陀山；二是"磐陀石"——磐陀石三字"磐"字少了一点，"石"字多了一点，题字者为侯继高将军，据传正是其将"磐"字中一点，移去"石"字上，才得以保持了巨石的平衡；三是最经典的"心"字巨石——游客在此留影者甚多，据说与心字石合影，一人称为一心一意，二人称为心心相印，众人就是同心协力。

普济寺是普陀山最大最古老的寺院，修筑在山势较宽阔平坦的地带。寺中有 8 个大殿，香火甚旺，可求不同之愿，据说心诚则灵。寺前有池，池水皆为山泉积蓄，清澈见底，凭栏观赏，但见莲叶田田，荷花亭亭，香气袭人，景色迷人，令人心旷神怡！

之后途经多宝塔（其塔顶为玳瑁制成，极为珍贵），再过百步沙与紫竹林，参观南海观音塑像。高达 33 米的观音像栩栩如生，端庄慈祥、气势非凡，坐落于双峰山南端的观音跳山岗上，竣工于 1997 年农历六月，时任中国佛教协会会长赵朴初为南海观音题词。此处势随峰起，秀林葱郁，气顺脉畅，碧波荡漾，莲花洋彼岸的朱家尖隔海相望，双峰山麓的紫竹林潮音频传，身临其境，若临极乐之土。在观音像前合影的游客络绎不绝，且均"人站其右"——因为"佛祖保佑"。

流连观赏之间，不觉暮色降临，我们循原路返回。当快艇载着我们一行人返航时，那"海上有仙山，山在虚无缥缈间"的美景仍在脑际萦绕，心中不禁感叹：普陀山集神奇、神圣、神秘于一体，不愧为驰誉中外的旅游胜地。到此一游，抚慰了心灵，感悟了人生，了却了心愿，实在不虚此行！

5 月 18 日，我们前往绍兴，先后游览了柯岩、鲁迅故里、沈园和兰亭。

柯岩是以古越文化为内涵，融绍兴水乡风情、姿态各异的石洞石壁等古采石遗景、山林生态于一体的风景名胜区。大门迎面建有一个碑亭，高大的石碑上刻着"柯岩绝胜"四个大字。

我们进入景区，先到石佛景区游览。天工大佛据说开凿于隋代，历经三代雕琢而成，颇有气势，为浙江四大石佛之一。"天下第一石"自平地直插云霄，其形体曲折，上宽下窄（据介绍其底部最窄处尚不足 1 米），耸立如锥，犹如一座颠倒放置的宝塔。古时工匠们采石技术的精湛巧妙，亦由此可见一斑；而刀劈斧削般的巨石上镌刻的"柯岩""文光射斗"等各种大小字体，则为后人留下了珍贵的文字资料和书法艺术！

再到始建于唐代、赵朴初先生题写匾额的普照寺所在的圆善园景区观赏。据介绍，古时采石场操作有一定的危险性，故采石工和家人多信奉佛教，以祈求神灵保佑，而普照寺和天工大佛的存在，为他们不安的心灵带来了抚慰。蚕花洞观景点称为蚕花洞，因山形如春蚕伏地而得名，洞口石崖上刻有"化鹤飞来""蚕花洞"两行字。

自隋唐以来，柯岩素为三教聚盛之地。因此，我们特意到外方内圆（象征着天圆地方的中国传统思想）的文化广场一游。据介绍：在其一侧竖立着的三座 6 米高汉白玉雕像，分别为孔子、老子、释迦牟尼，象征着儒、道、佛"三教相聚"；雕像边以喷涌、倒挂、漫流、滴漏各种形态而出的水流，则通过曲折小溪流向汇源地——"三聚同源"，蕴含以人为本的中国传统文化源远流长，创意内涵令人赞叹不已！

我们游览了将鲁迅小说中虚构的平面故乡还原成立体的建筑实体，融汇了旧时绍兴水乡的民俗风情、建筑风貌和自然景致，以越文化为底蕴，全面展示绍兴水街古镇，为游客提供了体验式旅游环境的鲁迅文化主题景区——鲁镇景区。在镇中广场戏台对面刻有"小店名气大，老酒醉人多"对联的"咸亨酒店"，我们特意品尝了孔乙己经常享用的加饭酒和茴香豆，回味了自己讲授过的鲁迅名篇《孔乙己》中主人公"多乎哉，不多也"式的迂腐，以及文章蕴含的深邃主旨！

我们前去鲁迅故里，参观了百草园、三味书屋等著名景点。

三味书屋是鲁迅少年时代塾师寿镜吾先生的家族住宅，与周家老台门隔河相望，是清末绍兴城内有名的私塾。据说三味书屋的取名有两种说法：一是"读经味如稻粱，读史味如肴馔，诸子百家味如醯醢"，二是"布衣暖，菜根香，诗书滋味长"。12岁至17岁在此读书的鲁迅勤奋好学，注重思考，打下了良好的文学基础。书屋至今保存完好，房屋桌椅匾额对联等大多为当年原物，再现了鲁迅少年时代就学私塾的真实场景。

百草园则是三味书屋后面的小菜园，是童年时鲁迅和小伙伴们经常玩耍寻乐的地方。据说其主要部分保持着当年的模样，碧绿的菜畦仍青翠欲滴……小菜园原本普通，皆因鲁迅先生亲切动人的抒情笔调和充满乐趣的美好回忆，方引起游人对百草园的无比向往，足见巴金"鲁迅先生永远活在人们的心中"之言，道出了众多游客的心声！

步出仁里牌坊，我们还前往 100 多米处的江南著名园林沈园一游。漫步院内，眼见景观犹存，然而岁月不居，想到其留下的"陆游初娶唐琬，伉俪情深，后被迫分离，数年后，两人邂逅于沈园，陆游怅然题词于园壁间，极言离索之痛，唐琬见而和之情义凄绝，不久抑郁而逝，《钗头凤》乃为千古绝唱"的凄美缠绵的传说，至今仍令人回味无穷，顿生无限感慨！

我们还前往十多公里外的兰亭景区一游。

进入大门，行经数百步的石板绿竹夹道，一汪池水清澈的鹅池映入眼帘：左旁是一座石质三角形的碑亭，碑石上刻有"鹅池"两个草书大字。据说"鹅"为王羲之亲书，"池"系其子王献之补写。一碑二字，实乃难得的父子珠联璧合之佳作！

跨过小桥，步入卵石小径，迎面就是翘角飞檐、古朴典雅、康熙御笔的兰亭碑亭。不过，因"文化大革命"时被砸成四块，虽经修复，却留下了"兰"字缺尾、"亭"字缺头的遗憾。

又去建于清代的流觞亭。其木雕窗棂，游廊环绕，是后人纪念"曲水流觞"的场所：一条"之"字形小溪蜿蜒曲折于其中，呈现出王羲之《兰亭集序》所描绘的"流觞曲水"景象！

流觞亭后是八角重檐、颇有气势的御碑亭。正面是康熙临摹的《兰亭集序》全文，书风秀美，雍容华贵；碑的背面是乾隆游兰亭时即兴所作七律诗《兰亭即事》，其书法飘逸，对兰亭的仰慕之情溢于言表。

观赏之余，自己对王羲之在千古盛传的名篇《兰亭集序》中表达出的"积极入世"的人生观有了更为深刻的领会，深感兰亭确为"崇山峻岭，茂林修竹，清流急湍，映带左右"的景色优美之地，其享誉海内外的"景幽、事雅、文妙、书绝"的四大特色，名不虚传，各个景点承载着的中华文化的深厚底蕴，则值得我们细细品味，用心感悟。

（分别以《海上有仙山》《曲觞流水话绍兴》为题刊载于2021年11月11日、14日浙江省嘉兴市《南湖晚报》）

武夷山与厦门

1991 年我们到福建学习。11 月 1 日游览了武夷山。

武夷山位于闽、浙、赣三省交界处，相传有神人武夷君居此而得名。古往今来无数文人骚客、哲士、名流曾在此留下了他们的足迹——宋朝著名理学家朱熹在此著书立说，居住长达 50 个春秋；明代大旅行家徐霞客曾长途跋涉，到此一游。它又是神州大地名山大川中的后起之秀，号称"水有三三胜，峰有六六奇"，以碧溪丹岩、山清水秀引人入胜，享有"奇秀甲东南"之美誉，荣获"世界自然和文化遗产"双重殊荣，是著名的国家级重点风景名胜旅游区。游人到此既可登游奇峰，亦可泛舟清溪，实为中外游客心仪神往之地。

我们先游天游峰。

天游峰东接仙游岩，西连仙掌峰，海拔 408 米。站在峰脚下仰视，但见这块浑然天成的大山石矗立于山群之中，片片白云盘绕其上，犹如一顶巨大的帽子；从山峰绝壁飞下一道瀑布，跌落在岩石上，飞珠溅玉；蜿蜒的由 888 个台阶连成的窄窄登山梯路犹如一条细细的玉带，缠绕着这块石头，那攀登的人就像走在悬崖之上的情景，足以让胆怯之人望而却步。我们几个则用"不登上山顶，誓不罢休"相互鼓励，脱掉外衣，打起精神爬山：开始速度尚可，不久便汗流浃背，气喘吁吁；于是放慢脚步，也借以欣赏沿途云雾缭绕、山峰若隐若现、九曲溪流环绕的美丽风光。

待登临雄踞天游峰巅的天游亭小憩时，我们放眼观赏：眼前，天游阁朱瓦红墙，重檐歇山，飞檐翘脊，四围环廊，巧夺天工的殿宇静卧山岗，默默记载着岁月的沧桑；此处，濒临悬崖，壁立万仞，高耸群峰之上。极目远眺，四周云海弥漫，风吹云荡，犹如大海的波涛，汹涌澎湃；拱卫的群峰悬浮，九曲蜿蜒，竹筏轻荡，武夷全景尽收眼底。这一幅美妙绝伦的彩色画卷，令人顿时心胸开阔，忘却了攀登的艰辛，也更深切地感悟到：游侠徐霞客之"其不临溪而能尽九曲之胜，此峰固应第一也"的评语，十分中肯！

再游"一线天"。

"一线天"深藏于一个大型天然岩洞中，洞高约20米，深15米，宽30米，洞顶为一巨大的岩石悬空横卧，当头压顶，向洞口外突出斜倾。迈入洞内，顿感阴冷幽黑，视野模糊，冷风飕飕，寒气袭人。靠着触摸岩壁，方可深一脚浅一脚地探步前行……突然眼前一亮，一线蓝天映入眼中。仔细观察，但见岩顶裂开的缝隙不到一尺，宛若利斧劈开一般，长约100多米，宽约1米，最窄处仅约0.5米，堪称鬼斧神工。而那于黑暗中见到光亮瞬间而生的因长久期盼而顿时变成现实的快慰之感，至今难以忘怀；自然界为人类留下的这令人叹为观止的奇妙景观，则令人由衷赞叹！

下午游朱熹办学的武夷宫。据介绍，武夷山与朱子理学有着不可分割的联系：朱熹14岁到武夷山，在此地从学、著述、授徒、生活50余年，朱子理学也在这里萌芽、成熟、传播。朱熹在武夷山创办的"武夷精舍"等书院成为当时最有影响的书院，直接在武夷山师从于朱熹的学者达 200 多人，许多成为著名理学家，形成有影响的理学学派。

11 月 2 日，我们又去星村游览九曲溪。

武夷的灵性在于水。武夷山麓中有众多的清泉、飞瀑、山涧、溪流，流水潺潺，如诉如歌，给武夷山注入了生机，增添了动感，孕育了灵气。其中，最具诱惑的莫过于发源于武夷山自然保护区黄岗山南麓的九曲溪：它全长 60 公里，流经景区 9.5 公里，绕着山峰转了九个弯，故得此名。

大家一到平畴沃野、豁然开朗的星村的码头，那坐满游客的竹筏，在身着短袖衬衫、健壮精悍的筏工的操控下顺流而下，轻轻地荡在碧水丹山间的壮观景象便映入眼帘，自然令一行人对此游产生了莫大的期盼！

我们兴致勃勃地登上古朴的竹筏。坐在竹椅之上，耳闻哗啦啦的流水声，眼观不时跃出水面的鱼儿，任微风轻轻拂过脸庞，潺潺流水不时拍打鞋子，一路"水上看山，枕水赏景"，尽情观赏青山环抱、绿水中流、山环水转、水绕山行的九曲之胜景——

放眼九曲清溪，但见其迂回宛转，曲折多姿，颇似一位天真浪漫的少女腰间飘舞的玉带，又若一个美丽动人的大姑娘手上挥动的长袖，环绕着那奇兀的 36 座峻峰；溪流淙淙，莹洁似玉，清澈透明，水面碧绿可染，溪底鱼石可数；峭拔高耸、怪石嶙峋、丹岩竞秀的山色倒映水中，妙景层出不穷，让人叹为观止！

观赏行经奇峰，那两岸拱列的磨盘峰、三仰峰、接笋峰、大藏峰、天柱峰、玉女峰、大王峰，形状奇特的双狮戏珠、双乳峰、骆驼岩、观音石、仙棺岩、更衣台、响水岩、象鼻石、天壶峰、晒布岩、虎啸岩，高低相间的山峦、奇姿百态的岩石等奇峰妙景,以及峭壁上那清晰可见的悬崖船棺尽收眼底,令人浮想联翩!

俯首欣赏水色,那水随山转,山傍水走,流水清澈,溪底沙石清晰可见,溪水平静,静得似一面镜子,两岸的山峰、竹林倒映水中……简直妙不可言!

可以说:九曲溪,分明就是一条碧水丹山的天然画廊,美不胜收!

当我们还沉醉于所见九曲溪的山水美景之时,竹筏已经荡出峡谷,掠过浪花,停靠于闻名遐迩的玉女峰前。

下筏良久,我的思绪还沉浸于回味泛竹筏随波逐流九曲溪行之中。我感慨:"曲曲山回转,峰峰水抱流",就是九曲溪生动传神的真实写照;有缘饱览武夷山的碧水丹山和传奇色彩,陶冶了自己的情操,净化了自己的灵魂,实乃不虚此行!

2日下午,我们驱车回到南平后,即乘火车南行,于11月3日早上到石坑,去漳州中国女排训练馆参观,在"女排三连冠"纪念碑前摄影留念。

11月7日上午我们乘车去花草葱茏、古榕树茂盛的厦门大学校园考察观光。

随后,又游览了驰名神州大地、位于厦门市东南五老峰下的南普陀寺:该寺面临碧澄海港,建筑面积约2.1万平方米。始建于唐朝末年,称为泗洲寺,宋治平年间改名为普照寺,明朝初年,寺院荒芜,直到清朝康熙年间才得以重建。因其供奉观世音菩萨,与浙江普陀山观音道场类似,又在普陀山以南而得名"南普陀寺",为闽南佛教圣地之一。寺内明万历年间血书《妙法莲华经》和何朝宗名作白瓷观音等最为名贵。

下午,我们去1958年"8·23"炮战时的"英雄小八路"所在的何厝小学校参观，浏览校史纪念馆，并前往小学附近的解放军前沿阵地部队的驻地参观。大家还穿过隧道，进入炮兵阵地，通过炮队镜观察了仅 5000 米之外的小金门岛。远眺 10 公里之外的大金门岛，以及大、二担岛，并在海边沙滩上拍照留念。其间，小金门的广播声清晰地传入耳畔。

11 月 8 日早上 8：30，我们在厦门博物馆参观，并有幸见识了"封建头，民主肚，省了衣衫费了裤"的惠安女。

在乘船耗时一个半小时绕鼓浪屿一圈后，我们登上鼓浪屿，信步观赏其中外风格各异的建筑物，聆听不时从各个方向传来的悦耳的钢琴声，感悟其被誉为"钢琴之岛""音乐之乡"之缘由，并体验其环境的清新、雅致与幽静！

我们登日光岩。该岩由两块巨石一竖一横相倚而立，海拔 92 米，为鼓浪屿最高峰，原名"晃岩"。相传郑成功于 1641 年来到这里，看到其景色胜过日本的日光山，便把"晃"字拆开，称之为"日光岩"。

待到登临顶峰，陶醉于奇石云集、树海成群、富有亚热带海滩的浪漫风情的我们，还乘兴极目远望，将厦门市以及东方的小金门岛和大金门岛尽收眼底！

我们下山去了"园在海上，海在园中"，既有江南庭院的精巧雅致又有海鸥飞翔的雄浑壮观的菽庄，沿海边小桥赤脚踏海浪，再攀岩而上瞻仰郑成功雕像，随即回到海边，尽情享受了集阳光、沙滩、大海以及清新空气于一体的鼓浪屿带给我们的绝妙的游览体验！

我们乘轮渡到厦门湾大厦前，再去厦门旅游职业学校，登上其钢圆顶鸟瞰厦门。

我们 11 月 9 日上午去石狮市参观。次日，从厦门机场乘飞机返回成都。

虽然时光荏苒、岁月不再，但当年的福建之行至今仍记忆犹新。

云南行记

　　云南有着"彩云之南"和"七彩云南"的美称，拥有丰富多彩的旅游资源。其独具的宜人的气候，诗画般的自然风光和民风民情，构成一幅美丽动人的画卷，令中外游客无不心仪神往！

　　位于云南省南端的西双版纳，古代傣语为"勐巴拉那西"，意为"理想而神奇的乐土"。那里以美丽的热带雨林自然景观和少数民族风情闻名于世，是镶嵌在祖国南疆的一颗璀璨明珠。农历春节将至之际，地处川西北的汶川县正值寒风凛冽的严冬，却是西双版纳最美好的季节。

　　我们一行于 2008 年 1 月 17 日上午匆匆游过陆良石林，即乘飞机前往西双版纳并入住公主饭店。

　　18 日天气晴好，风和日丽。我们乘坐索道缆车，或穿行于热带雨林之中或掠过高高的树梢，翻山越岭抵达野象谷的观象台。大家举目观赏，但见鲜花盛开，茂密的森林掩映山谷，猴子在葱郁的树丛中跳跃戏耍，鸟儿在密林里呼朋唤伴。野象践踏过的树丛、洗过澡的水凼尽收眼底。虽无缘见到野象出没，但热带雨林的景观仍令大家赏心悦目！

　　一众人在原始森林中步行下山，兴致勃勃地游逛百鸟园，体验鸟儿站在手心吃食的乐趣，还在大草坪上观赏了看似笨拙的大象的精彩表演。

19日，我们到游著名的橄榄坝。走进傣家村寨，欣赏那独具风情的干栏式建筑，还到二楼住房的火塘边同主人叙谈，了解其风俗民情。虽无缘分享"泼水节"的盛况，但傣家村寨原始古朴的韵味和旖旎的亚热带风情，仍令人心醉！

然后去勐仑葫芦岛，参观热带植物园的核心景区原始热带雨林。我们先后观赏了集中展示的大板根、"绞杀"现象、老茎生花、空中花园和高悬于空中的大型木质藤本等，见识了反映该地区地质历史变迁的山红树、露兜树，还在江泽民总书记亲手种植的相思树前观瞻，在铁树王等名贵植物前驻足，让人大开眼界、大长知识！

返程时，我们探访神秘爱尼古寨，观看了据说时兴居住于树上的哈尼族人现场表演的吞火、舔烫红的铁块、爬刀梯等，还于沿途见识了黑牙、长耳及长颈（其颈部叠套着很多圈子，据说长一岁就要加一圈）的女性，并登上寨楼参观。

晚上，部分同伴应在此挂职的杜鹃老师的弟媳之邀，在景洪市傣家美食苑吃风味餐。一流的色、香、味令一众人大饱口福。饭后又去曼听公园堂座入座，观看精彩纷呈的歌舞表演，并亲手送花灯放逐于水上……

20日上午，游览景洪北郊的原始森林，还在孔雀山庄的孔雀园里喂食时，观赏到了大群的孔雀展开美丽的翅膀，拖着长长的尾巴，从对面山上的树林间飞到湖畔草坪争抢食物的既艳丽又壮观的场景。

午饭后即去机场乘机返昆明，再乘车抵大理古城并入住盛鑫饭店。

在大理，流传着"上关花，下关风，下关风吹上关花。苍山雪，洱海月，洱海月映苍山雪"这样一副对联，故而乘船畅游洱海，是大理游的重要行程。

21日早餐后，我们即泛舟于如诗如画的洱海，体验映入眼帘的碧绿海水映着白云、苍山的绝美画卷带来的那份心醉，感受拂过面颊的下关风的别样温柔！又登临小普陀岛，游风光旖旎、海天一色、为南诏王避暑之地的南诏行宫岛。再上岸游览因拍摄电影《五朵金花》而享誉神州大地的蝴蝶泉，观赏那清澈如镜的泉水，聆听那令人心旌荡漾的叮咚声响。我还当场向同伴们讲述了自己于1995年随四川省教委组织的"中师编制"省级课题组同事们在此游览时，恰逢游人如织的"蝴蝶会"，目睹了那成千上万的蝴蝶从四面八方飞来、在泉边漫天飞舞，大如巴掌、小如铜钱的无数蝴蝶钩足连须、首尾相衔、一串串地从大合欢树上垂挂至水面的美不胜收的景观，弥补了大家无缘见到此情此景的些许遗憾……在段玉之家午餐后，又畅游了中国现存古代佛塔中造型最精美的建筑之一的三塔寺（崇圣寺），并到承载着大理历史、宗教、民族文化的大理古城和洋人街等处一游。

我们乘车于22日中午抵丽江大研镇后，即先游始建于宋末元初、依山傍水、水网交织、古色古香的丽江古城。大家行走在承载太多旧事、以红色角砾岩石板铺就的道路上，观赏那完美如初的一栋栋紧挨着、体现了中国民居鲜明特色和风格的古老的砖木房屋，以及四方设置的商铺客栈；体验了由一条条石头小路并着一涓涓流水一同穿街走巷，于是便自然地串起了一条条街道和一户户人家的街道布局。

我们特意"造访"了2007年8月曾住宿过的安居客栈，欣赏庭院里那熟悉的花木扶疏，耳听树丛里鸟鸣声声和户外溪渠的流水淙淙；继而在游鱼成群的溪流之畔观赏，在名闻遐迩的四方街流连，在木府和李家大院里参观，将始建于宋末元初、面积7.2平方公里、入列"中国历史文化名城"和"世界文化遗产"的丽江的深刻印象烙于脑际。晚上，大家畅游古城，饱览灯光映照下流光溢彩的美丽夜景，并入住云岭宾馆房间。

23日去虎跳峡。一路上，我们透过车窗远眺玉龙雪山那洁白可爱、令人心醉的雪山与白云，行经海拔2400多米的拉什海，抵达并观赏了地处滇藏公路经过处石鼓的万里长江第一湾：金沙江在这里突作由东南急转向东偏北的大转弯，河谷逐渐收窄，形成峡谷。峡谷两岸雪山对峙，左岸为迪庆的海拔5396米的哈巴雪山，右岸为丽江的海拔5596米的玉龙雪山，其峭壁千仞，自谷底到山顶垂直高差达3790米，是世界上最深的峡谷之一，比美国科罗拉多大峡谷还深1500多米。

我们乘坐的观光客车先是于此处跨过金沙江大桥进入香格里拉境内，行驶一段后又过桥回到丽江一侧，再向下游行驶，抵达我们要游览的虎跳峡的上方。

虎跳峡是国家AAAA级旅游风景名胜区，距离丽江县城60公里，起自中甸桥头村，止于丽江大具村，迂回长约20公里，其间落差210米，分上虎跳、中虎跳、下虎跳三段；峡谷由金沙江切割而成，江面海拔1500米至1800米，峡谷江流最窄处仅30余米，最大高差3900米，为万里长江第一峡。因江心多处巨石耸立，传说曾有老虎借助礁石跳过峡谷，便留下了虎跳峡的美名。峡内有险滩21处，高达10多米的跌坎7处，瀑布10条。旧时曾因山崩截断江流，至今尚有崩积物遗留。

我们顺着丽江一侧在峭壁上新近开凿出的绵延几公里的公路，步行于隧道里、悬崖边。一路回望、俯视、远眺，可见源于青海格拉丹东雪山的金沙江一路奔腾，在石鼓一带尚宽达约100米至300米不等的江面，被两大雪山挤压后，河面骤然缩减，一度平缓的江水陡然进入落差巨大的狭窄峡谷中，虽属枯水季，仍积蓄着巨大的能量，翻卷起滔滔的波浪，不惧江心巨石阻挡，以一泻千里之势，咆哮着夺峡谷而出，其势汹涌，气势逼人；继而则似银色的绸带，蜿蜒舞动于狭窄的深谷之中，及至消失在视线的尽头——大自然的鬼斧神工和无穷力量在此展现无遗，令人叹为观止！

我们从江边一座横跨小河沟的拱桥头，循石梯下到河边设有栏杆的巨石上，于水雾扑面之中，忘情地欣赏这无比壮观的自然景观，真切地感受其摄人心魄的宏伟气势，一种如梦似幻、如痴如醉的美妙体验油然而生！

及至观察到曾见证了金沙江亘古历史的两岸岩壁上那清晰可见的江水淹没时留下的印迹之时，金沙江水暴涨时虎跳峡呈现给游览者的壮观景象不难想象——届时，仰观上游，汹涌的江水会翻滚着滔天的波浪，以雷霆万钧之势奔涌而来，轰然撞击在眼前的虎跳石上，发出震耳欲聋的声响，激荡起冲天的浪花，飞溅起满天的"雨点"，给人以强烈的心灵震撼；远眺下游，被紧锁在峡谷中的江水卷起的巨浪，会冲撞在突兀的礁石上，拍打在陡峭的河岸边，激荡起万千的浪花，裹挟起沸腾的泡沫，浩浩荡荡地奔腾而去……那惊心动魄的情景，定会让人浮想联翩、感叹万分！

沉醉于虎跳峡美景的我们，于15:00启程返回，23:00方入住楚雄东方花园宾馆。

24日到达昆明后，我们先游西山龙门，瞻仰聂耳墓，再前往滇池之畔，体验那堪称绝妙的成群的红嘴鸥鸣叫着为吃食或盘旋头顶或停留手中、肩头的无限乐趣！

　　继而登大观楼，吟诵乾隆年间名士孙髯翁登大观楼有感而作的《大观楼长联》："五百里滇池，奔来眼底，披襟岸帻，喜茫茫空阔无边。看东骧神骏，西翥灵仪，北走蜿蜒，南翔缟素。高人韵士何妨选胜登临。趁蟹屿螺洲，梳裹就风鬟雾鬓；更苹天苇地，点缀些翠羽丹霞，莫孤负：四围香稻，万顷晴沙，九夏芙蓉，三春杨柳。数千年往事，注到心头，把酒凌虚，叹滚滚英雄谁在？想汉习楼船，唐标铁柱，宋挥玉斧，元跨革囊。伟烈丰功费尽移山心力。尽珠帘画栋，卷不及暮雨朝云；便断碣残碑，都付与苍烟落照。只赢得：几杵疏钟，半江渔火，两行秋雁，一枕清霜。"还将自己所见与"被誉为海内外第一长联"似游记的上联所记滇池风物相对照、印证，了解、重温似读史随笔的下联所记之云南历史，并感受其所具有的磅礴气势！

　　18:00去机场乘机，21:00飞抵双流机场，于当晚平安返回汶川或都江堰。

　　回首为时一周的云南之旅，我感觉：四季如春的昆明、风花雪月的大理、世界文化遗产丽江、美丽的西双版纳……构成的七彩云霞中的锦绣云南，的确名不虚传！

　　得知自24日起中国南方普降冻雨，公路、铁路交通严重受阻的信息，有缘当年彩云之南一游的同伴们无不同声感叹："我们真有好运气！"

圣地延安

延安，是红军长征胜利的落脚点，也是建立抗日民族统一战线、赢得抗日战争胜利，进而夺取全国胜利的解放战争的出发点。毛泽东等老一辈无产阶级革命家在这里生活和战斗了 13 个春秋，奠定了中华人民共和国的坚固基石，培育了永放光芒的以"实事求是、理论联系实际的精神，全心全意为人民服务的精神，自力更生、艰苦奋斗的精神"为内涵的"延安精神"，谱写了可歌可泣的伟大历史篇章，既是中国共产党人精神的发祥地，也是催生新中国诞生的革命圣地。

为了却早已涌动心中的"到游延安城"的夙愿，践行"带孙儿元杰坐一次飞机"的承诺，我和乾香便与女儿丽萍母女商定：于 2019 年 8 月 4 日乘飞机前往延安，同游革命圣地延安。

是日，成都乌云密布，雨点横斜飘零。待我们乘坐的飞机于 5：50 准时滑行起飞继而钻出厚厚的云层时，眼前天空湛蓝，东方泛起白光……一轮朝阳自东方喷薄而出，红霞顿时染红了天际——这绝美的景观，令坐在窗口首次乘机的孙儿脸上泛起了天真的笑容，幸福的神情溢于言表！

飞机先后越过成都平原、巍巍秦岭和关中平原，机翼下的云层也渐渐稀薄，一望无际的黄土高原映入眼帘——较之1985年我们乘火车经过的甘肃陇东黄土高原，这里的山头上大多树木葱茏、绿草茵茵，让人对多年来植树造林的丰硕成果顿生敬佩欣慰之情。

随着播音员"延安机场地面温度20度"的广播提示，我们的飞机已经飞行在"花篮的花儿香，听我来唱一唱……"所歌颂的抗日战争时期八路军359旅屯垦的南泥湾的上空——这令我们分外激动！

7:35，飞机降落在全靠削平山头建成的南泥湾机场的跑道上。又经过长时间滑行，稳稳地停靠在颇具陕北风格的航站楼前。

我们迈出机舱，通过廊道进入候机大楼，便与晓琴联系好的出租车司机小王会合，驱车前往约40公里外的延安城，入住位于清凉山下的延安通和酒店。

一行在杨家岭街口用过早餐，就前往枣园与晓琴会合，并凭身份证入园参观。

枣园，是革命圣地延安最著名的一处四季景色秀丽、环境幽雅宁静的园林式景点，也是全国革命传统教育的主要基地之一。1944年至1947年，中央书记处由杨家岭迁驻此地后，毛泽东、朱德、周恩来、刘少奇、任弼时等分别居住在依山修建的上下两排窑洞里。这里，有毛泽东为悼念张思德同志发表《为人民服务》演讲的讲话台，有为大生产运动而兴修的长15公里的幸福渠。

我们循园内绿茵间的小道，依次参观了中央军委作战室、机要室、会议厅等展室，通过展牌重温了当年在这里发生的对抗日战争、解放战争起到过巨大作用的一桩桩历史事件。我还特意到居住区前广场上矗立着的气韵神态惟妙惟肖的"五大书记"铜像前观瞻、拍照，感受他们那意气风发的神情里所传递出的即将成立新中国的自信与喜悦！

步出大门，我们在广场上刻写有"枣园"二字的巨石前拍照，以作珍贵的纪念。

接着，我们前往承载着延安革命精神的杨家岭革命旧址景区参观。

杨家岭革命旧址是当年中共中央的驻地，1938 年 11 月至 1947 年 3 月，毛泽东等中央领导就在这里居住和办公。这个两面高山、中间沟壑、原本无人知晓的陕北小山村，因中共中央的到来而名扬中外。当年，这里产生了推动中国历史进程的一个又一个重大决策，召开了党的历史上"七大"和延安文艺座谈会等重要会议。

走进景区，首先进入视野的是依山而建、耸立在杨家岭沟口的中央大礼堂。

我们步入其间，可见中国共产党第七次全国代表大会会场布置如旧：主席台上悬挂着毛泽东和朱德的巨幅画像，两边插着鲜艳的党旗；会场后面的墙上挂着"同心同德"四个大字，两侧墙上张贴着"坚持真理""修正错误"等标语；两面墙上插着24面红旗，象征着中国共产党24年的奋斗历程；椭圆形的台口上悬挂着"在毛泽东的旗帜下胜利前进"的横幅。我们观瞻之后，还于过道处和主席台下的讲台前拍照留念。

出大礼堂沿坡而上，可见一座砖木结构的三层楼房——党中央办公大楼，其主楼的二层和三层分别有一座石拱桥和一座木桥通向住房。

我们沿着左侧土坡拾级而上，来到掩映在青翠松树间的一排窑洞前，透过门缝眺望正修理屋顶的周恩来旧居、踮着脚远看当日未开放的朱德旧居。

接着，我拉着孙儿元杰步入由三间狭小的窑洞（一间是警卫室）组成的毛泽东旧居瞻仰：卧室较小，摆着一张双人木床和一个书柜；办公室摆放着一把椅子和一张木制的办公桌，书架上有他爱读的书籍——他曾在此写出了《矛盾论》《实践论》《论持久战》等光辉著作；墙上挂着的是毛泽东摄于 1942 年的一张黑白照片，毛泽东穿的是打着大块补丁的裤子——一代伟人艰苦朴素的精神风貌，让游客们敬佩不已！

窑洞前院子里摆放着一个陈旧的小石桌。当年，毛泽东就在这小石桌旁，会见了美国记者安娜·路易斯·斯特朗，针对当时流行的"恐美病"，提出了"一切反动派都是纸老虎"的著名论断——这掷地有声的豪言壮语，至今仍激励着中华民族应对各个方面的压力与挑战，战胜前进道路上的风险与考验！

随后，我们又参观了刘少奇旧居，还进入蔡畅住处隔壁的妇联办公处参观；再途经杨家岭停车场，并在其下方的写有"毛泽东种过的菜地"牌子前流连、拍照，再沿路返回出口，随后回宾馆小憩。

宝塔山是革命圣地延安的重要标志和象征。它位于延安城东南方，海拔 1135.5 米，为周围群山之冠；宝塔为平面八角九级楼阁式砖塔，高 44 米。著名文学家贺敬之"几回回梦里回延安，双手搂定宝塔山"的名句，热情地讴歌了宝塔山在中国人民心目中的神圣地位。人们歌颂宝塔，怀念宝塔，实际是在怀念延安岁月，歌颂延安精神，缅怀党中央在延安的革命功绩，也成了人们追寻当年、接受革命传统教育的好课堂。同时，宝塔山上视野开阔，林木茂盛，空气清新，凉爽宜人，是融自然景观与人文景观为一体、历史文物与革命旧址合二而一的著名风景名胜区。因此，宝塔山成了游览延安的人必去之地。

午后一点多，我和丽萍冒着酷热，坐出租车前往宝塔山下的路口，再步行至游客中心购得门票，搭乘往返的旅游车登宝塔山游览。

我们沿着坡道一路前行，拾级登上巍巍宝塔山前的小广场，便怀着十分激动和崇敬的心情，绕着堪称引领中国革命走向胜利的熊熊火炬和航标灯、曾见证了延安那段激情燃烧的岁月的宝塔观瞻，并在宝塔前拍下张张照片留念。

接着，我们凭栏远眺，将穿城而过的延河以及环绕延安城的群山尽收眼底——如资料显示：延安市古称肤施、延州，系原陕甘宁边区政府的首府，首批国家历史文化名城。它位于我们所在的宝塔山、右侧的清凉山和左边的凤凰山三山鼎峙，延河、汾川河二水交汇之处，素有"塞上咽喉""军事重镇"之称，被誉为"三秦锁钥，五路襟喉"。经宝塔山下延安市体育场上行是延安火车站，也是我们规划次日游览黄河壶口瀑布所前往的方向……

此刻，在我内心的深处，涌起了一种了却了登临宝塔山，观赏了以巍巍宝塔山、滚滚延河水为代表的中国大地上最令人神往的壮丽景观的心愿后的满足感、自豪感和愉悦感！

晚上，我们还有幸欣赏了流光溢彩的宝塔山"灯光秀"——它将实景、音乐和灯光融为一体，在《延安颂》《南泥湾》《山丹丹开花红艳艳》《保卫黄河》等歌曲声中，依次描绘了延安与陕北的文化特色，呈现了波澜壮阔的长征的历史画卷，回顾了中共中央在这里十三年艰苦卓绝的奋斗历程，既是一场融合了高新技术的视听盛宴，又是一场生动形象的革命传统教育。

回到住处，忆及延安行的情景，仍禁不住心潮起伏——

　　我感觉：在延安的时间有限，但延安精神的神奇魅力，已令我经受了一场心灵的洗礼；革命圣地的所见所闻，也让我感知了延安发生的巨大变化。

　　我感悟：在圣地延安，每一处旧居都有述说不尽的生动故事，每一处遗址都是一本厚重的教科书，每一寸土地都留下了一代伟人们的深深足迹；延安精神，是我们的"红色基因"和传家宝，每个中华儿女，都理当义不容辞地肩负起历史的使命，发扬光大延安精神，在实现中华民族伟大复兴的征程中出彩！

　　（以《革命圣地延安行》为题刊载于 2021 年《山水间》总第 7 期）

从南昌到井冈山

我们于 2006 年 4 月 26 日自成都乘飞机抵达南昌，入住上饶宾馆，开启了南昌之行。

南昌是中国革命史上的一座英雄城。因此，稍事休息，我们即前往 1927 年 8 月 1 日周恩来等老一辈革命家打响武装起义第一枪的"八一起义纪念馆"，逐层（共 3 层）参观了所陈列的珍贵历史实物和史料，亲身感悟了震惊中外的南昌起义对于中国革命进程、人民军队的创建所具有的伟大历史意义，表达了对革命先驱者无比崇敬的深情，并在庭院里江泽民题写"军旗升起的地方"的石碑前拍照留念。之后，再去八一广场游览，切身感受其广场的宽阔和那座高高矗立的纪念碑气势的恢宏！

依山傍水的南昌还被誉为"鄱湖明珠，中国水都"，乃物华天宝、人杰地灵之地。高耸于西北部赣江东岸的滕王阁，则与湖北黄鹤楼、湖南岳阳楼并称为"江南三大名楼"，更因初唐才子王勃写下骈文名篇《滕王阁序》而被誉为"江南三大名楼"之首，堪称中国文化史和建筑史上的丰碑，也吸引了韩愈、白居易、杜牧、欧阳修、苏东坡、汤显祖等众多文人前来游览，或魂牵梦绕，或登楼作文……

曾很多次在课堂上讲授过此文的我，分外珍惜这难得的机会，随即前往一睹为快。

我们由榕门路进入园区，一座高大的彩绘仿宋式大牌楼便映入眼帘：牌楼正中有青石贴金横匾二块，东为"滕阁秋风"，西为"胜友如云"。穿过牌楼，来到东大门，其正上方悬挂贴金横匾"雄州雾列"，朝西的门楣上则悬挂着"地接衡庐"。

园区内绿草如茵，鲜花吐艳，环境十分优美。举目望去，宽阔的阁前广场将主阁衬托得分外庄严雄伟，充分展现了王勃所赞誉的"上出重霄""下临无地"的非凡气势！

行至楼前，从一尊白色的王勃雕像边走过，便到了滕王阁第一层大门前。据介绍，具有 1300 多年历史的滕王阁主体建筑共 9 层，高 57．5 米，建筑面积 13000 平方米。其下部为象征古城墙的 12 米高台座，分为两级。台座之下，有南北相通的两个瓢形人工湖，北湖之上建有九曲风雨桥。楼阁云影倒映池中、情趣盎然。

步入阁中，迈进大门，心间便激荡起一种仿佛置身于一座以滕王阁为主题的艺术殿堂的强烈感受：第一层正厅，有一幅表现王勃创作《滕王阁序》的大型汉白玉浮雕《时来风送滕王阁》，巧妙地将滕王阁的动人传说与历史事实融为一体；第二层正厅，是大型工笔重彩壁画《人杰图》，绘有自秦至明的 80 位各领风骚的江西历代名人（当天正举办毛泽东手书诗词展览，落款均为 20 世纪 60 年代，其遒劲挥洒的"毛体"书法艺术，让人分外佩服），这与第四层以国画展现的江西三清山、龙虎山、圭峰、庐山、井冈山、鄱阳湖等山川精华美好风光的《地灵图》，堪称双璧！

登临凭栏眺望最佳处的第五层后，我们先绕阁一周，尽情欣赏赣江之滨由高大的建筑、飞架的大桥、穿梭的船只、翱翔的鸟儿、碧绿的江水、西照的斜阳交融而成的美丽风光，顿生叹为观止之感。虽非傍晚，亦非深秋，但脑际中还是情不自禁地幻化出王勃笔下"落霞与孤鹜齐飞，秋水共长天一色"的绝美景观，令人心醉！进入厅堂，迎面是苏东坡手书的千古名篇《滕王阁序》，我边欣赏书法艺术，边默诵《滕王阁序》全文，顿觉对其优美的意境和王勃创作的冲动又有了更深刻的体会！

27日，我们抵达吉安。吉安市历史上出过2000多名进士、10多位宰相，堪为人杰地灵之地。故而晚饭后，我们还漫步于横跨赣江的井冈山大桥，目睹两岸灯光与赣江流水交相辉映的迷人风光。再沿江畔而行，抵近游览闻名神州的白鹭洲：其地处吉安城东赣江之中，为一梭形绿洲，其上茂林修竹，绿荫如盖，成为百鸟栖息之地；洲上建有的白鹭书院名闻遐迩——据说，该书院曾一次考上40多名进士，而当年全国才一共考上300多名！

按照游览井冈山的安排，我们乘车于29日10：30抵达茨坪镇，即进入展出了井冈山会师及红军井冈山斗争时期遗留纪念物的井冈山博物馆、其间塑有革命烈士雕像的革命烈士纪念馆和碑林参观、瞻仰，表达对革命烈士们的深切怀念之情！

之后，前往参观著名的"井冈山保卫战"发生地黄洋界。黄洋界是井冈山的标志，海拔1300多米，是中国工农红军扼守井冈山的"五大哨口"之一。当我们在观景台极目眺望，将逶迤的群山、幽深的沟壑、雄踞的峰峦、险峻的地形、葱郁的林木、漫山的翠竹、澄碧的溪流等十分壮观的景色，以及留存的红军工事营房尽收眼底之际，80多年前"黄洋界上炮声隆"的激战情景浮现脑际，让人不禁肃然起敬！

我们去茅坪瞻仰了毛泽东住过的八角楼。望着那顶部造型独特、陈设简陋的房屋，想到一代伟人就是在这盏清油灯下写下了《中国的红色政权为什么能够存在》和《井冈山的斗争》两篇光辉著作，敬仰之情油然而生！

同时，我们还一路参观了毛泽东和贺子珍举办婚礼的象山庵，以及袁文才住处石枫、红军造币厂等，傍晚方回到茨坪。

4月30日，我们先乘车上山，站在隧道口的井冈湖大坝上，遥望蓝色100元人民币背面素描原型的井冈山主峰五指峰：其山峰巍峨险峻，气势磅礴，云雾缭绕，朦胧神秘；收回视线，系彩虹瀑布源头的一潭湖水清澈碧绿，在朝阳的照耀下波光粼粼，风光绮丽，令人心旷神怡！

再去观赏五龙潭瀑布。我们沿着险峻崖壁上开凿出的盘山小道观赏：沿途山清水秀，景色宜人，潭水碧蓝如玉，引人入胜。其中最为壮观的碧玉瀑布落差67米，三面危崖如削，长满青苔，立身地势稍缓、水雾迷漫的观赏处，飕飕冷风扑面而至；抬头仰望，飞流直下的瀑布如一条白练从空中垂下，宛如神女飞舞，别有情趣，非常壮观！在飞女瀑布，则见飞瀑倾泻而下，似奔腾的骏马破云而出，又像婀娜多姿的仙女披着银纱，飞溅起晶莹剔透的浪花，散成片片薄薄的烟雾，朦胧而神秘，恬静而轻柔！

接着去毛泽东和朱德在井冈山居住过的大井参观。据介绍，毛泽东率领秋收起义部队排除各种困难上井冈山后，改造了以王佐、袁文才为首的当地武装，开辟了中国第一个革命根据地。我赛参观了毛泽东旧居前读书阅报、批阅文件的"读书石"，住房内弹洞仍历历在目的"残墙壁"，以及那两棵寄寓着根据地人民对红军无限怀念的"感情树"——红豆杉、椤木石楠生长于旧居屋后，当年朱德、毛泽东曾在树下观看红军战士操练，据说1929年井冈山失守后被敌人连同房屋烧毁，1949年新中国成立时又复活；1976 年毛泽东逝世时两棵树同时枯萎，经专家医治后于 1980年再次复活。

此后，再去水口景区观看高达 90 米、水流更大的彩虹瀑布，其气势雄伟磅礴，摄人心魄！

在穿过茂密的森林，沿着小溪返回的途中，我们还于游客接待站饭馆吃红米饭、喝南瓜汤，真切体验了当年工农红军的艰苦生活。

因接阿坝州教育局"立即返川"的电话通知，我庚即赶回南昌，提前结束了井冈山之行。然而，时值庆祝伟大的中国共产党成立 100 周年之际，忆及这两天的游历，自己仍心潮澎湃，体会深刻、感悟深切——

我体会：是井冈山独特的地理环境和"三省相交"的区位优势，给了当年红军得以纵横驰骋的得天独厚的空间；是山坳里坝子块块，房舍片片，农田层层，出产不薄，给了红军在"敌军围困万千重"的情势下仍然得以生存的必要条件；是这里坚定信念跟着共产党干革命的老百姓，成了红军发展壮大的坚强后盾；是毛泽东等老一辈无产阶级革命家坚持实事求是的思想路线，在这里高举起中国工农红军的大旗，率领英勇的红军战士前赴后继、奋勇杀敌，树立起惊天地、泣鬼神的伟大丰碑，播撒下革命的种子，方使星星之火席燃为燎原之势！

我感悟：忘记过去就意味着背叛，继承革命传统则催人奋勇前行。回首融革命传统教育与风景旅游览胜为一体、被誉为"中国革命的红色摇篮"和"共产党人的精神家园"的井冈山之行，深感意义重大，受益匪浅！

晋祠与平遥

电影《我们村里的年轻人》里有一首在神州大地广泛传唱且经久不衰的插曲《人说山西好风光》，让国人对"山西是中华文明的发祥地之一，历史悠久、底蕴深厚，有着众多的名胜古迹"的美丽风光心仪向往。

2000 年 10 月 11 日，我们游览了名闻遐迩的太原晋祠。

晋祠最早见于《水经注》，是为纪念晋国诸侯唐叔虞而建的祠堂，又名唐叔虞祠，创建于西周（前 11 世纪）。晋祠以古建筑、雕塑、名泉、古木著称于世，有近百座殿、堂、楼、阁、亭、台、桥、榭点缀于山光水色之间。晋祠的"三宝"（鱼沼飞梁、献殿、圣母殿）和"三绝"（周柏、宋代彩塑以及难老泉），则是所有游客来到晋祠不可错过的景观。1961 年晋祠被国务院公布为第一批全国重点文物保护单位。素有"不到晋祠，枉到太原"的说法。

当日，我们兴致勃勃地来到晋祠外，只见高高的围墙里，一片参天古树生长旺盛，颇有"春色满园关不住"的意境。而建筑群之上，树冠之中，仿佛浮着浓浓的紫气，显现出一派幽静和神秘的氛围。

步入晋祠，视线所及，但见一派古色古香，各种古建筑在葱郁的青山下，在茂密的树影里，透着庄重和威严；祠内风景秀丽，建筑宏伟，殿宇林立，古木葱郁，诗情画意，令人大饱眼福！

我们先游圣母殿。据介绍，晋祠本来是为纪念周武王次子姬虞而建，不过自从北宋仁宗时期修建了祭祀姬虞母亲的圣母殿以后，晋祠的格局就变成了围绕圣母殿来设置。据说圣母殿是中国现存最古老的木建筑之一，看起来十分古朴甚至略有残旧之感，但色彩却依然斑斓，特别是大殿的屋顶，是比较少有的翠绿色，配上橙色的殿壁，颇为华美。

在圣母殿前，可见十分精美的鱼沼飞梁：仔细观察，它其实就是一种简单的"立交"桥，也算是现今的立交桥的雏形。据说它始建于宋朝，距今已经有900多年的历史了。桥是一个"十"字形，整体是一个"田"字形，其"十"字的中心是悬空的——古人的智慧和工艺水平，由此可见一斑。在桥东月台上，有铸于北宋政和八年（1118年）的铁狮子一对，其神态勇猛，造型逼真！

圣母殿内，有几十尊宋代侍女彩色雕塑，是晋祠"三绝"之一：圣母的两旁站立着使女，台下有太监听命，完全是一派宫廷贵人的排场；大殿里除了圣母，还有侍从像42尊，其中着男装的女官4尊，宦官5尊，侍女33尊。她们各有专职，形象都极其生动、逼真。捧印的侍女，稳重老练，含威不露，左手托着印玺，右手小心地护着，充分显示了职责的重要。不过为了保护文物，殿内已经不允许游人进入。

被称为晋祠"三绝"之首的周柏，种植于圣母殿北侧。经指点，可见其树有两株，具有3000余年的历史，一立一卧，卧者树分两叉，横卧如出海之双龙，斜依在擎天柏上，披覆在圣母殿左侧，令人浮想联翩！

被誉为晋祠"三绝"之一的难老泉，位于圣母殿南侧。晋水的源头就始于这里，常年涌流不息。

难老泉泉水自地下约 5 米的岩石中涌出，长流不竭，平均流量约每秒 1.8 立方米，常年水温保持在 17℃，清澈见底。其得名于《诗经》"鲁颂"中的"永锡难老"一语，号称"晋中第一名泉"。

靠近泉边，我讲授中师语文《文选和写作》第二册的吴伯箫先生所写《难老泉》时就知晓的那个美丽动人的传说浮现脑际：在晋祠北边二十里地的金胜村，有一个姓柳的姑娘，嫁到了晋祠所在地的古唐村。她是出了名的贤惠善良，而婆母却故意虐待她，一直不让她回娘家，每天都叫她去离家很远的水源处担水，一天只能担水一趟。婆母又有一种脾气，只喝身前一桶的水，故意增加担水的困难，不许换肩，折磨她。有一天，柳氏担水走到半路上，遇到一位牵马的满脸风尘的老人，要用她担的水饮马，柳氏就毫不迟疑地答应了，把后一桶水递给马。不料马仿佛渴极了，就连同前一桶水也喝了。当柳氏因再返回担水已来不及、就此回家一定要挨婆母辱骂鞭挞而踌躇之际，老人给了柳氏一根马鞭，叫她带回家去，只要把马鞭在瓮里抽一下，水就会自然流出，涨得满瓮。柳氏提心吊胆地回家，试试办法，果然应验，以后她也就再也不用担水了。婆婆见柳氏很久不担水，可是瓮里却总是满的，很是奇怪，就叫小姑去看，发现了柳氏抽鞭的秘密。又有一天，婆母破天荒允许柳氏回娘家，小姑拿马鞭在瓮里乱抽一阵，水就汹涌喷出，溢流不止。小姑慌了，就急忙跑到金胜村找柳氏。正梳头的柳氏没等梳完，就急忙把一绺头发往嘴里一咬，一气跑回古唐村，什么话也没说，一下就坐在了瓮上。从此，水从柳氏身下源源不断地流出，流了千年万年，这就是难老泉。

待到思绪回复，现实是由于水位下降，自1993年4月30日难老泉断流，我们自然难以于现场见到吴老笔下所写1955年见到难老泉泉水汩汩外冒时"那喷涌的水源，那长流的碧波，永远是活泼泼的、青春常在的"一派生机勃勃的景象，但"'难老泉'，听听名字就给人以一种年轻的感觉，不必看见"的感受仍油然而生，且对于经过综合整治后的难老泉定会焕发青春、造福人民，则深信不疑!

12日，我们到平遥一游。

大家先游"平遥三宝"（平遥城墙、双林寺、镇国寺）之一的世界自然遗产双林寺（寺内10余座大殿内保存有元至明代彩塑造像2000余尊，被人们誉为"彩塑艺术的宝库"），随后到游平遥古城。

平遥古城是山西一座具有2700多年历史的文化名城，是中国古代城市的原型。古城池总面积2.25平方千米，至今还居住着4.2万城市居民，基本保持着明清时期（1368—1911）的历史风貌，城内有大小街巷100多条，且还保留原来的历史形态；城内现存的六大寺庙建筑群和县衙署、市楼等历代古建筑均是原来的实物。街道两旁的商业店铺基本上是17—19世纪的建筑。城内有3797处传统民居。平遥与同为第二批国家历史文化名城的四川阆中、云南丽江、安徽歙县并称为"保存最为完好的四大古城"，也是当前我国唯一以整座古城申报世界文化遗产获得成功的古县城。

我们先自古城南门登城墙观赏。其入口的简介牌上介绍：古城墙始建于西周宣王时期（前827年—前782年），为夯土城垣。明洪武三年（1370年）重筑，平遥城墙又在原来夯土城垣的基础上外包了一层砖，就形成了如今我们所看到的明代砖土混合城墙，距今已有600多年的历史。其总周长6163米，高约12米。

我们自宏伟壮观的城墙上举目眺望，满眼都是古色古香的古建筑：古城内四大街、八小巷、七十二条蚰蜒巷纵横交织，排列有序；东西四个城门，南北两个城门，组成了一个八卦图，又似龟背上的花纹，故平遥又称龟城，而我们所在的南城门，正是"龟城"的龟头——龟是长寿祥瑞之物，古代的城市建设中表现出的是百姓渴望祥和安宁的美好愿景！

同时，我们还发现平遥城中竟然没有一棵树。经打听缘由，才知晓：城中无树由来已久。据传古城方正如口，有"高人"说，口中有木是为"困"，故不得栽树。其真实与否则不得而知。

待下城墙后沿街行走，可见很多四合院。其轴线明确，左右对称，层次分明，外雄内秀，沿中轴线，有几套院组成，中间多用短墙、垂花门楼分割，形成二进或三进的"日""目"字形基本布局形式，良好地展现了以砖木结构和窑洞式建筑为主的明清建筑群落独特的地方风貌，既具有历史文化价值和建筑艺术价值，还具有实用价值，至今保存非常完整，且还居住着城市居民。据说这样保护完好的四合院有400余处，为古城一大特色。抵近观赏，则见建筑群中华丽的彩绘、精美的木雕、生动的石狮、珍稀的照壁等比比皆是，令人叹为观止！

之后，我们先去名称取自"如日初升，繁荣昌盛"之意的日升昌票号参观：据说它是中华民族银行业的开山鼻祖，以汇通天下闻名于世，对清末民初商业贸易以及近代工业的发展都起到了极大的促进作用。创始人是雷履泰。在当时，全国共有票号51

家，山西有 43 家，而在平遥这座玲珑小城之内就有票号 22 家。这里如今是一代票商辉煌历史的票号博物馆。日升昌票号与旁边的蔚泰然票号其实是同一景点。我们自日升昌进，从蔚泰然出。进大门处就有一个石头做的大元宝，游客们还往大元宝上坐一坐，也想借此沾点"富"气；票号里还陈列着许多旧时的元宝、钱币。

接着，我们来到平遥古县衙。平遥县衙坐落于平遥古城中心，据说始建于北魏，定型于元明清，保存下来最早的建筑建于元至正六年（1346 年），距今已有 600 多年的历史。整座衙署坐北朝南，呈轴对称布局，南北轴线长 200 余米，东西宽 100 余米，占地 26000 余平方米，是全国现有保存完整的四大古衙中规模最大的县衙。环顾周遭，可见其整个建筑群主从有序，错落有致，结构合理，形成一个有机的整体。我们中的一位同伴还在县衙门内穿上"官袍"，体验了手拍惊堂木的"堂审"感觉！

同平遥县衙东西相对称的上首就是按照"天人合一"的礼制修建的平遥城隍庙。据说以城隍正殿为中心，集六曹府、土地堂、灶君庙、财神庙（附真武楼）四大部分组成，建筑规模宏大，殿宇建筑保存完好。但因时间关系，我们只能远眺观赏，之后即乘车返程。

途中，我们还到祁县，匆匆游览了因导演张艺谋拍摄电影《大红灯笼高高挂》而举世闻名的乔家大院。

返回太原的一路上，自己久久沉溺于平遥古城的所见所闻之中，不禁感叹：作为世界文化遗产，平遥古城完整地保存了其鲜明特征，为后人系统地展示了当时社会的文化、经济和宗教发展的人文景观。这珍贵的景观，是平遥先民留给子孙后代的宝贵财富，也是历代平遥人的智慧结晶！

　　至今忆及，仍觉得两天的游程所见景观丰富多彩，但囿于时间有限也只算是浮光掠影。不过，作为山西众多名胜古迹缩影的晋祠、平遥，已经留给自己难以忘怀的深刻印象，仅此足以印证：山西的确"好风光"！

笔 录 域 外　附 录

山
河
卷
帙

『
三
国
』
行
越
南
记

"三国" 行

东南亚位于亚洲的东南部。那里阳光充足，气候宜人，有着丰富的热带自然景观、众多美丽的沙滩岛屿、原始的热带雨林、珍贵的动物植物、千姿百态的洞穴、独特的风土人情、古老的民俗民风、现代化的城市，以及众多的名胜古迹等丰富的旅游资源，吸引着世界各地的旅游者心仪神往。同属于这一地区的新加坡、马来西亚和泰国，其国土相连，都濒临太平洋和印度洋，加之旅游业发展较快、性价比较高，对中国游客的态度友好，故自20世纪90年代末至今，一直都是中国人出国旅游的热点！

2001年4月24日至5月8日，我与同人们一道，于4月25日从成都出发，经由香港、澳门，到泰国、新加坡、马来西亚等三国游览。

我们于4月25日自成都乘飞机抵达广州白云机场后，即坐大客车经皇岗口岸办理出境手续，又坐车40分钟到达香港九龙。之后，经海底隧道进入港岛，在浅水湾游玩；再回到维多利亚海滨，行经中银大厦、立法院、解放军驻港部队总部、会展中心等地，来到立法院前的皇后码头，乘船到停泊于湾中的"金公主"号邮轮住宿。

夜幕降临之际，我们在徐徐行驶的邮轮顶凭栏放眼维多利亚海湾周遭，但见通明的灯火勾画出栉比鳞次的高楼大厦，映照着波光粼粼的海面，处处流光溢彩；湾中的邮轮灯光明亮，宛若座座浮动的城市……深感香港不愧为东方之珠！

26日9:00，我们离船去会展中心，并以中央赠送特区政府的紫荆花雕塑为背景合影；之后一路观光，还前往著名的黄大仙庙，眼见众多虔诚游客在此上香，在转水池（据说向左消灾，向右生财）许下愿景，祈祷平安。

再于16:00去码头，过海关后登上水翼喷射船，经1个小时的飞速行驶抵达澳门，随即到闻名于世的"大三巴"等地参观后，入住中国大酒店。

27日早餐后，我们乘车看赛马场，再去当年葡萄牙人登岸处的妈祖庙敬香，并遥望河对岸的珠海地界。接着到澳门回归礼品展厅参观，在广场的"盛世莲花"处拍照。随后，曾去望海观音处观瞻，并行经其建筑极似鸟笼、生意兴隆的葡京赌场……

——走马观花的澳门行，时间虽然短暂，但我们对其回归祖国怀抱后稳定与发展的良好前景以及名胜古迹，却印象深刻！

我们于14:40回到香港后即继续行程，先坐缆车翻山越岭，抵达漫水湾后山上的海生动物园，并在"动物剧场"观看海豚、海狮表演，参观海上动物馆，还登临摩天塔遥望太平洋……

——"'顺路'到游的香港行，既有幸亲眼见证了电视中常见的那高楼大厦林立、人们来去匆匆、金融业发达和市场繁荣等有关香港的招牌画面，也增强了只要坚定不移地贯彻落实'一国两制'既定方针，背靠伟大祖国，就能实现香港平稳过渡、不断发展的信念。不过，这里寸土寸金、人口密度大，能来玩儿一次可以，但要长期住下则实在不易。"这，就是我当日在笔记本上所书之"香港印象"!

4月28日，是一行人前往泰国的日子。

我们于11:50抵达香港新机场，经移民局办理出境手续后，即登上于14:10起飞的泰国安琪航空公司的空客330客机，平安抵达曼谷机场，经海关办理签证等入境手续后，即乘车前往市区。在车门口，有热情的小姑娘献上鲜花，近旁则有人现场抓拍"欢迎镜头"，且很快就冲印出来；下车处即有人向你出售已嵌入盘子、碟子的照片……这一波快速的操作流程，让人不得不佩服当时泰国旅游产业链运转之顺畅、高效，及其对旅客需求的准确把握！

不过，与我们一到曼谷就受到的热情接待同步而来的，还有当日那高达41度的气温！4月底，阿坝州尚属春寒料峭之季，故而，步出飞机舱门时面对扑面而来的滚滚热浪，大家便立即后退了一大步的本能举动表明，一行人对于离地球赤道已经不远的泰国的气候的严重不适应，由此可见一斑！

29日上午，我们先去杨泉先生的鳄鱼场参观，并现场见识了驯鳄表演。不过，由于泰国鳄鱼素以牙齿尖利、性情凶残著称，故而游客们对这场表演既期待又担心。

表演一开始，便见训练员将鳄鱼从水里拖上池边，然后以一根竹棒在鳄鱼的眼皮（据说鳄鱼全身仅有眼皮有痛觉）处打了几下，待其张开宽大且尖利牙齿密布的巨大嘴巴后，就慢慢地将自己的手往里面放，这动作就令观众张大了嘴巴，屏住了呼吸；接着，训练员将头缓缓伸进鳄鱼嘴里，这动作则让全场观众目瞪口呆，胆小者竟闭住了眼睛……直到训练员把头小心翼翼地缩回并离开鳄鱼之口，全场观众才舒了口气，随即爆发出经久不息的掌声——那掌声，想必既是对表演者勇气与镇定的由衷赞赏，也是对自己惊恐情绪的一种释放。至今忆及那惊心动魄的一幕，我仍心有余悸！

随后，我们乘船游湄南河。据说湄南河是泰国的第一大河，由北向南几乎穿越泰国整个西部地区，首都曼谷就坐落在湄南河下游东岸。游船一路前行，沿岸那些宏伟壮丽、金光闪闪的寺庙、佛塔最是吸人眼球；这一群群多姿多彩的佛教建筑，又与市内高层建筑、居民住宅混建在一起，加之那些水上人家和水上市场，构成了一道奇特、亮丽的风景线！在一座寺庙前投食喂鱼的情景，更是令人难忘：也许是习以为常的缘故，只要游客抛投下食物，那大群的或大或小的鱼便立即争先恐后蹦出水面抢夺食物，一时间，不计其数的大鱼小鱼布满了眼前的水面，翻卷起层层波澜，飞溅起密密的水珠，真是别有一番情趣！

饭后，我们到游五世皇的金柚王宫。据介绍，此宫为泰国节基王朝第五世皇朱拉隆功下令于1900年开始建造，原址位于世昌岛上。作为五世皇的行宫，其宫内全部采用金色柚木建成，但是却没有使用一根钉子。因为柚木里有特别的油脂，故而它能抗热和抗大雨，加上这种油脂本身还具有驱虫的功能，更使它成为价值不菲的建筑良材。据称关于这座行宫还有一段传说：当年五世皇有一位极受宠爱的皇子，却体弱多病。五世皇经由高人指点后，就在世昌岛特别建造了一栋柚木行宫让这皇子养病，且真的不药而愈，大喜之下的五世皇便将皇子接回曼谷团聚。没想到皇子不久却突然去世，五世皇在伤心之余便命人将这座柚木行宫迁移到了曼谷。

泰国"人妖"，主要指的是在泰国旅游胜地专事表演的从小服用雌性激素而发育变态的男性，是泰国旅游产业的一大亮点。晚餐后，我们去观看了"人妖"艺术团表演：当场的演出中有一位人妖还以汉语演唱了《血染的风采》，其语音纯正，吐字清楚、声情并茂，虽然不能排除其仅是"假唱"，但仍让人大开眼界！

30 日早饭后，一行人乘车去芭堤雅，入住濒临海边的一座旅店里。

芭堤雅位于曼谷东南 147 公里处，过去仅是暹罗湾边的一个人烟稀少、默默无闻的小渔村。直至 1970 年代，当地人还靠种番薯为生。这里最早是由美国人发现的，他们认为这是一个休闲消遣的优良海滩，于是从 1961 年开始，泰国政府开始利用这里得天独厚的旅游条件，将其划为特区，拨出专款并鼓励国内外投资开发。这个美丽的海滩由此迅速发展壮大，沉睡的芭堤雅变成泰国的明珠和最有名气的海滩度假胜地，享有了"东方夏威夷"之誉。虽当时城市本身只有 5 万人，但各国来此的游客如云，每天流动人口就达 20 万。

傍晚，我们也乘车出发前往这座"不夜城"——多数人去看了人妖和脱衣舞表演，也有些人去做了按摩。我们几位则沿街闲逛一阵后，回到车上睡觉以等待同伴们返回住处。

5 月 1 日早饭后，我们即前往大海边的码头，依次登上快艇，前往珊瑚岛、金沙岛游览。待到马力强劲的马达轰鸣声响起，快艇便似离弦的利箭般射了出去：其高昂的船头劈开碧蓝的海面，拖着长长的白色浪花，向着水天相接的远方风驰电掣般航行；伴随着快艇偶尔腾空后再重重地砸在水面所发出的令人惊心的"嘭嘭"巨响，加之海风带着浓烈的咸味吹过颜面，卷起头发，顿生一种飞起来了的让人动魄的美妙体验；而快艇不时猛然间侧倾，挤压飞溅起的大片大片的水花喷在头部、密密麻麻的水珠洒落身上，则令本已系好安全带、穿有救生衣的大家在前俯后仰、左右晃荡之际，切身感受到了大海航行的惊险刺激，也享受到了与清凉爽快联袂而至的心旷神怡！待到放眼张望，可见身后码头处的建筑、苍翠树林掩映的山包已渐渐远去；两侧偶尔有齐头并进的快艇加速前行，便在海上画出一道道白线，留下一大片喧闹的浪花，自然别有一番韵味；远方，高挂蓝天的艳阳，将火热的阳光洒满海鸥翔集、白帆点点、一碧万顷、波光粼粼的海面上，分外耀眼，也让见惯了"一群群肥壮的牛羊珍珠般地洒在海洋一样的草原上"的绝美景致的我们触景生情，不禁浮想联翩！

快艇一抵达珊瑚岛海域，我们便被其周围环绕着的各种色彩缤纷的珊瑚礁、水质洁净的广阔海域所吸引。大家争相从船上探视数米之下的美丽神秘的海底生物世界，让人大饱眼福；多数人则选乘拖曳伞（快艇拖着降落伞，将人带到空中），凭借坐在降落伞下的高度优势感受海风、俯瞰海景，勇敢者还尝试了极富刺激性的人与海水"亲近"的"点水"，且无不大呼"过瘾"。一直站在船上当"观众"的我和杜玉泉主任，则于观赏过程中遭遇了一场突如其来的瓢泼大雨，那被淋得似落汤鸡般的尴尬，至今令人难忘！

接着，大家再去位于芭堤雅西边的一个由 11 个断续相接的沙坝组成的弧形沙岛金沙岛。据称该岛全长 13.5 公里，最宽处 250 米，面积 3.25 平方公里。抵近观之，其真似一艘巨轮抛锚在波涛之中，又似一头巨鲸浮在水面，周边海域生长着无数珊瑚，游鱼尽现其中，其由蓝天、碧海、白浪、细沙、阳光、绿树构成的亮丽景观，令人赞叹不已！

它的公众浴场则是一个半月形、长约 2 公里的浅滩。当时阳光灿烂，碧波荡漾，海水浅蓝，晶莹剔透，海岸遍布雪白松软的细沙，更是令人心动不已。一到沙滩，会游泳者都忙不迭地换上泳衣，扑向海水之中。在故乡读初中时即在小河沟中学会游泳但后来几十年则没有过下水经历的我，也兴之所至，在习惯性地捧起海水拍打胸部、肘部等热身动作之后，欣然跃入海水中，继而把控住呼吸节奏，挥臂划水，奋力蹬腿，劈波斩浪，一往直前，真切体验到了在大海中击水的无穷魅力，这令自己既颇感欣慰、自豪，亦顿生宠辱皆忘、心旷神怡之美妙感受！

5月2日，我们先到游金佛寺。该寺又称黄金佛寺，因供奉一尊世界最大的金佛而闻名。据介绍，这尊用纯金（一说60%的含金量）铸成的如来佛像，重5.5吨，高近4米，盘坐的双膝相距3米有余。走进寺里，可见游客们在这里烧香、叩拜、贴金箔，再进大雄宝殿接受僧侣洒水，一些人则忙于"请神"。我们仔细观赏，但见这件泰国素可泰时代的珍贵艺术品造型栩栩如生，金光灿灿，庄严肃穆，真不愧为泰国和佛教的无价宝！

下午，大家又观赏了三大奇观（七珍佛山、九世皇庙和舍利子塔），并兴致勃勃地观看了东芭文化村中的文艺表演。

5月3日，我们去桂河游览。桂河是缅甸、泰国边境的一条界河，也是"二战"时期的一道重要防线，在日本帝国主义为入侵缅甸而修建的长达415公里的"死亡铁路"上，这座被称为"咽喉"的桂河大桥是最著名的标志。大家伫立桥前，放眼周遭的地形地貌，凝视这里埋葬着近7000名当年在此为日本人修铁路身亡的殉难战士的最大墓地，深信虽时过境迁，但那难以回首的历史往事必定会引发人们睹物思史、抚今思昔的深沉思考！

随后，我们越过界河上的铁路桥，去缅甸境内采买。再返回河边乘船漂流，还在上面用餐，跳舞、唱歌自娱自乐。途中又去参观缅甸境内的一座尼姑庵，捐5个泰铢后便得以在瓦片上签名，还观看了尼姑别有情趣的凫水表演。待到乘车返回曼谷入住皇恩大酒店时，已是深夜12:00。

"盘点"在泰国的5天行游，大家的观感高度一致：泰国是一个热情好客、美丽神奇的国度，我们一路走来观赏到的亮点纷呈的名胜古迹和独具特色的风土人情，以及在大海和海岛上尽情游览所体验到的无穷的乐趣，均给人留下了十分深刻的印象！

5月4日在曼谷机场办妥通关手续后，我们乘坐的新加坡航空公司座位达500人的波音777飞机于12:50起飞，其后平安降落在新加坡樟宜机场。不过由于导游未及时送来登记原件，故迟至19:30方办完入境的相关手续。

我们随即自机场进入市区。导游介绍：新加坡，又名狮城，是东南亚的一个岛国，也是当年的亚洲"四小龙"之一。虽然面积仅有700多平方公里，人口也只有500多万，但是经济却相当繁荣。新加坡的法制严明，至今还保留着鞭刑，以用来维系人们的道德规范。一行人坐在大巴车上，透过车窗，眼见那一栋栋高耸的大厦、一条条整洁的街道、路旁一行行郁郁葱葱的树木和一丛丛鲜艳无比的花团，一切都显得那么清新、怡人，真不愧为名闻遐迩的花园城市！

傍晚，我们又去被视为新加坡旅游与娱乐业的璀璨明珠，集主题乐园、热带度假村、自然公园和文化中心于一体的休闲好去处——圣淘沙岛信步徜徉、观赏游览，并现场观看了一场五彩缤纷的高科技的音乐喷泉表演。

据介绍，圣淘沙音乐喷泉位于鱼尾狮塔楼和钟楼之间的一个小山冲里，四周都是葱绿的青山，热带雨林把圣陶沙音乐喷泉严严地"包裹"了起来。露天里扇形的座位能容纳几千人同时观看。喷泉的后面就是新加坡的象征狮头鱼尾像，其狮头代表传说中的狮城新加坡，鱼尾象征古城单马锡，意寓新加坡是由一个小渔村发展起来的岛国。

依次入座后的我们，呼吸着清新的空气，耳听着阵阵林涛，仰望点点繁星，眼看如钩新月，感觉自己仿佛置身于童话世界之中，惬意无比！待到音乐声响起，鱼尾狮塔楼里两只猫眼里放出蓝幽幽的刺眼的光线，水池中的喷泉顿时吐出一组水柱来，就像是仪仗队开始奏乐迎宾；之后，在酷似喜剧小丑的主持人登场指挥下，喷泉齐喷，音乐奏起，让人心灵震撼；继而，灯光从树丛中射出来，映照到喷泉的水幕上，主角猴子、美人鱼、飞天天使依次出现在水幕上表演——其形象逼真，立体感强，惟妙惟肖，犹如真人在水幕上表演。而光、电、喷泉和音乐融合起来，则恰似一曲旋律优美的芭蕾舞曲，气势磅礴、美轮美奂，令人顿生如梦似幻的美妙感觉！

5日9:15，我们即乘车从入住的海景大酒店出发，先后行经市政府、法院、贝聿铭设计的73层楼、纪念被日军杀害5万人的纪念碑、大教堂，远眺大桥前的鱼尾狮雕塑；又登花芭山，俯瞰新加坡城区，遥望远方所见的印度尼西亚群岛、新加坡与马来西亚交界处的柔佛海峡、印度洋马六甲海峡与太平洋的交汇处，以及那来来往往的巨型海轮和亚洲最大的炼油厂等，切身感受到了新加坡所处地理位置的得天独厚！

由于在此地停留时间短暂，一行人难免有兴犹未尽之感，但大家浮光掠影般的所见所闻，已在自己的心间印证了新加坡的确是一座现代化程度极高、空气特别清新，集干净、宁静、美丽于一体，充满了高度发达城市的气息和节奏的岛国，深感拓展了视野，受益匪浅！

下午，我们离开新加坡，经查验护照后跨过柔佛海峡大桥进入马来西亚境内，搭上换乘车后驶入中央高速公路一路前行，于

21:00抵达马六甲。

马六甲是马来西亚马六甲州的首府,也是历史最悠久的古城。马六甲位于马来半岛南部,建于1403年,曾是满剌加王国的都城。濒临马六甲海峡,是亚洲与大洋洲、印度洋与太平洋的"十字路口",也是一座东西方历史文化交融而具有独特魅力的城市。马六甲城内的政府建筑、教堂、广场以及防御工事展现出了这座城市早期的发展历程。街道曲折狭窄,屋宇参差多样,很多住房的墙上镶着图案精美的瓷砖、瑞狮门扣、镶龙嵌凤,处处显示出马六甲这个历史古都的独特风貌。马六甲传统建筑极具特色,包括很多中国式的住宅、古代修建的街道,至今依然保存完好。

马六甲在500多年间推动了东西方在马六甲海峡的贸易往来与文化交流,亚洲与欧洲的影响赋予它独特的物质和非物质多元文化遗产。1405年,明朝三保太监郑和率领远航西洋的船队,乘着强劲的东北季风,在劈波斩浪七下西洋的行程中,五次驶进马六甲港,给这里带来中国的友谊、文化和丝绸等。当地至今仍保存着众多别具特色的文化和历史遗迹——纪念郑和这位中国伟大航海家的三保山,山下尚存一口三保井,南面还建有三保亭,此亭里供着三保公泥塑像,以及众多别具特色的文化和历史遗迹。

6日早上,我们满怀深情地瞻仰中国领导人江泽民、李鹏、朱镕基均曾到此参观过的三保亭,仔细观赏了三保井,还抚摸了三保铁铸全身塑像,并乘车经过了蒋介石题写"忠贞足式"的石碑前。随即参观了葡萄牙和荷兰侵占马来西亚时的遗址荷兰教堂、炮台、葡萄牙古城门,还站在历经沧桑的高墙边,远眺马六甲海峡且拍照留念。当日天气晴好,蔚蓝的天空飘浮着朵朵白云;向南望去,水天相接处,就是举世闻名的马六甲海峡(自新加坡海峡开始，就算自太平洋进入印度洋了），蔚蓝的海面上薄雾绵绵，虽给人以灰蒙蒙的感觉，但来来往往航行的船只仍依稀可见……一种厚重的历史感和深沉的现实感禁不住交织心间，令人浮想联翩！

然后，驱车去吉隆坡市。饭后依次游览吉隆坡独立纪念碑、皇宫、吉隆坡广场、清真寺、博物馆……据导游介绍，当时吉隆坡有 120 万辆车，人工种植 80 万棵树。据我们观察，全城树木葱郁，鲜花绽放，街道洁净，绿化美化做得很好，其一草一木、一街一景，无不给人以深刻印象，"全世界美丽城市之一"之谓名副其实！

7 日，先去距离吉隆坡商业中心 13 公里的印度教圣地黑风洞游览。我们徒步攀登拥有 272 梯级的陡峭阶梯，才气喘吁吁地抵达了这个高大的溶洞。据介绍，这座石灰岩洞穴包含了几个小洞穴，其洞穴主庙的天花板之高度超过 100 米，庙里全是兴都神灵。每年 1 月底 2 月初的大宝森节期间，虔诚的印度教徒会背负神像，唱着宗教圣歌攀爬这座阶梯步入石洞参拜，朝圣者可达 30 万人，其庆典颇为壮观，场面肃穆庄严！

紧接着，安排乘车前往位于海拔 2000 米的云顶高原风景区，参观那座当时世界最大的赌场。据介绍，素有"南方蒙地卡罗"之美誉的云顶高原，是马来西亚旅游的第一大品牌和东南亚最大的高原避暑地。它位于鼓亨州西南吉保山脉中段东坡、吉隆坡东北约 50 公里处。那里山峦重叠，林木苍翠，花草繁茂，空气清新宜人。晴空万里、视野辽阔之时，夜间可欣赏吉隆坡光耀城市的灯光；凌晨东眺，则可观赏绚丽无比的云海晨曦。

行车沿途，我们放眼窗外，可见自半山腰便云雾缭绕，宛如仙境，可见"云顶"名副其实；盘山公路坡陡弯急，险峻异常，好不容易才抵达掩映于山顶茂密的原始热带雨林之中的赌场。经行走观察，既觉得较之澳门的葡京赌场，来到这里赌博的嗜赌者，其心态有所不同；也见识了该赌场的繁忙和兴旺——据说其员工达8000多人，还建有到云顶的全世界速度最快的索道。听说只要进入赌场，每个人就可凭1个马币（当时币值2.5元人民币）买一张抽签票，手气好的借此即可赢得50马币（价值125元）——不过，明眼人都知道：这只不过是赌场为让初涉足赌博者尝到"甜头"而精心设计的"套路"，意在引人一步步上钩而已！

18:30返抵吉隆坡吃饭后，即赶去举世闻名的双峰塔（两栋大楼各高300多米，楼层88层，共176层）购物中心逛夜市，切身感受到了这座闻名于世的高大建筑的宏伟壮观，以及楼内市场的熙熙攘攘！

21:20，一行人带着对马来西亚独具特色的山水风光、风土人情、历史文化和名胜古迹等名不虚传的美好印象，乘车前往当时排名世界第二大机场的吉隆坡机场，坐轻轨进入候机厅。我们乘坐的西南航空的波音757航班虽一再延误，直到凌晨4:30才被放飞，但之后则一路正常地飞越航线上的老挝万象、云南昆明等地，并于8日早上8:45分结束3400公里的漫长航程，安全抵达成都双流机场，从而结束了历时近半个月的三国之行。

回首人生中第一次迈出国门且一次性经港澳游历三国（还有幸到了纯属"擦边球"的缅甸境内）的难忘经历，农民出身的我思绪万千、感触良多：能有幸饱览地处北回归线以内的这些国家美丽的山水风光和人文景观，感受其独特的风土人情，接触其各民族人民，了解其各自不同的国情，还通过也被外国人视为"老外"而"换位"品尝了一回"老外情结"……面对这过往不敢想的愿景而今变成了活生生的现实之际，一种较之"梦想成真"在心灵中泛起的情感波澜要强烈很多的感恩、欣慰和兴奋之情油然而生，深感大开眼界，大长见识，大有收获，的确不枉此行！

越南记

　　为出席于 2005 年 5 月 15 日到 18 日在广西举行的全国师范语文教学研究会第十六届年会，我们于 5 月 14 日乘飞机抵达南宁，并于当天到钦州师范学校报到。之后三天，进行了安排紧凑的中青年教师课堂教学比赛，并开展了会上会下的论文交流评选活动。

　　报到当天，我们有缘前往被誉为"南海北戴河"之称的北海，在银滩观茫茫大海，在海滨游览公园，体验其独具的海水纯净，植被丰富，环境优雅宁静，空气格外清新，以及"滩长平，沙细白，水温净，浪柔软，无鲨鱼"的景区特色。行走在曲折蜿蜒的林荫小道，观赏独具风情的椰子树林，又以小棍逗趣匆匆爬行、急急寻觅藏身洞穴的密密麻麻的小螃蟹，其引发的童趣，令我们流连忘返。

　　18 日，会议结束后，我们前往钦州湾，或乘小舟往湾内观赏仅此独有的白海豚，或在海边巨石和银白色的沙滩边徜徉，尽享阳光、沙滩、椰林交融而成的南海之滨的瑰丽风光。

　　19 日，我们又先到南宁，再于 5 月 20 日乘火车抵达凭祥市。待办好临时边境通行证后，即跨过友谊关，即之前的镇南关、睦南关，前往越南一游。

我们乘坐一辆中巴车，在柏油马路上缓慢行驶，也由此见识了当年越南交通显现出的"摩托车比汽车快、汽车比火车快"的一大奇观，其管理差距之大可见一斑！

经停谅山市后，又缓慢前行。大家虽百无聊赖，但又只得伴随着中巴车摇摇晃晃的节奏东张西望以打发时光。

我们好不容易才于蒙蒙月色中驶抵越南首都河内市：它位于越南民族发源地红河平原的中部红河与墩河的汇流处，是越南最大的城市之一，辖区相当于越南的一个大省。据介绍，河内是一个历史悠久的城市，公元 10 世纪以前，先后有"龙编""紫城""宋平""罗城""大罗城"等一些称谓。

待进入市区后，却意外发现其并不繁华：沿途街道上摩托车成群结队，横冲直撞，如入无人之境，交通秩序混乱；所见大多仍为三层左右的房屋，唯一看到的一幢七层楼房，据说还是日本人投资建设的。

我们当晚入住的一幢宾馆，住宿条件和管理水平也很差，又恰逢停电，让人感觉很不方便。门外宽大的坝子里则在搞音乐晚会，演唱者竭尽全力地歌唱，喝彩者也大声鼓励……根本无法入睡的我们，只得在床上辗转反侧，近半夜方入眠。

5 月 21 日，天气晴朗，我们早早地来到长 320 米、宽约 100 米、除道路外还有 168 块绿色草坪、可容纳二十万人、系河内人民集会和活动的重要场所的巴亭广场，在充分领略了濒临北部湾的河内四季如春、花木茂盛、百花绽放的美丽风光后，还远眺北面当日未开放的胡志明纪念堂，南端里面人来人往、外面戒备森严、据说正在筹备国会例会的人民会场，并在广场拍照留念。

大家兴致勃勃地来到广场旁主席府外侧的草坪前，透过绿树丛荫清晰地观赏了金碧辉煌的主席府，并到茂密树林掩映之中、仅为两层小楼的胡志明故居观瞻。此故居坐落于湖畔，为两层全木质的高脚小楼房，据说生活俭朴的胡志明曾长期住在这里。高脚屋下层是会客室，摆放着桌椅，除了立柱外没有墙，夏天可以避暑。高脚屋上层有两个房间，左间是卧室，放一张普通的木床，右间是办公室，只摆着一张木桌和几把木椅，整座高脚屋同其主人一样，简朴、雅致、高洁！

我还在故居进口处凭入场券购买了一条越南烟，回国后给同事们品尝——大家都说"劲仗"很大。

中午11：00，乘车前往海防市，确定住处后，即于下午乘小船游览了据说因其景区为中国人设计故而极似广西桂林"翻版"的下龙湾。

下龙湾位于北部湾西部，距河内150公里，面积1553平方公里，查清的岛屿有1969座，已命名的有460座。这里山水相连，烟波浩渺，风景如画，犹如神话世界，被称为"海上桂林"。1994年，联合国教科文组织将其作为自然遗产，列入《世界遗产名录》。

我们在一座十分凌乱也不洁净的以钢管架设的码头，登上一艘仅有简易顶棚的机动船。小船勉强可坐8个人，上有一戴着斗篷、脚踏凉鞋的男子驾船，一身材消瘦、颧骨很高、顶着头巾的妇女来来去去，为大家倒水、扫地。作为动力的柴油机也许是功率太小，尽管冒着浓烟，发出沉闷的"突突突"的响声，但小船也还是不紧不慢地行驶。船工倒是热情，还不时操着一口尚听得懂的中国话，介绍沿途的景点。女人则不停地向我们兜售食品、香烟和饮料，并带我们看她船下大盆中喂养的活鱼，一再劝我们就在船上就餐，称可吃到鲜鱼和其他饭菜。殊不知，此时我们的心思已全然就在名闻遐迩且近在眼前的风景独特的下龙湾之上：痴心感知海上星罗棋布的岛屿、山峰均呈喀斯特地貌特征，岛屿上点缀着无数由水流和海风侵蚀而形成的美丽、迷人的岩洞；全神贯注在那大大小小的山峰从海面中突兀而出，变成的岛屿和礁石上；由衷赞叹将岛屿、山峰、礁石雕琢得形态各异的鬼斧神工的大自然！

随着小船在星罗棋布、姿态万千的山、岛中缓慢穿行，可见海水湛蓝，水波不兴，偶尔可见鱼儿跃出水面，溅起水珠溅落到游客脸上，仿佛伸手可捉。游人还随着角度的不同以及自己思绪的驰骋，由这些岛礁引发出各种想象：那些山头或巨石可谓奇形怪状，有的像动物，著名的岛礁有斗鸡石、狼狗石、帆船石、乌龟石、青蛙……有的像人头，有的像船帆……一些山头上还有溶洞，从船上透过洞口，就可清晰观看到那些在各色灯光的照射下的景物或奇绝、或平淡，或人物、或鸟兽，堪称琳琅满目；海上的薄雾让远处的山峰若隐若现，愈发显得神秘幽深。这一幅"船在水中走，人在画中游"的绝美画卷，实在是美不胜收！

当日的海面上，游客不是很多。偶尔两船相遇，大家互相招呼，虽口音各异，但可肯定都是中国游客。

大约一个小时后，女人手指前方直立于海面的石头说："斗鸡石到了！"循声望去，好像那也不过是 10 多米高的一块石头，绝无"斗鸡"之情状；但随着船的移动，观察的角度不断变化，分明见到岩石中间有一条狭窄的缝隙，并逐步变宽；再近些，则可看到是两块 10 多米高的石头，其上面细长，下面宽厚；船绕行再回过头，我们终于看清楚了：那两座石头极似两只雄鸡，耸起的鸡冠、高昂的鸡头、伸长的脖子、展开的双翅和蹬踏的腿部，都可依据自己的视觉和想象浮现于脑际，其栩栩如生的扑腾、啄咬的"斗"的神态展露无遗，真乃奇观！据说，越南人喜好斗鸡，这一对石山在 2000 年也被选为越南下龙湾旅游业的标志。

小船绕"斗鸡石"转两圈后即开始返航。途中，我们买下两条活鱼，让船娘宰杀、烹制，又点了其他菜肴，大家围坐在行驶于异国他乡海上的游船里，观景间举箸夹菜，摇晃中端杯饮酒，于谈笑中尽情享用了一顿绝对是越南风味且至今让人难忘的丰盛晚餐！

当晚住在海畔一栋三层楼的旅舍里。晚霞中更显风光无限的"海上桂林下龙湾"尽收眼底，令人大饱眼福，浮想联翩；而以"海美、山幽、洞奇"三绝而享誉天下的下龙湾，也留给我们难以磨灭的印象！

第二天早上，我们乘车从越北经谅山、友谊关返凭祥。当日下午，我们从凭祥乘火车返回南宁。

后　记

　　2022 年丹桂飘香、硕果累累的金秋时节，寄寓着自己的夙愿、家人的鼎力支持、朋友同事的热情鼓励和众多读者热切期盼的散文集《山河卷帙》，即将出版了。

　　此时此刻的我心潮起伏，思绪万千！

　　谈到文学创作，我本算是起步较早者。还是在金川县庆宁中学教初中语文之时，为起好"示范"作用，我就秉承"语文教师不要似弹花匠的女儿会'弹（谈）'不会'纺（写）'，要求学生写的作文，自己也一定能写出来"的理念，坚持写"下水文"，并于布置练习时或书面或口头与学生面对面示范、交流。

　　自 20 世纪 80 年代初起，我就经常在《阿坝报》（今《阿坝日报》）、《四川民族教育报》、四川教育报刊社主办的《通联工作》以及《巴蜀师苑》等报刊上发表散文、小小说、通讯、影评、书评等文章。随着自己在教学和管理方面逐渐"陷入"，加之在教育教学研究方面投入时间多、承担科研任务重，且主编了省级出版社出版发行的大专教材《儿童文学教程》等专著多部，在各级报纸杂志和大学学报发表论文 70 余篇，散文、通讯、影评等若干篇，共约 120 多万字；在全国、省、州级论文评奖中，有 15 篇（次）获一等奖。于文学作品的写作，则着力渐少。

自 2009 年退休后，虽然也为四川省威州民族师范学校编辑《阿坝师训》两年、撰写并出版了回忆录《求索·进取》，但主要精力已经倾注于对两个孙子的管理之上。

直至 2016 年春季，应四川省威州民族师范学校顺定强校长之邀撰写《威师校志》并自 6 月底正式开始动笔，加之 2017 年 6 月我即动笔继续撰写回忆录《求索·进取（续）》，写作便又成为我的"常态"，文思、"手感"又被很快地"寻找"了回来！

2019 年，则算得上是我重启文学作品写作的"起跑"之年。

当年 5 月 20 日，我驾车随同崔乾香以及康平、云翠、佩璐等自马尔康前往成都市郫都区，且第一次行驶在分段试通行的汶马高速公路之上。沿途所见景观让自己兴奋不已，回家后，便按照 5 月 23 日与佩璐"我们爷俩各自写一篇行走汶马高速的文章"的约定，撰写成一篇散文。

当年的 7 月 27 日，我们应兄弟崔乾志邀请，出席了宴请原马尔康县第二小学音乐教师万晓玲老师及其丈夫尚志军老师的聚会。席间，相识交往已几十年的万老师介绍了自己退休后，与尚老师合作申办了"西部故人来"公众号，已经推出了 109 期，并由此结识了不少朋友，影响广泛，热诚邀请我们关注、参与其活动……两位老师乐观的生活态度、执着的人生追求，予我以极大的启示和鞭策！

不久，我就将之前写就的《行驶在汶马高速路上》一文投稿"试水"。没想到万老师当即编排，且于 2019 年 8 月 7 日一期的"西部故人来"公众号平台上推出。当天正在西安市秦始皇陵兵马俑博物馆游览的我从手机上看到这篇文章时，当时的欣喜与激动，较之几十年前见到自己的"豆腐干"文章发表于《阿坝报》等报刊时没有两样！

其实，在萌生重操"旧业"继续写下去的心意之际，我也曾有过冷静的思索：即将迈入古稀的我，要再"爬格子""码文字"，其难度自然可想而知。但条分缕析之余，觉得自己也具有独特的优势：过往几十年里，我曾有缘走南闯北，足迹遍及除宁夏、内蒙古、新疆和西藏之外的神州大地，并有幸迈出过国门，期间的"见多识广"自然成为我写作过程中取之不尽的文思"源泉"；我坚持数十年所撰写的大量日记，以及 10 多年前撰写出版的 40 万字的回忆录，就是我用之不竭的素材"宝藏"；我自年轻时即爱好摄影且拥有数量可观的那一张张"定格"了人生历程的照片，则成为唤起自己美好记忆的最好"助手"！

自此，我便开始了既艰辛又极富情趣的写作之旅，并源源不断地在"西部故人来"等公众号推出新作。继阿坝州文联主办的《阿坝文艺》于 2019 年秋季版全文刊载拙作《行车汶马高速》起，《阿坝日报》、《国防时报》、《嘉兴日报》（副刊）、《羌族文学》、《喜阅》、《山水间》等报刊也陆续刊载了我的作品。这，令我分外欣慰：它证明自己的记忆能力、思维能力和写作水平仍然不错；它令我振奋：说明只要有一股精气神，笔耕不辍，完全可以做到"老有所为"；它令我自豪：借此能让后辈学有榜样，让众多学生对一直尊敬的老师的写作实力有更为全面而直观的印象，让同事认可我仍具有较强的语言表达和谋篇布局的能力；它令我感悟："天道酬勤"的古训乃颠扑不破的真理！

随着发表和"推出"的文章与日俱增，有众多好友、同事、学生鼓励我结集出版，家人对此也全力支持。这一颇有"诱惑力"的努力方向，进一步激发了我的创作热情，我始终保持着每月一两篇的写作进度，并坚持在"四川文化旅游网""蜀韵文旅""上游新闻""微阿坝""阿坝文艺""阿坝州电视台'美丽阿坝'""西部故人来""文艺九寨""东女文艺""金川旅游"等公众号持续推出，有效检验了努力的效果，并由此拥有了一个人数可观的读者群体（我在各公众号推出的每一篇文章，其阅读量都达1000人以上。之中，有近30篇达2000人以上，《初春九寨行》《阿坝县走笔之莲宝叶则》等5篇达3000多至近5000人，《金川情人海》《金川新扎沟口印象》已近6000人，《马尔康"天街"行》已近8000人）；其间，自己也有缘先后加入了四川省散文学会、四川省杂文学会、阿坝州作家协会……这些，都给予我达成目标的信心和鞭策！

自古功夫不负有心人。我"不需扬鞭自奋蹄"的辛勤付出终归收获了丰硕的成果：至2022年夏末，自己撰写的"行游"系列文章和其他散文已达48篇；已在各公众号推出文章43篇，在《重庆晚报》《阿坝日报》《国防时报》《草地》《蜀韵文旅》《嘉兴日报》《南湖晚报》《雪原文史》《羌族文学》《喜阅》《山水间》《西岭文学》《星光闪烁》等报刊和书籍公开发表的就达42篇，加之选自于20世纪80年代末期起在各级报刊、书籍公开发表的《危急时刻见精神》《美哉湘西》，反映汶川特大地震后威师师生抗震救灾事迹的通讯《危难之中铸师魂——威师校抗震救灾纪实》《火红的青春在锤炼中闪光》，序跋《阿坝师训发刊词》《执着的求索·不懈的进取——序梁学武先生〈杏坛耕耘录〉》《多彩生活的再现激情涌动的倾诉——序〈成长的足迹〉》，以及

《给孙儿的一封信》，计15篇。以上共63篇。

随后，阿坝州文联副主席王庆九先生受我之托，将这些文字精心编辑为《岁月回响》《山河卷帙》两部散文集。

综观呈现于读者面前的《山河卷帙》，共编入40篇文章，分设三辑和附录。其所写皆为笔者的所见所闻所感，内容涉及面广，时间跨度很大，反映地域辽阔，自己也竭力使之结构严谨，语言流畅，叙事清楚，观点鲜明，描写细腻，生动形象，具有浓郁的生活气息和较强的可读性。

"魂系阿坝"编入14篇文章。在这些篇章里，自己将热爱民族地区的深切情怀融入于精细的观察、细腻的描摹和娓娓的述说之中，将川西北高原阳光灿烂、碧空如洗的别样风光，巍峨壮观的"天街"碉楼，直刺苍穹的皑皑雪峰，风光绮丽的毕棚沟，九曲黄河的第一湾，牛羊成群的大草原，圣洁宁静的情人海，夏日黄龙水的争奇斗艳，初春九寨沟的晶莹剔透，传说优美的双桥沟，令人心醉的花湖，千树万树的金川梨花，层林尽染的金川红叶，历史悠久的古城松州，神奇俊伟的莲宝叶则，风光秀美的漫泽塘湿地等自然和人文景观，以及勤劳热情的各族人民和古老淳朴的民风民俗，多层面全方位地呈现于字里行间，给读者以十分深刻的印象，并激发起他们到阿坝州饱览高原风光的强烈愿望！

"情寄山水"编入13篇文章。其中，《壶口瀑布》讴歌了黄河所象征的中华儿女不畏艰险、矢志不渝、坚贞不屈、顽强抗争、不屈不挠、勇往直前的伟大民族精神；《二郎山、泸定桥行》重温了红军长征"飞夺泸定桥"的伟大壮举，赞颂了伟大的长征精神。还叙写了有着"天下幽"美誉的青城山、海滨青岛市的名胜古迹，以及波涛滚滚的黄海、水天一色的青海湖、通透灵动的茶卡盐湖、被誉为"天下第一奇山"的黄山、陡峭险峻的华山、青山绿水的松花湖、奇异的沙山与美妙的泉水共存的鸣沙山与月牙泉等绝美的自然风光，以及作者于登山、过海一路所见壮美山川河海油然而生的热爱祖国壮丽河山的真挚情怀，并与读者分享了行游中萌生的真切体会与深切感悟！

"灵蕴中国"编入 11 篇文章。其中，有 2 篇带着读者"回到革命圣地延安城""重上革命摇篮井冈山"，重温中国共产党"苦难与辉煌"的光辉战斗历程，学习堪称"红色基因"和传家宝的井冈山精神和延安精神；有的则记叙了游览号称"川边锁钥，藏甸屏翰"的康定城、"仙山琼阁"石宝寨、文物宝库莫高窟、风光秀美的湘西州、神奇神圣的普陀山、"奇秀甲东南"的武夷山、自然风光如诗如画的"七彩云南"、名胜古迹甚多的晋祠与平遥等壮丽景观的所见所闻所感，其间呈现出的悠久灿烂的历史文化，能够激发起读者为伟大祖国深感自豪的炽热情怀！

附录"笔录域外"编入的 2 篇文章，记叙了行游泰国、新加坡、马来西亚所见丰富的热带自然景观、美丽的沙滩岛屿、原始的热带雨林、珍贵的动物植物、千姿百态的洞穴、独特的风土人情、古老的民风民俗、众多的名胜古迹与现代化的城市建筑和管理，以及在越南河内、下龙湾行游的所见所闻所感。

不过，囿于自己年事已高，水平有限，想必其间不妥之处难免，还寄望于读者朋友们海涵、雅正。

谨此，我由衷感激阿坝州人大常委会原主任、中国作协会员谷运龙先生，阿坝州文联副主席、四川省作协会员王庆九先生，引导我重启文学创作之旅的四川省作协会员、"西部故人来"公众号主编万晓玲老师，拨冗为《山河卷帙》作序；由衷感谢为这部散文集的编辑付出了心血的王庆九先生；由衷感谢出版社编辑老师的辛勤付出；也由衷感谢陪同我在"为文"之途上一路走来的同事们、学生们、家人们和众多读者一直以来的关心、支持与鼓励！

我非常赞同"我们都是文学的追梦人！看世间风情万种，唯文字情有独钟"的观点，决心在文学创作的道路上继续前行，笔耕不辍，努力写出更好的文章，不懈践行自己始终秉承的"老有所为"的理念！

甘国栋

二〇二二年八月（于蓉城）